JUSTINE

Paru dans Le Livre de Poche :

LE QUATUOR D'ALEXANDRIE
(La Pochothèque)

LAWRENCE DURRELL

Justine

ROMAN TRADUIT DE L'ANGLAIS PAR ROGER GIROUX

BUCHET-CHASTEL

© Buchet-Chastel, Corrêa, Paris, 1959.
ISBN : 978-2-253-93328-1 – 1re publication LGF

PRÉFACE

Comme Balzac, Lawrence Durrell a écrit ses premiers romans sous un pseudonyme. Et il n'avait pas encore vingt-cinq ans lorsqu'il acheva cette surprenante « chronique de la mort anglaise » intitulée *The Black Book* publiée par The Obelisk Press, Paris, juste avant la Seconde Guerre mondiale.

Vingt années ont passé depuis, vingt années fructueuses pour un écrivain comme Durrell qui, pendant cette période, a résidé dans des lieux aussi divers que la Crète, Chypre, Corfou, Cos, Patmos, Rhodes, Belgrade, Buenos Aires, Jérusalem et Alexandrie.

Justine, premier volume d'une œuvre qui en comprend quatre et qui a pour thème Alexandrie, possède toutes les qualités d'un poème symphonique. Durrell connaît intimement la ville dont il nous restitue à chaque page la couleur, le rythme et le délire. Et c'est une Alexandrie que seul un Anglais volontairement exilé, né dans l'Himalaya et qui a trouvé sa maturité en Grèce, pouvait ressusciter. La ville ne joue pas ici un simple rôle de décor : c'est une entité vivante, un être quelque peu monstrueux fait de chair, de pierre, de crime, de rêve ou de mythe, si vous voulez. Un portrait « héraldique », comme dirait Durrell.

7

Dans ce premier volume, il fait chatoyer devant nos yeux une étoffe magique chargée d'allusions sensuelles, une toile d'araignée incrustée de gouttes de rosée qui frissonnent et miroitent dans une atmosphère impalpable. Et au fur et à mesure que l'histoire se déroule, le dessin de la toile se précise et s'ordonne selon ses propres lois internes. La substance de ce dessin ténu et complexe est une prose poétique la plus exigeante, la plus riche, la plus contrôlée et la plus évocatrice qui soit. Et je ne peux m'empêcher d'évoquer d'autres potions enivrantes que les maîtres de la réalité nous ont servies dans le passé, le « Gaspard de la nuit » de Ravel, par exemple, les silhouettes éblouies de soleil de Seurat, les envolées dans le pur espace de Pythagore, la bien-aimée Bible d'Amiens, la mosquée de Cordoue aujourd'hui profanée...

Les personnages qui peuplent ce roman ont une réalité extraordinaire ; j'ose prédire que le choc qu'ils produiront sur le lecteur européen ne sera rien moins qu'hypnotique. Il y a en eux toute la poussière et le délire du Proche-Orient, et on les accepte implicitement, même si l'on ne s'est jamais trouvé en présence de leurs équivalents. Certains sont aussi ahurissants et déconcertants que les paysages anémiés où ils se meuvent et qui, et c'est encore une des étranges vertus de ce livre, se meuvent aussi à travers eux.

La lecture de ce livre est une aventure qui marque — par sa forme, sa sonorité, sa couleur. Le récit ne progresse pas selon la démarche habituelle du roman ; il miroite et ondule dans la trame flottante de cette matière sacrée si rarement invoquée par le romancier : *la lumière*. Une lumière surnaturelle saturée de la lie et des réminiscences du passé.

Encore une fois, je pense à Ravel, à Seurat, à Pythagore. Et pour faire bonne mesure, j'ajouterai un soupçon de l'esprit démentiel d'Alexandre le Grand, qui, après tout, *fut* sublime.

Henry MILLER,
19 juillet 1957.

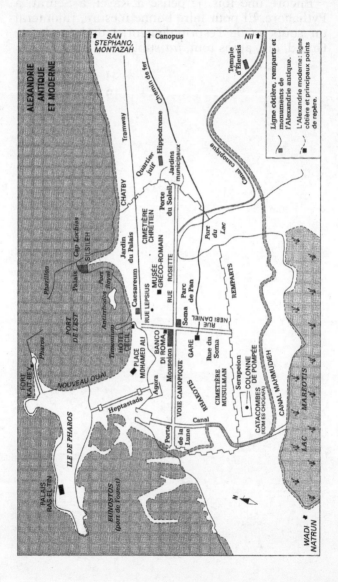

ALEXANDRIE ANTIQUE ET MODERNE

SAN STEPHANO, MONTAZAH

Canopus

NIL

Temple d'Éleusis

Tramway

Chemin de fer

Hippodrome

Quartier juif

Jardins municipaux

CHATBY

Cap Lochias

SI. SILEH

Pharillon

CIMETIÈRE CHRÉTIEN

Porte du Soleil

Jardin du Palais

Caesareum

Palais

Canal canopique

Port du Lac

Port de l'Est

Antirrhodos

Antirrhodos Royal

RUE LEPSIUS

MUSÉE GRÉCO-ROMAIN

RUE ROSETTE

Parc de Pan

Tamonium

HOTEL CECIL

Pharos

FORT KAIT-BEY

PLACE MOHAMED ALI

BANCO DI ROMA

Soma

Mouseion

RUE NEBI DANIEL

REMPARTS

NOUVEAU QUAI

Agora

GARE

Rue du Soma

Heptastade

ILE DE PHAROS

Porte de la Lune

Canal

VOIE CANOPIQUE

RHAKOTIS

Serapeion

CIMETIÈRE MUSULMAN

COLONNE DE POMPÉE

CANAL MAHMUDIEH

CATACOMBES (KOM ES CHOGAFA)

PALAIS RAS EL TIN

EUNOSTOS (port de l'ouest)

LAC MAREOTIS

N

WADI NATRUN

Ligne côtière, remparts et monuments de l'Alexandrie antique.

L'Alexandrie moderne : ligne côtière et principaux points de repère.

A ÈVE

*ces mémoires de
sa ville natale.*

Je commence à croire que tout acte sexuel est un processus dans lequel quatre personnes se trouvent impliquées. Il faudra que nous reparlions de cela, il y a beaucoup à dire là-dessus.

S. FREUD : *Lettres.*

Voilà donc deux positions pour nous ; ou le crime qui nous rend heureux, ou l'échafaud qui nous empêche d'être malheureux. Je le demande, y a-t-il à balancer, belle Thérèse, et votre esprit trouvera-t-il un raisonnement qui puisse combattre celui-là ?

D.A.F. DE SADE : *Justine.*

PREMIÈRE PARTIE

NOTE

Les personnages de cette histoire, la première d'un groupe, ainsi que la personnalité du narrateur, appartiennent tous à la fiction. Seule la ville est réelle.

La mer est de nouveau trop grosse aujourd'hui, et des bouffées de vent tiède viennent désorienter les sens. Au cœur même de l'hiver, on perçoit déjà les prémices du printemps. Un ciel de nacre pure jusqu'à midi ; les criquets dans les recoins d'ombre ; et maintenant le vent, dénudant et fouillant les grands platanes...

Je me suis réfugié dans cette île avec quelques livres et l'enfant — l'enfant de Melissa. Je me demande pourquoi j'écris le mot « réfugié ». Les gens d'ici disent en plaisantant qu'il faut être bien malade pour venir se refaire dans un coin perdu comme celui-ci. Eh bien ! soit, disons si vous voulez que je suis venu ici pour tenter de guérir...

La nuit, lorsque le vent hurle et que l'enfant dort paisiblement dans son petit lit de bois près de la cheminée, j'allume une lampe et je vais et viens en songeant à mes amis, à Justine et à Nessim, à Melissa et à Balthazar. Pas à pas sur le chemin du souvenir, je reviens vers la ville où nos vies se sont mêlées et défaites, la ville qui se servit de nous, la ville dont nous étions la flore, la ville qui jeta en nous des conflits qui étaient les siens et que nous imaginions être les nôtres ; bien-aimée Alexandrie !

Il a fallu que je vienne si loin pour comprendre tout cela ! Habitant ce promontoire désolé, chaque nuit arraché aux ténèbres par Arcturus, loin de la poussière et des relents de chaux de ces après-midi d'été, je comprends maintenant qu'aucun de nous ne peut être jugé sur ce qu'enfanta le passé. C'est la ville qui doit être jugée ; mais c'est nous, ses enfants, qui devons payer le prix.

*

Qui est-elle, cette ville que nous avions élue ? Que contient et résume ce mot : Alexandrie ? Dans un éclair je revois un millier de rues où tourbillonne la poussière. Des mouches et des mendiants en ont pris aujourd'hui possession, et tous ceux qui mènent une existence intermédiaire entre ces deux espèces.

Cinq races, cinq langues [1], une douzaine de religions ; cinq flottes croisant devant les eaux grasses de son port. Mais il y a plus de cinq sexes, et il n'y a que le grec démotique, la langue populaire, qui semble pouvoir les distinguer. La provende sexuelle qui est ici à portée de la main déconcerte par sa variété et sa profusion. On ne peut pas la confondre avec un lieu de plaisir cependant. Les amants symboliques du monde hellène sont ici remplacés par quelque chose de différent, quelque chose de subtilement androgyne, tourné vers soi-même. L'Orient ne peut jouir de la douce anarchie du corps, car il est au-delà du corps. Je me rappelle Nessim disant un jour — je pense qu'il avait dû lire cela quelque part — qu'Alexandrie était le grand

---

1. Les cinq races pourraient être les Arabes, les Grecs, les Arméniens, les Coptes et les Juifs ; les cinq langues, l'arabe, le grec, l'arménien, le yiddish et l'anglais. Parmi les douze religions, figurent évidemment l'islamique, l'hébraïque, la chrétienne (copte). Durrell pense aussi probablement aux nombreuses hérésies qui se développèrent à Alexandrie (telles que le gnosticisme au II\e siècle, l'arianisme au IV\e, le monophysisme au V\e, ou le monothélisme au VII\e).

pressoir de l'amour; ceux qui en réchappaient étaient les malades, les solitaires, les prophètes, tous ceux enfin qui ont été profondément blessés dans leur sexe.

*

Notes pour un paysage... Longs accords de couleur. Lumière filtrée par l'essence des citrons. Poussière rougeâtre en suspension dans l'air, grisante poussière de brique, et l'odeur des trottoirs brûlants, arrosés et aussitôt secs. Des petits nuages mous, à ras de terre, et qui pourtant n'amènent presque jamais la pluie. Sur ce fond de teint rougeâtre, d'impalpables touches de vert, de mauve crayeux et des reflets de pourpre dans les bassins. En été une humidité venait de la mer et donnait au ciel une patine sourde, enveloppant toutes choses d'un manteau visqueux.

Puis en automne, l'air sec et vibrant, une électricité statique et âcre qui enflamme la peau sous l'étoffe légère des vêtements. La chair s'éveille, éprouve les barreaux de sa prison. Une prostituée ivre flâne dans une ruelle obscure, semant des bribes de chanson comme des pétales de rose. Est-ce cela qu'entendit Antoine [1], ces accords flous d'une vaste symphonie enivrante, et qui le poussa à se livrer corps et âme à la ville dont il s'était à jamais épris?

Les jeunes corps encore acides commencent à rechercher une nudité complice, et dans ces petits cafés où Balthazar venait si souvent avec le vieux poète de la ville [2], les garçons énervés se mettent à

1. Marc-Antoine, vaincu par les Romains à Actium en 31 av. J.-C., puis assiégé dans Alexandrie, s'y donna la mort en 30 av. J.-C.
2. Constantin Cavafy — en grec K.P. Kavafis (1863-1933). Né à Alexandrie, il y revint après quelques années d'adolescence passées en Angleterre. Il fut pendant trente ans fonctionnaire au ministère de l'Irrigation, et toute sa vie se déroula entre les

jouer au trictrac sous les lampes à pétrole : mais bientôt le vent du désert — si peu romantique, si dépourvu de tendresse — les contraint à déposer leurs dés et leurs pions, et ils se mettent à dévisager les étrangers. Ils ont du mal à respirer, et dans chaque baiser de l'été ils reconnaissent le goût de la chaux vive.

*

Je suis venu ici afin de rebâtir pierre par pierre cette ville dans ma tête — cette triste province que le vieillard voyait pleine des « ruines sombres » de sa vie. Grondement des trams brimbalant dans leurs veines de métal en pénétrant dans la *meidan* [1] aux tons de rouille de Mazarita. Or, phosphore, magnésium, papier. C'est là que nous nous retrouvions souvent. En été il y avait là une petite échoppe aux stores de couleur vive où elle aimait venir manger des tranches de pastèque et des sorbets roses. Elle arrivait toujours en retard naturellement, sortant peut-être à l'instant de quelque rendez-vous galant dans une chambre aux volets clos, mais je m'efforçais de ne pas penser à cela lorsque les pétales de sa bouche, merveilleusement fraîche et jeune, se pressaient sur mes lèvres et tentaient d'apaiser toute la soif de l'été. L'homme qu'elle venait de quitter rôdait peut-être encore dans sa mémoire ; son corps était peut-être encore couvert,

mêmes bureaux, les mêmes rues et les mêmes cafés. Il laissa voir peu de poèmes de son vivant, et détruisit nombre de ceux qu'il avait écrits avant sa cinquantième année. Tout en s'inspirant, d'une part, de l'histoire de la Grèce et de l'Orient (d'Alexandrie en particulier), et, d'autre part, de ses amours homosexuelles, sa poésie est extrêmement sobre et impersonnelle, classique, secrète aussi. Également appelé « le vieillard » ou « le vieux barde », il fait l'objet de fréquentes évocations et citations dans *Le Quatuor*, dont il est une figure majeure.

1. La médina — dans les pays arabes, la ville indigène par rapport à la ville neuve.

par endroits, du pollen de ses baisers. Melissa! Mais cela importait si peu de toute manière; seule comptait alors la forme souple de son bras s'appuyant sur le mien, et je goûtais un bonheur sans mélange et pur de tout secret. C'était bon d'être là, gauches et un peu timides, légèrement oppressés, car tous deux nous savions que nous désirions la même chose. Les messages ne s'arrêtaient pas à la conscience et traversaient sans peine les lèvres entrouvertes, les yeux, les sorbets roses et la petite échoppe aux stores de couleurs vives. Nous étions sans pensées, nous tenant par le petit doigt, buvant à longs traits l'après-midi à l'odeur de camphre; nous faisions corps avec la ville...

*

J'ai jeté ce soir un coup d'œil dans mes papiers. L'enfant en a déchiré un certain nombre, d'autres ont servi à allumer le feu. Cette forme de censure me plaît car elle a l'indifférence du monde naturel pour les constructions de l'art, indifférence que je commence à partager. Après tout, Melissa se soucie-t-elle d'une belle métaphore maintenant qu'elle gît, anonyme momie, dans le sable tiède de l'estuaire enveloppé de ténèbres?

Mais ces papiers que je garde avec soin sont les trois cahiers qui constituent le journal de Justine, ainsi que les pages qui retracent la folie de Nessim. C'est Nessim qui me les a tous donnés à mon départ en me disant:

— Prenez et lisez cela. Il y est beaucoup question de nous. Cela vous aidera peut-être à conserver le souvenir de Justine comme j'ai dû le faire.

C'était au Palais d'Été après la mort de Melissa, à l'époque où il croyait encore que Justine lui reviendrait. Je pense souvent, et jamais sans une certaine terreur, à l'amour de Nessim pour Justine. Que pouvait-il y avoir de plus compréhensif, de plus sûrement fondé ? Sa douleur était tempérée par une sorte d'extase, cette délicieuse blessure que l'on s'attend à rencontrer chez les saints plutôt que chez les amants. Un brin d'humour aurait pourtant pu le sauver d'une souffrance si atrocement compréhensive. Mais il est facile de critiquer, je sais. Je sais.

*

Dans la grande tranquillité de ces soirées d'hiver il y a une horloge : la mer. Son trouble balancement qui se prolonge dans l'esprit est la fugue sur laquelle cet écrit est composé. Vides cadences des vagues qui lèchent leurs propres blessures, maussades dans les échancrures du delta, bouillonnantes sur ces plages désertes... vides, à jamais vides sous le vol circulaire des mouettes : griffonnages blancs sur du gris, mâchonnés par les nuages... Si d'aventure une voile s'approche de ces parages, elle meurt bientôt, avant que la terre ne la recouvre de son ombre. Épaves refluées aux frontons des îles, la dernière couche, rongées par les intempéries, plantées dans la panse bleue de la mer... ultime naufrage !

*

À part la vieille paysanne toute ridée qui vient chaque jour du village sur sa mule pour faire le ménage, je suis absolument seul avec l'enfant. Elle mène une existence heureuse et active dans un décor étranger. Je ne l'ai pas encore baptisée. Naturellement ce sera Justine : quel autre nom pourrais-je lui donner ?

Je ne suis ni heureux ni malheureux : je vis en suspens, comme une plume dans l'amalgame nébuleux de mes souvenirs. J'ai parlé de la vanité de l'art, mais, pour être sincère, j'aurais dû dire aussi les consolations qu'il procure. L'apaisement que me donne ce travail de la tête et du cœur réside en cela que c'est *ici* seulement, dans le silence du peintre ou de l'écrivain, que la réalité peut être recréée, retrouver son ordre et sa signification véritables et lisibles. Nos actes quotidiens ne sont en réalité que des oripeaux qui recouvrent le vêtement tissé d'or, la signification profonde. C'est dans l'exercice de son art que l'artiste trouve un heureux compromis avec tout ce qui l'a blessé ou vaincu dans la vie quotidienne, par l'imagination, non pour échapper à son destin comme fait l'homme ordinaire, mais pour l'accomplir le plus totalement et le plus adéquatement possible. Autrement pourquoi nous blesserions-nous les uns les autres ? Non, l'apaisement que je cherche, et que je trouverai peut-être, ni les yeux brillants de tendresse de Melissa, ni la noire et ardente prunelle de Justine ne me le donneront jamais. Nous avons tous pris des chemins différents maintenant ; mais ici, dans le premier grand désastre de mon âge mûr, je sens que leur souvenir enrichit et approfondit au-delà de toute mesure les confins de mon art et de ma vie. Par la pensée je les atteins de nouveau, je les prolonge et je les enrichis, comme si je ne pouvais le faire comme elles le méritent que là, là seulement, sur cette table de bois, devant la mer, à l'ombre d'un olivier. Ainsi la saveur de ces pages devra-t-elle quelque chose à leurs modèles vivants, un peu de leur souffle, de leur peau, de l'inflexion de leur voix, et cela se mêlera à la trame ondoyante de la mémoire des hommes. Je veux les faire revivre de telle façon que la douleur se transmue en art... Peut-être est-ce là une tentative vouée à l'échec, je ne sais. Mais je dois essayer.

Aujourd'hui nous avons fini de bâtir le foyer de la maison, l'enfant et moi ; nous bavardons tranquillement tout en travaillant. Je lui parle comme je me parlerais à moi-même si j'étais seul ; elle répond dans un langage héroïque de son invention. Nous avons enfoui les bagues que Cohen avait achetées pour Melissa dans la terre, sous la pierre de l'âtre, selon la coutume de cette île. Cela portera bonheur à ceux qui habitent cette maison.

*

À l'époque où je rencontrai Justine j'étais presque un homme heureux. Une porte s'était ouverte tout à coup par la grâce de mon intimité avec Melissa, intimité d'autant plus merveilleuse qu'elle fut inattendue et que je ne la méritais pas. Comme tous les égoïstes je ne supporte pas de vivre seul ; et ma dernière année de célibat m'avait été particulièrement pénible, tant je suis incapable d'organiser ma vie domestique, et désarmé devant tous ces problèmes que sont le linge, la nourriture, l'argent... Et j'avais la nausée de ces pièces infestées de cafards que j'habitais alors, avec pour toute compagnie Hamid le borgne, le domestique berbère.

Melissa n'avait percé mes fragiles défenses par aucune de ces qualités que l'on se plaît à énumérer quand on parle d'une maîtresse : charme, exceptionnelle beauté, intelligence, non, mais par la vertu de ce que l'on ne peut appeler que sa charité, au sens grec du mot. Je la voyais souvent passer, je me souviens, pâle, plutôt mince, vêtue d'un pauvre manteau en peau de phoque, tenant son petit chien en laisse, émouvante. Ses mains de phtisique marquées de veines bleues, etc. Ses sourcils peints dont la courbe trop accusée donnait à ses beaux yeux un air à la fois candide et effronté. Pendant des mois je la vis tous les jours, mais sa beauté taciturne n'éveillait aucune réponse en moi. Chaque jour je la rencontrais en allant au Café Al Aktar où Balthazar m'attendait, son chapeau noir vissé sur sa tête, pour me donner « l'enseignement ». Il ne me venait pas à l'idée que je pourrais devenir son amant.

Je savais qu'elle avait été autrefois modèle à l'Atelier — profession peu enviable — et qu'elle était maintenant danseuse ; je savais même qu'elle était la maîtresse d'un négociant en fourrures d'un certain âge, un gros homme riche et vulgaire. Je note simplement ces choses pour retrouver toute une partie de ma vie qui s'est engloutie dans la mer. Melissa ! Melissa !

*

Je repense à cette époque où le monde connu existait à peine pour nous quatre ; les jours n'étaient que des espaces entre des rêves, des espaces entre les paliers mouvants du temps, des occupations, des bavardages... Un flux et reflux d'affaires insignifiantes, une flânerie sans but au long de choses mortes, qui ne nous conduisait nulle part, ne nous apportait rien, une existence qui n'attendait rien d'autre de nous que l'impossible : être nous-mêmes. Justine disait que nous étions pris dans la projection d'une volonté trop puissante et trop délibérée pour être humaine, le champ d'attraction qu'Alexandrie dirigeait sur ceux qu'elle avait élus pour être ses vivants symboles...

*

Six heures. Le piétinement des silhouettes blanches aux abords de la gare. Les magasins qui se remplissent et se vident comme des poumons dans la rue des Sœurs. Les pâles rayons du soleil d'après-midi qui s'allongent et éclaboussent les longues courbes de l'Esplanade, et les pigeons, ivres de lumière, qui se pressent sur les minarets pour baigner leurs ailes aux derniers éclats du couchant. Tintement des pièces d'argent sur les comptoirs des changeurs. Les barreaux de fer aux fenêtres de la banque, encore trop brûlants pour

qu'on puisse y poser la main. Roulement des atte-
lages emmenant les fonctionnaires coiffés de leur
pot de fleurs rouge [1] vers les cafés de la Corniche.
C'est l'heure la plus pénible à supporter, et, de mon
balcon, je l'aperçois qui s'en va vers la ville, d'une
démarche nonchalante, en sandales blanches,
encore mal éveillée. Justine ! La ville sort lentement
de sa coquille comme une vieille tortue et risque un
coup d'œil au-dehors. Pour un moment elle abandonne les vieux lambeaux de sa chair, tandis que
d'une ruelle cachée près de l'abattoir, dominant les
beuglements et les bêlements, montent les bribes
nasillardes d'une chanson d'amour syrienne ;
quarts de ton suraigus, tel un sinus réduit en
poudre dans un moulin à poivre.

Puis des hommes fatigués qui relèvent les stores
de leurs balcons et font un pas en clignotant dans
la pâle et chaude lumière — fleurs languides des
après-midi d'angoisse, têtes dolentes sous le pansement des rêves moites de leurs affreuses couches.
Je suis devenu un de ces pauvres employés de la
conscience, un citoyen d'Alexandrie. Elle passe
sous ma fenêtre, souriant au fantôme d'une satisfaction intime, en éventant doucement ses joues
avec le petit éventail de paille. Un sourire que je ne
reverrai probablement jamais, car lorsqu'elle est en
compagnie elle se contente de rire, en découvrant
ses magnifiques dents blanches. Mais ce triste et
furtif sourire contient encore comme une espiègle-
rie latente qu'on ne se serait pas attendu à rencontrer chez elle. On aurait pu penser qu'elle était
d'une nature plus tragique et qu'elle manquait de
l'humour le plus ordinaire. Mais le souvenir obs-
tiné de ce sourire en vient à me faire douter de cela
maintenant.

*

1. Le tarbouche, bonnet rouge garni d'un gland de soie
bleue, porté par les Turcs et les Grecs.

J'avais bien souvent aperçu Justine ainsi, et naturellement je la connaissais très bien de vue longtemps avant que nous n'échangions les premiers mots : notre ville ne permet guère l'anonymat à ceux qui ont plus de deux cents livres de revenu par an. Je la vois assise au bord de la mer, seule, lisant un journal en grignotant une pomme ; ou dans le hall du *Cecil Hotel*, entre les palmiers poussiéreux, vêtue d'un fourreau pailleté d'argent, portant sa magnifique fourrure rejetée dans le dos comme les paysans portent leur manteau, son long index recourbé sur la chaînette. Nessim s'est arrêté à la porte du dancing éblouissant de lumière et de musique. Il ne l'a pas vue. Sous les palmiers, dans une niche, un couple de vieillards joue aux échecs. Justine s'est arrêtée pour les regarder. Elle ne connaît rien à ce jeu, mais l'aura d'immobilité et de concentration qui les enveloppe la fascine. Elle se tient là, un long moment, entre les joueurs sourds au monde et à l'univers bruyant de la musique, comme indécise et ne sachant dans quel monde plonger. À la fin Nessim s'approche doucement pour lui prendre le bras, et ils restent ainsi tous les deux un instant, elle regardant les joueurs, lui la regardant. Puis elle se détourne à regret, et avec un faible soupir s'avance prudemment dans le monde du bruit et de la lumière.

Et dans d'autres circonstances également, sans doute moins estimables, pour elle comme pour nous : et pourtant, comme les femmes les plus masculines et les plus ingénieuses peuvent être touchantes et merveilleusement féminines ! Elle ne pouvait s'empêcher de me parler de cette race de reines terribles qui laissaient flotter derrière elles l'odeur d'ammoniaque de leurs amours incestueuses comme un nuage flottant sur le subconscient d'Alexandrie. Les chattes géantes mangeuses d'hommes comme Arsinoé [1] étaient ses

---

1. Arsinoé II *Philadelphe*, princesse égyptienne, fille de Pto-

véritables sœurs. Et pourtant derrière les actes de Justine il y avait autre chose, le produit d'une philosophie tragique plus tardive, l'idée d'une balance où la morale devait l'emporter sur la personnalité et ses tendances mauvaises. Elle était la victime sincère de ses doutes quelque peu emphatiques. Néanmoins je ne peux séparer l'image de Justine se penchant sur la cuvette sale où nageait un fœtus, de celle de la Sophie de Valentin [1] qui mourut pour un amour aussi parfait qu'impossible à justifier.

*

À cette époque, Georges Gaston Pombal, un employé subalterne au consulat, partage avec moi un petit appartement dans la rue Nebi-Daniel. Il fait figure d'oiseau rare parmi le personnel diplomatique en ceci qu'il semble posséder une colonne vertébrale. Pour lui les corvées du protocole et des fêtes — tout à fait comme dans un cauchemar surréaliste — sont douées d'un charme exotique. Il voit la diplomatie avec des yeux de Douanier Rousseau. Il s'y livre sans jamais laisser le jeu engloutir ce qui lui reste de personnalité. Je suppose que le

lémée Sôter, née vers 316 av. J.-C. Après avoir été mariée à Lysimachos de Thrace, elle épousa successivement deux de ses propres frères — Ptolémée Kéraunos et Ptolémée II *Philadelphe*. Son fantôme incestueux hante l'Alexandrie de Durrell, participant au sentiment général de confusion et d'indétermination dans les relations amoureuses.

1. Gnostique égyptien (135-161). E.M. Forster décrit ainsi la figure de Sophia : « Imagine un Dieu primordial, centre de la divine harmonie, qui a émis des manifestations de Lui-même sous forme de couples mâle-femelle. Chaque couple était inférieur au précédent et Sophia (la sagesse) était la femelle du trentième couple, le moins parfait de tous. Elle montra son imperfection, non pas comme Lucifer en se rebellant contre Dieu, mais en désirant trop ardemment s'unir à Lui. Elle a chu par amour » (*Alexandrie*).

secret de son succès réside dans son extraordinaire paresse, qui touche au surnaturel.

Au Consulat général, il est assis derrière son bureau recouvert en permanence de petits cartons portant les noms de ses collègues. Il est la fainéantise incarnée, grand corps aux gestes lents adonné aux siestes prolongées et à Crébillon fils [1]. Ses mouchoirs sentent prodigieusement l'eau de Portugal. Les femmes constituent son sujet de conversation favori, et il peut en parler par expérience si j'en juge par le défilé de visiteuses qui passe par le petit appartement, où l'on voit rarement deux fois le même visage. « Pour un Français, l'amour offre ici un grand intérêt. Elles agissent avant de réfléchir. Et quand vient le moment du doute, l'instant torturant du remords, les choses sont déjà trop avancées, et personne n'a le courage de revenir en arrière. Cela manque un peu de finesse, cette animalité, mais cela me convient assez. J'en ai par-dessus le cœur et la tête de l'amour, et surtout je ne veux plus rien savoir de cette manie judéo-copte de la dissection. Et quand je retourne dans ma ferme de Normandie je ne veux avoir aucune attache ici. »

Il prend son congé en hiver, et pendant de longues semaines je dispose à moi seul du petit appartement humide ; je veille tard à corriger des cahiers d'exercices, avec les ronflements sonores d'Hamid pour me tenir compagnie. Au cours de cette dernière année j'ai atteint le bout de mon rouleau. Je manque de la volonté nécessaire pour faire quelque chose de ma vie, pour améliorer ma situation par le travail ; même pour faire l'amour. Je ne sais pas ce qui m'arrive. C'est la première fois que je fais l'expérience d'une indifférence totale à me

1. Auteur français (1707-1777), célèbre pour ses contes licencieux — particulièrement *Les Égarements du cœur et de l'esprit*, *Le Sopha* (1742).

survivre. Il m'arrive quelquefois de feuilleter les pages d'un manuscrit ou les vieilles épreuves d'un roman ou d'une plaquette de poèmes d'un doigt distrait et avec une sorte de dégoût ; avec tristesse aussi, comme lorsqu'on ouvre un passeport périmé.

De temps en temps, lorsque Georges est en congé, une de ses innombrables amies sonne à la porte et vient se prendre dans ma toile, et l'incident n'a d'autres conséquences que d'aviver pour un temps mon *taedium vitae*. Georges est prévenant et généreux à cet égard, et avant de partir (sachant combien je suis pauvre) il lui arrive souvent de payer par avance une des Syriennes de la Taverne du Golfe, avec pour consigne de venir à l'occasion passer une nuit à l'appartement « en disponibilité » comme il dit. Elle a pour tâche de me remonter le moral, et ce n'est pas là une tâche enviable, d'autant plus qu'en surface rien ne peut laisser supposer que mon moral soit particulièrement bas. Les conversations banales sont devenues une forme salutaire d'automatisme qui persiste encore longtemps après que toute parole est devenue superflue ; et lorsque cela est nécessaire, je peux même éprouver une sorte de soulagement à faire l'amour, car on ne dort pas très bien ici ; mais sans passion, distraitement.

Certaines de ces aventures avec de pauvres créatures exténuées, menées à leur terme par besoin physique, ne sont pas dépourvues d'intérêt, sont même touchantes quelquefois, mais j'ai perdu le goût de classer mes émotions, et elles n'existent plus pour moi que comme des silhouettes projetées sur un écran. « Il n'y a que trois choses que l'on puisse faire avec une femme, dit un jour Clea. On peut l'aimer, souffrir pour elle ou en faire de la littérature. » Je faisais l'expérience d'un échec dans tous ces domaines du sentiment.

Si je rapporte tout cela, c'est uniquement pour

montrer sur quelle matière humaine peu engageante Melissa avait choisi d'opérer, d'insuffler la vie dans mes narines. Et elle ne pouvait pas se permettre à la légère d'ajouter encore au fardeau de son existence sans joie et de sa maladie. Il fallait vraiment du courage pour se charger de moi dans l'état où elle était. Ce fut peut-être le fruit du désespoir, car elle avait aussi, comme moi, touché le fond de la détresse. Nous avions tous les deux fait faillite.

Pendant des semaines, son amant, le vieux fourreur, me suivit dans les rues avec un pistolet qui faisait une bosse dans la poche de son pardessus. Ce fut une consolation d'apprendre de la bouche d'une amie de Melissa qu'il n'était pas chargé, mais il n'en était pas moins inquiétant d'être poursuivi par ce vieillard. Nous avons dû l'un et l'autre nous fusiller en pensée à tous les coins de rues de la ville. Pour ma part, je ne pouvais pas supporter la vue de cette grosse face bouffie, aux yeux soulignés de lourdes poches brunes et aux traits luisants de graisse, pas plus que je ne pouvais supporter l'idée de son intimité vulgaire, bestiale avec elle : ces mains courtes et grasses, moites de sueur et couvertes d'un poil noir et dru comme le dos d'un porc-épic. Cela dura longtemps ; et puis au bout de quelques mois, un extraordinaire sentiment de familiarité sembla naître entre nous. Nous échangions un sourire et un petit signe de tête lorsque nous nous croisions dans la rue. Un jour, je le rencontrai dans un bar et je restai presque une demi-heure assis sur un tabouret à côté de lui ; nous brûlions de nous adresser la parole, mais aucun de nous deux n'eut le courage de faire le premier pas. Notre seul sujet de conversation commun était Melissa. En partant, je l'aperçus dans l'un des longs miroirs qui tapissaient les murs, la tête baissée, le regard perdu dans son verre. Quelque chose me frappa dans son attitude — l'air gauche d'un phoque savant qui s'efforce de mimer les émotions humaines — et je compris pour la première fois qu'il aimait probablement Melissa autant que moi. J'eus pitié de sa laideur et de la vide et douloureuse incompréhension avec laquelle il affrontait des émotions aussi nouvelles pour lui que la jalousie, la privation d'une maîtresse adorée.

Plus tard, quand ils retournèrent ses poches, je vis dans le fouillis de menus objets habituels un petit flacon de parfum vide, de cette marque bon marché qu'utilisait Melissa; et je le ramenai à l'appartement où il demeura sur la cheminée pendant plusieurs mois, jusqu'au jour où Hamid, pris d'un zèle de nettoyage, le jeta aux ordures. Je n'ai jamais parlé de cela à Melissa; mais souvent lorsque j'étais seul la nuit, pendant qu'elle dansait, pendant qu'elle était peut-être obligée de coucher avec ses admirateurs, j'observais ce petit flacon, qui semblait tristement et passionnément condamner l'amour de cet horrible vieillard et le comparer au mien; et témoigner aussi, par procuration, du désespoir qui pousse à se raccrocher à quelque petit objet dérisoire encore tout imprégné du souvenir de celle qui a trahi.

J'ai trouvé Melissa, égarée sur le morne littoral d'Alexandrie, pauvre petit oiseau épuisé, à demi noyé, le sexe déchiré...

*

Rues qui reviennent des docks, qui se faufilent entre les entassements de maisons loqueteuses et pourries, qui se soufflent dans la bouche leur haleine fétide, rues qui s'écœurent et chavirent. Balcons sous leurs persiennes, grouillants de rats et de vieilles femmes aux cheveux pleins de tiques et de croûtes. Murs galeux et ivres qui penchent à l'est et à l'ouest de leur véritable centre de gravité. Noirs cordons de mouches qui se livrent bataille jusque sur les lèvres et les yeux des enfants, perles moites des mouches d'été, partout; le poids de leurs cadavres faisant se détacher les vieux papiers tue-mouches pendus aux portes des cafés et des échoppes. Odeur des Berberinis enduits de sueur, comme de quelque tapis d'escalier en décomposition. Et puis les bruits de la rue : cris et tintements du porteur d'eau, entrechoquant ses plats de métal pour annoncer son passage, et les cris inattendus qui dominent de temps à autre le vacarme, tels ceux d'un petit animal aux organes délicats qu'on éventre. Les plaies comme des mares... l'incubation de la misère humaine prenant de telles proportions qu'on reste confondu, tous les sentiments humains débordent et se répandent en dégoût et en terreur.

J'enviais l'audace avec laquelle Justine se frayait un chemin dans ces rues qui menaient au café où je l'attendais : *El Bab*. Le porche à la voussure brisée où en toute innocence nous nous asseyions et bavardions; mais déjà notre conversation prenait un tour plein de sous-entendus que nous prenions pour les heureux présages d'une pure et simple amitié. Sur ce sol de terre grise, sentant monter une obscure fraîcheur des profondeurs de la terre, nous n'avions qu'un désir, celui de communiquer des pensées et des expériences qui dépassent la gamme des idées que les gens échangent d'ordinaire dans leurs conversations. Elle parlait comme un homme et je lui parlais comme à un homme. Je ne peux me rappeler que le poids et la courbe de ces conversations, et non leur substance. Appuyé sur un coude nonchalant, buvant de l'*arak*, lui souriant, je respirais le parfum chaud comme l'été de sa robe et de sa peau, un parfum qui s'appelait, je me demande pourquoi, *Jamais de la vie*.

*

Ce sont ces moments-là qui possèdent l'écrivain,

non l'amoureux, et qui vivent à tout jamais. On peut avoir recours à eux autant de fois que l'on veut par le souvenir, ou se servir d'eux comme d'une base solide sur laquelle bâtir cette portion de sa vie qu'est l'œuvre d'écriture. On peut les étourdir avec des mots, mais on ne peut pas en détruire la beauté. Dans ce même contexte je retrouve un autre de ces moments, couché à côté d'une femme endormie dans une chambre de passage près de la mosquée. Dans le petit matin de ce début de printemps, tout embué de rosée, se découpant sur le silence qui engourdit la ville avant que les oiseaux ne l'éveillent, je percevais la voix égale du *muezzin* [1] aveugle récitant l'*Ebed*, une voix qui flottait comme un fil d'argent dans la fraîcheur de palmes des hautes couches atmosphériques d'Alexandrie. « Je loue la perfection de Dieu l'Éternel » (cela répété trois fois, toujours plus lentement, dans un registre aigu et très pur) ; « La perfection de Dieu, le Désiré, l'Existant, le Seul, le Suprême : la perfection de Dieu, l'Un, l'Unique : la perfection de Celui qui n'a pas été engendré, Celui à qui nul ne ressemble, qui est sans égal et sans descendance. Louons et célébrons Sa perfection. »

La merveilleuse prière se fraie un chemin à travers ma conscience endormie, comme un serpent, ses anneaux de mots étincelants pénètrent en moi — la voix du *muezzin* s'abaissant insensiblement à des registres plus graves — jusqu'à ce que l'aube semble gorgée de son merveilleux pouvoir d'apaisement, signe d'une grâce inattendue et imméritée, imprégnant la pauvre chambre où dort Melissa, respirant aussi légèrement qu'une mouette, bercée par les splendeurs océanes d'une langue qu'elle ne connaîtra jamais.

*

1. Fonctionnaire chargé d'annoncer, du haut des minarets des mosquées, les cinq prières quotidiennes (dont l'*Ebed*).

De Justine, qui peut prétendre qu'elle n'avait pas son côté stupide ? Le culte du plaisir, les petites vanités, le souci de la bonne opinion des petites gens, l'arrogance. Elle pouvait être aussi d'une exigence tyrannique quand elle voulait. Oui. Oui. Mais c'est l'argent qui fait pousser toutes ces herbes folles. Je dirai seulement qu'en bien des cas elle pensait comme un homme, et dans ses actes elle goûtait une certaine indépendance verticale à adopter un comportement masculin. Notre intimité était d'un ordre psychique très étrange. Très tôt, je découvris qu'elle pouvait lire dans la pensée d'une façon très sûre. Les idées nous venaient simultanément. Je me souviens d'avoir eu conscience, une fois, qu'elle pensait exactement à la même chose que moi, et dans les mêmes termes : « Cette intimité *ne doit pas aller plus loin,* car nous en avons déjà épuisé toutes les possibilités en imagination ; et ce que nous finirons par découvrir, au-delà des sombres couleurs de la sensualité, sera une amitié si profonde que nous deviendrons esclaves l'un de l'autre pour toujours. » C'était, si vous voulez, le flirt de deux esprits prématurément exténués et qui semblait encore beaucoup plus dangereux qu'un amour fondé sur une attraction purement sexuelle.

Sachant à quel point elle aimait Nessim que j'aimais, moi aussi, énormément, je ne pouvais pas sans terreur m'attarder à cette pensée. Allongée à côté de moi, respirant légèrement, ses grands yeux contemplaient le plafond orné de chérubins. Je dis :

— Cela ne peut mener à rien, cette affaire entre un pauvre professeur et une femme de la haute société d'Alexandrie. Cela finira par un scandale mondain qui nous laissera seuls chacun de notre côté et tu seras obligée de te débarrasser de moi.

Justine avait horreur d'entendre ce genre de vérités. Elle se tourna, s'appuya sur un coude, et, abaissant ses magnifiques yeux troublés vers les miens, elle me regarda longuement.

— Nous n'avons pas le choix, dit-elle de cette voix rauque qui m'était devenue si chère. Tu parles comme si nous avions le choix. Nous ne sommes pas assez forts ou assez mauvais pour pouvoir choisir. Tout cela fait partie d'un plan arrangé par quelque chose d'autre, par la ville peut-être, ou une autre partie de nous-mêmes. Est-ce que je sais, moi ?

Je la revois chez sa couturière, assise devant les grands miroirs à multiples faces, et disant :

— Regarde ! Cinq images différentes du même sujet. Si j'étais écrivain, c'est ainsi que j'essaierais de dépeindre un personnage, par une sorte de vision prismatique. Pourquoi les gens ne peuvent-ils pas voir plus d'un profil à la fois ?

Elle bâille et allume une cigarette ; puis elle s'assied sur le lit, entoure de ses bras ses chevilles si fines et se met à réciter lentement, avec une moue délicieuse, ces vers merveilleux du vieux poète grec parlant d'un amour très très ancien — tout leur charme se perd dans une autre langue. Et en l'écoutant réciter ces vers, donnant à chaque syllabe grecque délibérément ironique une sorte de tendresse équivoque, je perçois tout à coup le pouvoir étrange et ambigu de la ville — son paysage composé d'une unique plaine alluviale, son air de perpétuel épuisement — et je comprends qu'elle est une vraie fille d'Alexandrie : c'est-à-dire ni grecque, ni syrienne, ni égyptienne, mais une hybride, une charnière du monde.

Avec quelle intensité elle dit le passage où le vieillard jette l'ancienne lettre d'amour qui l'avait tant ému et s'écrie : « Je viens tristement sur le balcon ; que n'importe quoi vienne distraire le cours de ces pensées, n'importe quoi, fût-ce le spectacle des mouvements insignifiants de la ville que j'aime, de ses rues et de ses boutiques ! » Et elle se lève, ouvre les persiennes et se penche sur le balcon qui domine une ville chamarrée de lumières : tout son être tendu sous la caresse du vent du soir venu des confins de l'Asie ; et pendant un instant elle n'a plus conscience de son corps.

*

« Prince » Nessim est évidemment une plaisanterie ; du moins pour les boutiquiers et les commerçants en jaquette noire qui le voyaient passer, digne et impénétrable, dans la grande Rolls argent aux chapeaux de roues jonquille. D'abord il n'était pas Musulman, mais Copte. Mais le surnom lui convenait admirablement car il y avait quelque chose de princier dans le détachement que Nessim affectait devant l'âpreté au gain qui est commune à tous les Alexandrins, même les plus riches. Et cependant les éléments de sa réputation d'excentrique n'avaient rien de particulièrement remarquable aux yeux de ceux qui avaient vécu hors du Levant. Il n'attachait pas grande importance à l'argent, si ce n'est pour le dépenser ; ensuite il n'avait pas de « garçonnière » et paraissait absolument fidèle à Justine, et l'on n'avait jamais rien vu de pareil. Pour ce qui est de l'argent, il était si riche qu'il en éprouvait une sorte de dégoût et il n'en avait jamais sur lui. Il dépensait à la mode arabe, et donnait des reconnaissances aux commerçants ; les restaurants et les night-clubs acceptaient ses chèques. Néanmoins ses dettes étaient régulièrement honorées, et tous les matins Selim, son secrétaire, refaisait en voiture le trajet accompli la veille pour payer toutes les dettes qui s'étaient accumulées en cours de route.

On considérait cela comme une excentricité d'aristocrate, car les habitudes de servilité et l'esprit terre à terre des habitants étaient déroutés par ce style qu'ils prenaient en outre pour une sorte de mépris à l'européenne. Mais ce n'était pas une affaire d'éducation chez Nessim, il était né comme cela ; dans ce petit univers qui semble n'avoir d'autre raison d'être que de faire de l'argent, il ne trouvait aucun aliment à son désir de douceur et de contemplation. Il n'y avait pas d'homme moins autoritaire que lui, et cependant ses actes faisaient jaser car ils étaient fortement marqués du sceau de sa personnalité. Les gens étaient enclins à attribuer ses façons d'être à une éducation étrangère, alors qu'en fait l'Allemagne et l'Angleterre l'avaient profondément déconcerté et il avait été ensuite incapable de s'adapter à la vie de la cité. De la première il avait retiré un goût pour la spéculation métaphysique en contradiction avec la nature de l'esprit méditerranéen, tandis qu'Oxford avait tenté de faire de lui un pédant et n'avait réussi qu'à développer ses tendances philosophiques au point qu'il était incapable de pratiquer l'art qui l'attirait le plus : la peinture. Il pensait et il souffrait beaucoup, mais il manquait de la force nécessaire pour oser, qui est la condition essentielle pour entreprendre quoi que ce soit.

Nessim était brouillé avec la ville, mais comme sa fortune considérable le mettait quotidiennement en contact avec les hommes d'affaires de l'endroit, ceux-ci faisaient preuve à son égard d'une indulgence amusée, de cette sorte de condescendance que l'on adopte envers une personne un peu simple d'esprit. Et si l'on pénétrait dans son bureau — ce sarcophage tout en meubles tubulaires et en vitraux —, il n'était pas rare de le trouver assis comme un orphelin devant son grand bureau (recouvert de sonnettes, de poulies et de lampes brevetées), mangeant du pain bis et du beurre, et lisant Vasari [1] en signant des lettres et des quit-

---

1. Giorgio Vasari (1511-1574), peintre, architecte et écrivain italien, célèbre pour ses *Vies des plus excellents peintres, sculpteurs et architectes* (1542-1550).

tances d'une main distraite. Il levait alors vers vous son pâle visage en forme d'amande, s'efforçant de sourire, ne parvenant pas toujours à sortir de son univers secret, le regard presque suppliant. Pourtant, sous ses dehors aimables et nonchalants se cachait une lucidité impitoyable, et ses employés s'étonnaient toujours de voir que malgré son air absent il n'y avait pas un détail de ses affaires qu'il ignorât, et les transactions qu'il menait étaient toujours fondées sur le bon sens. Ses employés le tenaient pour une sorte d'oracle — pourtant (disaient-ils en soupirant et en haussant les épaules) il semblait ne pas y attacher d'importance ! Ne pas attacher d'importance au gain, voilà ce que les Alexandrins tiennent pour folie.

Je les connaissais de vue longtemps avant que nous ne nous soyons rencontrés — comme je connaissais tout le monde dans la ville. De vue et également de réputation, car leur façon de vivre, hautaine, désinvolte et peu soucieuse des conventions leur avait conféré une certaine notoriété parmi nos provinciaux. Elle passait pour avoir eu un grand nombre d'amants, et Nessim était considéré comme un « mari complaisant ». Je les avais regardés danser ensemble en diverses occasions, lui mince, la taille prise comme celle d'une femme, et de belles mains aux longs doigts souples ; l'adorable tête de Justine — l'angle très prononcé de ce nez arabe et ces yeux translucides, agrandis par la belladone. Elle jetait autour d'elle des regards de panthère à demi domptée.

Et puis : un jour j'avais accepté de faire une conférence sur le poète de la ville à l'*Atelier des Beaux-Arts*, sorte de club où les amateurs doués pouvaient se rencontrer, louer des studios, etc. J'acceptai uniquement parce que c'était l'occasion d'un petit gain supplémentaire et que, l'automne approchant, Melissa avait besoin d'un nouveau manteau. Mais ce fut une pénible corvée, et je sentais le vieillard tout près de moi, hantant pour ainsi dire les ruelles obscures autour de la salle de conférence et les imprégnant du parfum de ses vers inspirés par les amours de misère et cependant enrichissantes dont il avait fait l'expérience — des amours qu'il s'était peut-être procurées avec de l'argent, amours fugaces auxquelles ses vers rendaient la vie et qu'ils éternisaient — et avec quelle lente patience et quelle tendresse il avait saisi la minute de hasard et en avait fixé toutes les nuances! Quelle impertinence de discourir sur un ironiste qui, avec tant de naturel et quelle délicatesse de l'instinct, fit le sujet de son œuvre des rues et des bordels d'Alexandrie! Et qui plus est en parler non pas à un public de commis de merceries et de petits employés — ceux qu'il immortalisa — mais devant une digne assemblée de femmes du monde pour qui la culture qu'il représentait était une sorte de banque de sang : elles étaient venues pour une transfusion. Un certain nombre d'entre elles s'étaient privées d'une soirée de bridge pour cela, tout en sachant parfaitement qu'au lieu d'être transportées elles seraient frappées de stupeur.

Tout ce que je me rappelle, c'est d'avoir dit que j'étais hanté par son visage — le doux visage atrocement triste de la dernière photographie; et lorsque le flot des épouses des bons bourgeois se fut écoulé par l'escalier de pierre et déversé dans les rues humides où les attendaient leurs voitures, tous feux allumés, je m'aperçus, au moment de quitter la salle toute bruissante encore de leurs parfums, qu'elles avaient laissé derrière elles une solitaire étudiante des passions et des arts. Elle était assise au fond de la salle, pensive, les jambes croisées dans une attitude masculine, fumant une cigarette. Elle ne me regardait pas mais fixait le sol à ses pieds d'un air vulgaire. Je fus flatté à la pensée qu'une personne au moins avait peut-être compris mes difficultés. Je pris ma serviette moite et mon imperméable et m'enfonçai dans les rues balayées par une petite pluie fine et pénétrante que fouettait le vent du littoral. Je pris le chemin de la maison où Melissa aurait mis le couvert sur la table recouverte d'un journal après avoir envoyé Hamid chercher le rôti chez le boulanger — car nous n'avions pas de four.

Il faisait froid dans la rue, et je longeai les boutiques éclairées dans la rue Fouad. À la devanture d'une épicerie je vis une petite boîte d'olives avec le nom d'*Orvieto* sur l'étiquette, et saisi brusquement par la nostalgie d'être du bon côté de la Méditerranée, j'entrai dans le magasin ; j'achetai la boîte ; me la fis ouvrir ; et m'asseyant à une table de marbre dans cette lugubre clarté blafarde je me mis à dévorer l'Italie, sa chair brûlée de soleil, son sol fécond, ses vignes consacrées. Je sentais que Melissa ne comprendrait jamais cela. Je serais obligé de mentir et de dire que j'avais perdu l'argent.

Je ne vis pas tout d'abord la longue voiture qu'elle avait laissée dans la rue sans en arrêter le moteur. Elle entra dans la boutique d'un air brusque et résolu et dit, avec cette autorité qu'ont les lesbiennes et les femmes riches lorsqu'elles s'adressent à des gens manifestement pauvres : « Qu'entendez-vous par nature antinomique de l'ironie ? » — ou quelque pointe d'esprit de ce genre et que j'avais déjà oubliée.

Ne parvenant pas à m'extraire de mon rêve italien je levai la tête d'un air maussade et je la vis se pencher vers moi dans les trois miroirs qui garnissaient trois des côtés de la boutique, le visage sombre et un peu effrayant, à la fois troublé et plein d'une arrogante réserve. Naturellement j'avais oublié ce que j'avais pu dire sur la nature de l'ironie et tout le reste, et je le lui dis avec une indifférence qui n'était pas du tout feinte. Elle poussa un léger soupir, comme pour manifester son soulagement et, s'asseyant en face de moi, alluma une cigarette brune — elle fumait du tabac français — aspirant à petites bouffées la fumée qu'elle rejetait en minces filets bleus qui restaient en suspens dans la lumière crue de la pièce. Je ne savais pas à quoi m'en tenir au juste, devant la franchise de son regard que je trouvais embarrassante — c'était comme si elle essayait d'évaluer l'usage qu'on pouvait faire de moi.

— J'ai aimé, dit-elle, la façon dont vous avez cité ses vers sur la ville. Vous parlez bien le grec. Vous êtes écrivain certainement.

— Certainement, dis-je.

Il est toujours blessant de ne pas être connu. Il semblait inutile de poursuivre dans cette voie. J'ai toujours eu horreur des conversations littéraires. Je lui offris une olive, qu'elle mangea prestement; elle recracha le noyau dans sa main gantée, comme un chat; elle le garda sans y prendre garde et dit :

— J'aimerais vous présenter à Nessim, mon mari. Voulez-vous venir?

Un policier avait fait son apparition à la porte, manifestement intrigué par la voiture abandonnée. Ce fut la première fois que je vis la grande maison de Nessim avec ses statues, ses palmiers et ses loggias, ses Courbet, ses Bonnard et tout le reste. C'était à la fois magnifique et hideux. Justine monta vivement l'escalier monumental, s'arrêtant seulement pour transférer son noyau d'olive de la poche de son manteau dans un vase de Chine, appelant Nessim sur tous les tons. Nous allâmes de chambre en chambre, brisant chaque fois le silence. Il finit par répondre du fond d'un grand studio tout en haut de la maison, et se précipitant vers lui comme un chien elle me jeta métaphoriquement à ses pieds, puis se tint légèrement en retrait en agitant joyeusement la queue. Elle m'avait attrapé.

Nessim était assis sur la dernière marche d'un escabeau, en train de lire, et il descendit lentement vers nous en nous considérant l'un après l'autre. Sa timidité ne savait comment réagir devant ma pauvre mise, mes cheveux trempés et ma boîte d'olives, et pour ma part je ne pouvais lui donner aucune explication de ma présence puisque je ne savais pas moi-même dans quel but on m'avait amené ici.

J'eus pitié de lui et lui offris une olive; nous nous assîmes et finîmes la boîte en parlant, si je me souviens bien, d'Orvieto où nous n'étions allés ni l'un ni l'autre, tandis que Justine allait prendre les boissons. C'est une grande consolation pour moi de repenser à cette première rencontre. Jamais je n'ai été plus près d'eux — plus près, je veux dire, du couple qu'ils formaient; ils m'apparaissaient alors sous les traits de ce magnifique animal à deux têtes que le mariage peut former. En voyant la chaude et bienveillante lumière qui brillait dans les yeux de Nessim je compris, me rappelant les rumeurs scandaleuses qui couraient sur Justine, que tout ce qu'elle avait fait — même ce qui pouvait passer pour répréhensible ou blessant aux yeux du monde — c'était en un certain sens *pour* lui qu'elle l'avait fait. L'amour de Justine pour son mari était comme une peau dans laquelle il était cousu, tel Héraklès enfant; et les efforts qu'elle faisait pour se réaliser ne l'avaient pas éloignée mais au contraire toujours rapprochée de lui. Je sais, le monde ignore cette sorte de paradoxe et n'en a pas l'usage; mais il me sembla alors que Nessim la connaissait et l'acceptait d'une manière absolument incompréhensible pour ceux qui ne peuvent pas séparer l'amour de l'idée de possession. Un jour, beaucoup plus tard, il me dit : « Que pouvais-je faire ? Justine était trop forte pour moi sur bien des points. Je n'avais d'autre ressource que de l'aimer envers et contre tout — c'était mon meilleur atout. Je la devançais — je prévoyais toutes ses erreurs; elle me trouvait toujours là, à l'endroit même de sa chute, prêt à l'aider à se remettre sur pied pour lui montrer que cela n'avait pas d'importance. Après tout, elle ne compromettait que le côté le plus insignifiant de ma personne : ma réputation. »

C'était beaucoup plus tard : avant qu'un malheureux destin ne nous ait tous engloutis, nous ne nous connaissions pas assez bien pour parler aussi librement. Je me rappelle aussi qu'il me dit un jour — c'était à la villa d'été près de Bourg El Arab : « Cela étonnera peut-être, mais j'ai toujours pensé qu'il y avait en Justine une sorte de grandeur. Il y a certaines formes de grandeur, vous savez, qui, si elles ne s'attachent pas à l'art ou à la religion, font des ravages dans la vie ordinaire. Le malheur est que ses dons ne se sont appliqués qu'à l'amour. Elle a été mauvaise de bien des façons, certes, mais c'était sans importance. Je ne peux pas dire non plus qu'elle n'a jamais fait de mal à personne. Mais ceux qu'elle a blessés en ont été enrichis. Elle arrachait les gens à leurs vieilles enveloppes, elle les faisait sortir d'eux-mêmes. Il était naturel que cela soit douloureux, et beaucoup se méprenaient sur la nature de la douleur qu'elle leur infligeait. Pas moi. » Et souriant de ce sourire qu'on lui connaissait bien, et dans lequel une grande douceur se mêlait à une inexprimable amertume, il répétait à voix basse ces deux mots : « Pas moi. »

*

Capodistria... comment se situe-t-il dans le tableau ? Il tient plus du lutin que de l'homme, pourriez-vous penser. La tête plate et triangulaire d'un serpent avec deux énormes lobes frontaux ; les cheveux s'avançant en pointe comme une visière. Une langue blanchâtre et frémissante qu'il passe sans arrêt sur ses lèvres minces et sèches. Il est indiciblement riche et il n'a pas besoin de lever le petit doigt pour vivre. Assis toute la journée à la

terrasse du *Brokers' Club* il regarde passer les
femmes, de l'œil inquiet de quelqu'un qui bat sans
arrêt un vieux paquet de cartes poisseuses. De
temps en temps un sursaut, comme un caméléon
dardant brusquement sa langue — comme un
imperceptible signal. Alors une silhouette quitte la
terrasse pour suivre la femme que son geste a dési-
gnée. Parfois ses agents arrêtent et importunent
très ouvertement une femme dans la rue en son
nom, en mentionnant une somme d'argent. Dans
notre ville une femme ne se considère pas comme
offensée par une offre d'argent. Certaines se
contentent de rire. D'autres acceptent tout de suite.
Mais jamais vous ne les verrez se fâcher. Chez nous
la vertu n'est jamais feinte, pas plus que le vice. Le
vice se pratique avec autant de naturel que la vertu.

Capodistria se tient à l'écart de tout cela, dans
son habit immaculé, la poitrine fleurie d'une
pochette de soie. Ses chaussures effilées brillent
comme deux diamants. Ses amis l'appellent *Da
Capo* à cause de certaines prouesses sexuelles
égales à sa fortune — ou à sa laideur. Il y a une obscure parenté entre lui et Justine. « Je le plains, dit-
elle. Son cœur s'est desséché et il ne lui reste que
les cinq sens, comme les morceaux d'un verre
brisé. » Pourtant la monotonie d'une telle vie ne
paraît pas le déprimer. Sa famille est célèbre par le
nombre de suicides qu'il s'y est commis, et son
héritage psychologique est lourd de maladies et de
troubles mentaux. Mais cela ne l'affecte guère et il
a coutume de dire, en posant un index démesuré-
ment long sur sa tempe : « Tous mes ancêtres
avaient un grain. Mon père aussi. C'était un grand
coureur de femmes. Quand il était très vieux il
avait un mannequin en caoutchouc à l'image de la
femme parfaite, grandeur nature ; en hiver on pouvait le remplir d'eau chaude. C'était sa poupée, et
elle était d'une grande beauté. Il l'appelait Sabina,
du nom de sa mère ; il l'emmenait partout. Il avait

la passion des paquebots, et il passa les deux dernières années de sa vie en mer entre l'Europe et New York sans presque jamais descendre à terre. Sabina avait une magnifique garde-robe. Il fallait les voir descendre à la salle à manger tous les deux, habillés comme pour un gala. Il voyageait avec un domestique appelé Kelly. Ils tenaient Sabina chacun par un bras, et dans ses merveilleuses robes du soir elle avait tout à fait l'air d'une femme du monde un peu ivre. La nuit où il mourut il dit à Kelly : "Envoyez un télégramme à Démétrius et dites-lui que Sabina est morte dans mes bras ce soir et qu'elle n'a pas souffert." On l'enterra avec lui à Rome. Je n'ai jamais entendu rire plus gai et plus naturel que le sien. »

Plus tard, lorsque les tourments m'eurent rendu à moitié fou et que je me fus lourdement endetté auprès de Capodistria, je trouvai en lui un compagnon beaucoup moins obligeant ; et un soir il y eut Melissa à moitié ivre, assise sur le petit tabouret devant le feu, tenant entre ses longs doigts pensifs la reconnaissance de dette que je lui avais signée avec le simple mot « acquitté » écrit en travers à l'encre verte d'une écriture cinglante... Ce sont là de ces souvenirs qui vous font souffrir. Melissa dit : « Justine aurait pu payer ta dette, cela n'aurait pas fait un grand trou dans sa fortune. Mais elle te tient déjà assez comme cela. Et puis, bien que tu ne te soucies plus beaucoup de moi, je voulais encore faire quelque chose pour toi, et ça c'est un bien petit sacrifice. Je pensais que cela ne te ferait pas beaucoup de peine qu'il couche avec moi. N'as-tu pas fait la même chose pour moi, je veux dire, n'as-tu pas emprunté de l'argent à Justine pour m'envoyer à la clinique, les radios et tout le reste ? Tu as menti mais je l'ai su. Moi je ne pourrais pas mentir, je ne mens jamais. Tiens, prends-la et déchire-la : mais ne joue plus jamais avec lui. Tu ne peux pas fréquenter un homme comme lui. » Et tournant la tête, elle fit le geste de cracher, à l'arabe.

De la vie publique de Nessim — ces gigantesques et ennuyeuses réceptions, où l'on ne voyait au début que des hommes d'affaires et qui devinrent ensuite prétexte à d'obscurs complots politiques [1] — je ne désire rien dire. En traversant furtivement le grand hall pour monter au studio je m'arrêtais pour examiner le grand bouclier de cuir sur la cheminée où se trouvait également un plan de la table — pour voir qui avait été placé à la droite et à la gauche de Justine. Pendant quelque temps ils tentèrent gentiment de me faire participer à ces réunions, mais elles me lassaient vite et je prétextais quelque fatigue, heureux de pouvoir disposer du studio et de l'immense bibliothèque. Plus tard nous nous retrouvions comme des conspirateurs, et Justine rejetait les masques de gaieté, d'ennui et de pétulance qu'elle arborait en société. Ils lançaient leurs chaussures dans un coin et nous jouions au piquet à la lumière des chandelles. Au moment d'aller se coucher elle jetait un regard à son image dans le miroir du premier étage et lançait : « Sale Juive hystérique, prétentieuse, ennuyeuse ! »

*

La boutique de Mnemjian, le coiffeur babylo-

---

1. La complexité ironique de la structure narrative se constitue ici même, puisque le narrateur, Darley, n'est pas informé des complots de Nessim — et Justine — pour rétablir une domination copte en Égypte. Balthazar lui révélera une partie de cette réalité qu'il n'avait pas vue, ce qui conduira Darley à revenir sur la même histoire, pour la relire autrement dans *Balthazar*. Puis, dans un troisième temps, la partie du complot qui consistait à susciter une rébellion juive en Palestine, pour faire échec au pouvoir arabe grandissant, sera révélée dans *Mountolive*.

nien, était située au coin de la rue Fouad-Ier et de la rue Nebi-Daniel et là, tous les matins, Pombal gisait à côté de moi dans la glace. Nous étions hissés simultanément sur nos fauteuils, puis enveloppés dans un linceul comme deux pharaons morts, pour réapparaître au même instant au plafond, posés là comme deux insectes dans une vitrine. C'est un petit gamin noir qui nous attachait nos serviettes tandis que dans un grand plat à barbe victorien le coiffeur barattait sa mousse onctueuse et parfumée avant de l'appliquer par petites touches expertes sur nos joues.

Après avoir passé la première couche, il nous remettait entre les mains d'un garçon tandis qu'il allait affûter le fil d'un rasoir anglais sur l'énorme cuir qui pendait au fond de la boutique au milieu des papiers tue-mouches.

Le petit Mnemjian est un nain dont l'œil violet n'a jamais perdu sa candeur enfantine. Il est l'Homme-Mémoire, les archives de la cité. Si vous voulez connaître les ascendants ou le revenu de tel ou tel passant pris au hasard vous n'avez qu'à le lui demander ; il vous psalmodiera tous les détails en affûtant son rasoir et en l'essayant sur le poil dru et noir de son avant-bras. Ce qu'il ne sait pas, il ne mettra pas longtemps à le découvrir. En outre, il en sait autant sur les morts que sur les vivants, car l'hôpital grec fait appel à ses services pour raser et faire la toilette de ses victimes avant de les abandonner aux croque-morts ; et c'est une tâche dont il s'acquitte avec le zèle et le goût de tous ceux de sa race. Son ancien commerce embrasse les deux mondes et certaines de ses meilleures observations commencent par cette phrase : « Comme me disait Untel en rendant le *dernier soupir.* » Il paraît qu'il a un succès fou auprès des femmes et l'on prétend qu'il a mis de côté une petite fortune acquise aux dépens de ses admiratrices. Mais il a aussi plusieurs vieilles dames égyptiennes, femmes et veuves de pachas [1], à titre de clientes permanentes et chez qui il se rend à intervalles réguliers pour les coiffer. « Elles sont revenues de tout », dit-il en clignant de l'œil, et, frappant l'affreuse bosse qui orne son dos, il ajoute avec fierté : « Ça les excite. » Entre autres choses il a un porte-cigarettes en or, don de l'une de ses admiratrices, dans lequel il garde tout un stock de feuilles de papier à cigarette en vrac. Son grec est assez défectueux mais émaillé d'images inattendues, et Pombal refuse absolument qu'il lui parle en français, langue qu'il pratique cependant beaucoup mieux.

À l'occasion il pourvoit mon ami, et je suis toujours étonné par les subites envolées poétiques dont il fait montre lorsqu'il entreprend la description d'une de ses *protégées*. Penché sur le visage lunaire de Pombal, il dira par exemple, sur un ton de confidence, tandis que le rasoir commence à crisser sous la mousse : « J'ai quelque chose pour vous — *quelque chose de spécial*. » Pombal surprend mon regard dans le miroir et détourne bien vite la tête de peur que nous ne nous communiquions un mutuel fou rire. Il émet un grognement prudent. Mnemjian se hausse un peu sur la pointe des pieds, s'approche encore de l'oreille de Pombal en louchant légèrement. La petite voix enjôleuse enveloppe toutes ses phrases de significations équivoques, et son discours n'est pas moins remarquable par les petits soupirs à fendre l'âme dont il le ponctue. Pendant un instant plus aucune parole n'est échangée. Je peux voir dans la glace le sommet de la tête de Mnemjian — cet affleurement obscène de cheveux noirs qui se résout en deux accroche-cœurs sur les tempes, sans doute dans le but de détourner l'attention de sa bosse. Puis, tan-

---

1. À l'origine, titre des gouverneurs de province dans l'empire ottoman, puis des titulaires d'autres grades de la hiérarchie civile et militaire.

dis qu'il manie son rasoir, ses yeux perdent leur éclat et son visage devient aussi inexpressif qu'un soliveau. Ses doigts s'affairent sur nos faces vivantes avec autant de détachement que sur celles, exigeantes (et, oui, bienheureuses) des morts. « Cette fois, dit Mnemjian, vous serez satisfait à tous les points de vue. Elle est jeune, propre et pas chère. Vous verrez par vous-même, c'est une jeune perdrix, un rayon de miel avec tout son miel intact à l'intérieur, une vraie petite colombe. Elle a quelques difficultés d'argent en ce moment. Il n'y a pas longtemps qu'elle est sortie de l'asile d'Helwan où son mari avait essayé de la faire interner. Je me suis arrangé pour qu'elle se tienne au *Rose-Marie* à la dernière table sur le trottoir. Allez la voir à une heure ; si vous voulez qu'elle vous accompagne, donnez-lui la carte que je vais préparer pour vous. Mais rappelez-vous, c'est moi seul que vous devez payer. D'homme à homme, c'est la seule condition que je mets. »

Il n'ajoute rien pendant un moment. Pombal continue à se regarder dans la glace, sa curiosité naturelle se trouvant en conflit avec l'immense apathie de l'été. Plus tard il se précipitera sans aucun doute dans l'appartement avec quelque créature épuisée et hagarde dont le sourire torve n'éveillera en lui d'autre sentiment que la pitié. Je ne puis dire que mon ami soit dénué de bonté, car il se démène sans cesse pour procurer du travail à ces filles ; en effet, la plupart des consulats ont parmi leur personnel de ces anciennes indigentes qui s'efforcent désespérément de paraître dignes, et c'est aux importunités de Georges auprès de ses collègues de la carrière qu'elles doivent leurs emplois. Néanmoins il n'est pas de femme trop humble, trop vieille ou trop usée pour recevoir ces marques extérieures de considération, ces petites galanteries et ces saillies que j'en suis arrivé à associer au tempérament gaulois ; ce charme français cérébral et clinquant qui s'évapore si facilement pour se transformer en fierté et en indolence mentale — tout comme les pensées françaises qui s'écoulent si rapidement dans des moules de sable, l'« esprit » original se figeant immédiatement en des concepts d'où toute sensibilité est absente. Le badinage sexuel, qui plane sur ses pensées et ses actions, a cependant un air de désintéressement qui le rend qualitativement différent des actions et des pensées d'un Capodistria, par exemple, lequel nous rejoint souvent chez Mnemjian à l'heure de la barbe. Capodistria a une façon tout à fait involontaire de féminiser tout ce qu'il approche ; sous son regard les chaises prennent douloureusement conscience de la nudité de leurs jambes. Il imprègne les choses. À table j'ai vu une pastèque s'émouvoir sous la caresse de son regard et sentir tressaillir ses graines dans son ventre ! Les femmes se sentent comme l'oiseau devant la vipère en face de ce visage étroit et plat, de cette langue qui passe et repasse sans cesse sur ses lèvres minces. Je pense un fois de plus à Melissa : *hortus conclusus, soror mea sponsor* [1]...

*

— *Regard dérisoire**, dit Justine. Comment se fait-il que vous soyez si proche de nous... et que vous restiez si loin cependant ? (Elle peigne ses beaux cheveux noirs devant la glace, une cigarette à la bouche.) Vous êtes un réfugié mental, évidemment, puisque vous êtes Irlandais, mais il vous manque encore de partager notre *angoisse*.

1. « Elle est un jardin bien clos, ma sœur, ma fiancée » (Cantique des Cantiques, 4, 12).
* Tous les mots ou expressions en italique, suivis d'un astérisque, sont en français dans le texte et respectent scrupuleusement la formulation de l'auteur, même lorsqu'elle est incorrecte.

En fait, ce qu'elle cherche à saisir, c'est cette qualité distinctive qui émane non pas de nous mais du paysage — les senteurs métalliques qui imprègnent l'atmosphère débilitante de Mareotis [1].

Tout en l'écoutant je songe aux fondateurs de la cité, au Dieu-soldat [2] dans son cercueil de verre, au corps touchant de jeunesse dans son enveloppe d'argent, descendant le fil du fleuve jusqu'à l'endroit de son tombeau. Ou à cette grande tête carrée de nègre d'où émane un concept de Dieu conçu dans l'esprit de la pure spéculation intellectuelle : Plotin [3] C'est comme si les préoccupations de ce paysage convergeaient en un point hors de l'atteinte de la plupart de ses habitants, en une région où la chair, mise à nue par l'abus de ses réticences finales, doit se soumettre à une préoccupation infiniment compréhensive ; ou périr de cette sorte d'épuisement que représentent les œuvres du Mouseion [4], les jeux candides des hermaphrodites dans les jardins verdoyants de l'art et de la science. Poésie, maladroite tentative d'insémination artificielle des Muses ; métaphore d'une stupidité flagrante de la chevelure de Bérénice [5] scin-

---

1. Le lac Mareotis ou Mariout (voir carte au début de l'ouvrage). Décrit comme malsain et superbe à la fois, il est lieu de beauté et de danger ; la plupart des personnages y convergent à la fin de *Justine* (la description est reprise dans les autres livres) pour une chasse au canard aussi fascinante qu'angoissante.

2. En 331 av. J.-C., Alexandre, après avoir conquis la Syrie et l'Égypte, ordonne la construction d'une ville sur le site de la petite ville de pêcheurs de Rhakotis ; il en confie l'ordonnance à l'architecte rhodien Dinocrate.

3. Philosophe alexandrin néo-platonicien (205-270), qui enseigna à Rome à partir de 244, et écrivit les traités des *Ennéades*, où Dieu est représenté comme se réalisant sous les trois hypostases de l'âme, de l'intelligence et de l'unité.

4. Musée d'Alexandrie. Au temps de Ptolémée Sôter, qui l'avait fondé, c'était un palais dans lequel vivaient, aux frais du roi, savants et philosophes, qui pouvaient se consacrer librement à leurs recherches.

5. Constellation, ainsi dénommée par l'astronome Conon,

tillant dans le ciel nocturne au-dessus du visage endormi de Melissa. « Ah ! dit un jour Justine, si au moins il y avait quelque chose de libre, quelque chose de polynésien dans cette licence où nous vivons. » Ou même de méditerranéen, aurait-elle pu ajouter, car les implications de chaque baiser seraient différentes en Italie ou en Espagne ; ici nos corps étaient écorchés par les vents âpres et desséchants qui soufflaient des déserts africains, et nous étions obligés de substituer à l'amour une tendresse cérébrale plus cruelle, qui, loin d'expugner la solitude, ne faisait que l'exacerber.

Jusqu'à la ville qui avait deux centres de gravité : le pôle réel et le pôle magnétique de sa personnalité ; et entre les deux, le tempérament de ses habitants fusait et s'épuisait en vaines décharges électriques. Son centre spirituel était le site oublié de la Soma [1] où le corps tourmenté du jeune soldat fut un jour placé dans sa divinité d'emprunt ; son assise temporelle étant le Club des Courtiers où, tels des Gnostiques [2], les courtiers en coton

parce que, disait-il, les dieux avaient placé dans le ciel la chevelure de Bérénice, femme du roi d'Égypte Ptolémée Evergète — chevelure qu'elle avait sacrifiée et déposée dans le temple de Vénus, et qui en avait mystérieusement disparu.

1. Temple qui aurait contenu le cercueil d'or d'Alexandre. Soma et Mouseion se font face, aux deux angles du carrefour constitué par la rue Rosette (d'abord Voie Canopique — parce qu'elle conduisait à Canopis, l'embouchure du Nil — puis rue Rosette, et à présent rue Fouard-Ier) et la rue Nebi-Daniel (voir carte). Ce carrefour, qui a peut-être porté le nom d'Alexandre, est le cœur de l'ancienne cité pour Durrell (après E. M. Forster, qui lui a consacré un texte dans *Pharos et Pharillon* — « Entre le soleil et la lune »).

2. Adeptes d'un système théologique, qui affirment avoir une connaissance (*gnose*, du grec gnôsis) absolue de tout — de l'homme, du monde, et de Dieu. Les gnostiques forment des groupes d'initiés à l'intérieur des religions existantes — ainsi la Kabbale (ou Cabale) dans le judaïsme, ou la théosophie druse dans la religion islamique. Parmi les innombrables ramifications du gnosticisme dans le christianisme, on trouve l'hermétisme, la gnose orthodoxe d'Origène, et la gnose hétérodoxe des

venaient boire leur café, fumer des cigares rances et regarder Capodistria, comme les badauds des quais regardent un pêcheur ou un peintre. Le premier symbolisait pour moi les grandes conquêtes de l'homme dans les domaines de la matière, de l'espace et du temps — qui doivent inévitablement abandonner leur connaissance péniblement acquise au conquérant dans son cercueil; l'autre n'était pas un symbole mais les limbes vivantes du libre arbitre où errait ma bien-aimée Justine en quête, dans quelle effrayante solitude de l'esprit, de l'étincelle qui lui découvrira une nouvelle perspective de son être. Chez elle, en vraie fille d'Alexandrie, la licence était une forme étrange mais réelle d'abnégation, un masque de la liberté; et si je voyais en elle un témoin de la ville ce n'était pas à Alexandrie ou à Plotin que je pensais nécessairement, mais au triste trentième enfant de Valentin [1] qui tomba, « non comme Lucifer en se rebellant contre Dieu, mais parce qu'il était possédé du trop ardent désir de s'unir à lui ». Tout excès devient péché.

Séparé de la divine harmonie il tomba, dit le philosophe tragique, et devint la manifestation de la matière ; et tout l'univers de sa ville, du monde, naquit de son agonie et de son remords. La semence tragique qui engendrait ses pensées et ses actes était la semence d'un gnosticisme pessimiste.

sectes ou des groupes constitués autour d'un fondateur (Simon le Magicien, Carpocrate ou Valentin — voir aussi note 1 de la page 30 et note 1 ci-après). Il est intéressant de retrouver chez plusieurs personnages du *Quatuor* une attitude qui s'apparente à certains traits de l'éthique gnostique : le salut n'étant lié ni à la foi ni aux œuvres, mais à une illumination cognitive, le choix éthique peut être celui de l'amoralisme le plus total, comme de l'ascétisme le plus grand (Justine, par exemple, passe de la licence alexandrine à l'austérité des kibboutz, à la fin du premier livre).

1. *Trentième enfant de Valentin* : Sophia (voir note 1 de la page 30).

Je sais que cette identification était réelle car beaucoup plus tard lorsque, avec tant de méfiance et de mauvais pressentiments, elle me permit de me joindre au petit cercle qui se réunissait tous les mois autour de Balthazar, c'était toujours ce qu'il disait sur le gnosticisme qui l'intéressait le plus. Je me rappelle le soir où, avec tant de ferveur et d'humilité, elle lui demanda si elle avait correctement interprété sa pensée :

— Je veux dire que Dieu ne nous a pas créés ni n'a jamais souhaité le faire, mais que nous sommes l'œuvre d'une divinité inférieure, un Démiurge, qui se prenait à tort pour Dieu ? Ah ! comme cela paraît probable ; et c'est ce *hubris* présomptueux qui a été transmis à nos enfants.

Et, une autre fois, comme nous marchions côte à côte, elle se planta tout à coup devant moi puis, me saisissant par les deux revers de mon veston, elle me regarda droit dans les yeux et me dit :

— Et toi, que crois-tu ? Tu ne dis jamais rien. Tu te contentes de rire, de temps en temps.

Je ne savais que répondre ; pour moi toutes les idées se valent ; le fait qu'elles existent prouve que quelqu'un les crée. Qu'importe qu'elles soient objectivement justes ou fausses. Elles ne peuvent jamais demeurer longtemps dans l'état où elles sont.

— Mais si, c'est important, s'écria-t-elle avec une emphase touchante. C'est extrêmement important, mon chéri.

Nous sommes les enfants de notre voyage ; c'est lui qui nous impose notre conduite, et même nos pensées dans la mesure où elles en sont le reflet, où elles s'harmonisent avec lui. Je ne conçois pas de meilleure identification.

— Tes doutes, par exemple, qui renferment tant d'inquiétude et une telle soif de la vérité absolue, sont très différents du scepticisme grec, des jeux de l'intelligence méditerranéenne résolument tournée vers la sophistique [1] en tant que partie intégrante du *jeu* de la pensée; car ta pensée est une arme, une théologie.

— Mais comment peut-on juger l'action autrement?

— Elle ne peut pas être jugée tant qu'on ne peut juger la pensée elle-même, car nos pensées sont elles-mêmes des actes. Ce sont nos tentatives pour porter des jugements partiaux sur la pensée et sur l'action qui mènent au doute et à l'inquiétude.

Comme j'aimais sa façon de s'arrêter brusquement pour s'asseoir sur un mur ou un fût de colonne dans cet enclos délabré des Colonnes de Pompée [2], et de se trouver plongée dans quelque profond chagrin sous le choc d'une idée qui venait de surgir dans son esprit.

— Crois-tu vraiment cela? disait-elle d'un air si triste qu'on en était ému et amusé en même temps. Et pourquoi souris-tu? Tu souris toujours quand il s'agit des choses les plus sérieuses. Ah! tu devrais être triste au contraire!

Si jamais elle m'a compris plus tard, elle a dû découvrir que pour tous ceux qui sentent profondément et qui ont conscience de l'inextricable labyrinthe de la pensée humaine il n'y a qu'une seule réponse possible : une tendresse ironique, et le silence.

Par une nuit si resplendissante d'étoiles où les vers luisants dans les herbes crissantes jetaient leurs feux blafards il n'y avait rien d'autre à faire que de s'asseoir à côté d'elle, de caresser ses magnifiques cheveux noirs et de se taire. Par-dessous,

1. À l'origine, mouvement philosophique grec (avec Protagoras, Gorgias, ou Trasymaque) qui adopte un esprit critique à l'égard des savoirs anciens; signifiant d'abord l'art de la discussion, le terme a pris le sens de l'art du raisonnement captieux.

2. Près de remparts (voir carte), l'un des rares vestiges de la domination romaine (qui date officiellement de 80 av. J.-C.).

comme une rivière souterraine, courait la splendide citation que Balthazar avait prise pour thème de nos réflexions et qu'il avait lue d'une voix que faisaient trembler l'émotion et l'aridité d'une pensée aussi abstraite : « Ce qui est jour pour les *corpora* est nuit pour les *spiritus*. Quand les corps se reposent les esprits de l'homme se mettent au travail. La veille du corps est le sommeil de l'esprit et le sommeil de l'esprit est la veille du corps. » Et plus tard, comme un coup de tonnerre : « Le mal est le bien dénaturé [1]. »

*

Longtemps je doutai que Nessim la surveillât ; elle semblait libre comme une chauve-souris de voltiger la nuit par toute la ville, et je n'ai jamais vu qu'on lui demandât de rendre compte de ses mouvements. Il n'aurait pas été facile de suivre la trace d'un être aussi multiple, aussi mouvant, et qui participait à l'existence secrète de la ville par tant de points. Cependant, il est possible qu'on ait veillé sur elle pour qu'il ne lui arrive pas de mal. C'est un incident qui me laissa supposer cela, un soir que j'avais été invité à dîner dans la vieille maison. Lorsqu'ils étaient seuls nous dînions dans le petit pavillon, au fond du jardin, où la fraîcheur de l'été pouvait se mêler au murmure de la fontaine dont l'eau jaillissait par quatre têtes de lions. Justine était en retard ce soir-là, et Nessim était seul, assis devant la fenêtre par où pénétraient les derniers feux du couchant, qui se réfléchissaient sur une pierre de jade poli qu'il caressait de ses longs doigts souples.

1. Citation de Paracelse, médecin, magicien et théoricien occultiste allemand du XVIe siècle. Il prétendait avoir expérimenté l'élixir de l'immortalité, et fabriqué l'*homunculus* (petit être sans corps, sans pesanteur et sans sexe, doué d'un pouvoir surnaturel).

Il avait déjà donné l'ordre de servir le dîner lorsque le petit récepteur de téléphone noir fit entendre sa sonnerie grêle et argentine. Il alla décrocher l'écouteur en poussant un soupir, et je l'entendis prononcer un « oui » impatient ; puis il parla un moment à voix basse, s'exprimant tout à coup en arabe, et j'eus brusquement le sentiment, qui ne reposait que sur une intuition, que c'était Mnemjian qui était à l'autre bout du fil. Je ne sais pas ce qui me fit croire cela. Il griffonna rapidement quelques mots sur une enveloppe et, posant le récepteur, relut attentivement ce qu'il venait d'écrire. Puis il se tourna vers moi, et ce fut alors un Nessim tout changé qui me dit : « Justine a peut-être besoin de notre aide. Voulez-vous venir avec moi ? » Sans attendre ma réponse il descendit les marches, longea le bassin aux nénuphars et se dirigea vers le garage. Je le suivis tant bien que mal, et quelques minutes plus tard la petite voiture de sport bondissait dans la rue Fouad, se dirigeait vers la mer à travers le dédale de ruelles qui descendent vers Ras El Tin [1]. Bien qu'il ne fût pas très tard il y avait peu de monde ; nous fonçâmes par les lacets de la Corniche en direction du Yacht Club, doublant sans pitié les quelques fiacres (« les chars d'amour ») qui flânaient au bord de la mer.

Au fort, nous obliquâmes et pénétrâmes dans le quartier misérable qui croupit derrière Tatwig Street, nos phares donnant aux cafés bondés et aux places grouillantes des couleurs et un relief saisissants et inhabituels ; bientôt nous parvinrent les cris perçants et les ululements d'une procession funéraire dont les pleureuses emplissaient la nuit de leurs plaintes horribles. Nous abandonnâmes la voiture dans une ruelle aux abords de la mosquée, et Nessim pénétra sous le porche obscur d'un

1. Nom de l'ancienne île de Pharos, rattachée depuis au continent (voir carte).

grand immeuble qui comprenait surtout des bureaux aux fenêtres grillagées avec des plaques aux noms à demi effacés. Un *boab* solitaire (le concierge de l'Égypte), enveloppé dans ses hardes, était assis sur son perchoir, ressemblant à s'y méprendre à un quelconque objet de rebut (un vieux pneu d'auto par exemple), et fumait un narguilé à tuyau court. Nessim lui lança quelques mots brefs, et avant que l'homme ait eu le temps de répondre traversa l'immeuble, pénétra dans une sorte de cour obscure bordée d'une rangée de maisons délabrées faites de briques grossières recouvertes d'un plâtre squameux. Il s'arrêta pour allumer son briquet, à la faible lueur duquel nous commençâmes à inspecter les portes. À la quatrième il frappa, et comme il ne recevait pas de réponse, il l'ouvrit.

Un corridor sans lumière conduisait à une petite pièce faiblement éclairée par des lampes à mèches de jonc. Apparemment nous étions arrivés.

Le tableau que nous avions sous les yeux avait quelque chose d'hallucinant, ne fût-ce que par l'effet de cette lumière qui semblait sortir du sol de terre battue, effleurait les joues, les lèvres et les sourcils des occupants en laissant de grandes taches d'ombre sur leur visage, ce qui leur donnait l'air d'avoir été à moitié rongés par les rats que l'on entendait courir dans les combles de cet antre sordide. C'était un bordel d'enfants, et là, dans cette lumière d'outre-tombe, vêtues de grotesques chemises de nuit aux plis bibliques, les lèvres peintes, des pendeloques de cuivre autour du cou et des bracelets de perles de verre entourant leurs maigres bras, se tenaient une douzaine de fillettes ébouriffées qui ne devaient pas avoir beaucoup plus de dix ans; l'innocence de leurs pauvres petites figures, que trahissait encore leur pitoyable accoutrement, contrastait de façon saisissante avec la silhouette barbare du marin français qui se tenait au centre de la pièce, les jambes fléchies, son visage ravagé et tourmenté levé vers Justine qui avait à demi tourné la tête à notre arrivée et que nous voyions de profil. Ce qu'il venait de crier avait été happé par le silence, mais les mots avaient été prononcés avec une telle force que nous pouvions voir encore saillir les muscles de son menton et les tendons qui reliaient sa tête à ses épaules. Quant à Justine, son visage se dessinait avec une sorte de précision académique douloureuse à supporter. Elle tenait une bouteille dans sa main levée, et il était manifeste qu'elle ne s'était jamais servi de cette arme auparavant, car elle la tenait à l'envers.

Sur un sofa défoncé, dans un coin de la pièce, dans la lueur blafarde qui se reflétait sur les murs, une enfant toute recroquevillée dans sa chemise de nuit paraissait morte. Le mur au-dessus du sofa était couvert de ces empreintes bleues en forme de main d'enfant, un talisman qui, dans cette partie du monde, protège la maison du mauvais œil. C'était la seule décoration de la pièce, et c'est la décoration la plus commune dans tout le quartier arabe de la ville.

Nous restâmes là, interdits, Nessim et moi, pendant une bonne demi-seconde, stupéfaits par la scène qui avait une sorte d'atroce beauté, telles certaines gravures aux couleurs hideuses tirées des éditions populaires de la Bible de l'époque Victoria, et que l'on trouve parfois dans des endroits rien moins que religieux. Justine respirait bruyamment ; on sentait qu'elle était au bord d'une crise de larmes.

Nous nous jetâmes sur elle, je crois bien, et nous la traînâmes dans la rue. Je ne me rappelle plus exactement ce qui s'est passé ensuite ; nous reprîmes la Corniche ; une lune rougeâtre venait de se lever ; j'apercevais dans le rétroviseur le visage triste et silencieux de Nessim, tandis qu'à côté de lui sa femme regardait en silence les vagues argentées qui venaient se fracasser sur la jetée. Elle fumait une cigarette qu'elle avait tirée de la poche de Nessim. Lorsque nous fûmes arrivés au garage, avant de descendre de la voiture elle embrassa tendrement Nessim sur les yeux.

*

J'en suis venu à considérer tout cela comme une sorte de prélude à cette première vraie rencontre face à face, le jour où cette intimité, faite de gaieté et d'amitié fondée sur les goûts que nous avions en commun tous les trois, explosa en quelque chose qui n'était pas de l'amour — comment cela aurait-il pu l'être ? — mais une sorte de possession mentale où les liens d'une sexualité dévorante n'avaient qu'une faible part. Comment avons-nous pu laisser se produire cela, nous qui avions fait toutes les expériences et qui avions connu, en d'autres lieux, toutes les déceptions de l'amour ?

En automne les baies femelles prennent des tons inquiétants de phosphore, et après les longues journées de poussière et de vent âpre on sent les premières palpitations de l'automne, comme un papillon qui essaie ses ailes toutes neuves. Mareotis tourne au mauve citron et ses pentes se couvrent d'anémones. Un jour que Nessim était parti pour Le Caire, je vins à la maison emprunter quelques livres et je fus surpris de trouver Justine seule dans le grand studio, en train de raccommoder un vieux pull-over. Elle avait pris le train de nuit pour rentrer à Alexandrie, laissant Nessim à quelque conférence d'affaires. Nous prîmes le thé puis, obéissant à une subite impulsion, nous prîmes nos maillots de bain et descendîmes en voiture vers les plages de sable de Bourg El Arab, étincelantes dans la lumière mauve et or de cette fin d'après-midi. Inlassablement les vagues jetaient sur le tapis de sable frais leurs franges d'écume couleur de mercure oxydé; le grave et mélodieux battement de la mer servait de fond à notre conversation. Nous pataugeâmes quelque temps dans les flaques de mer, posant parfois le pied sur une éponge déracinée que le flux avait échouée là. Personne sur la route, je m'en souviens, si ce n'est un jeune bédouin squelettique qui portait sur la tête un cageot d'osier plein d'oiseaux sauvages, les pattes encore engluées sur des petites branches. Petite caille hébétée.

Nous demeurâmes longtemps allongés côte à côte dans nos maillots humides, caressés par les pâles rayons du soleil déclinant, jouissant de la fraîcheur du soir qui s'avançait. Je fermais à demi les yeux tandis que Justine (oh! comme je la vois nettement!) était appuyée sur un coude, la main en visière devant les yeux, et me regardait. Toutes les fois que je parlais elle regardait mes lèvres d'un air un peu moqueur et presque impertinent, comme si elle attendait que je fisse une faute. C'est là que tout a commencé, et si je ne me rappelle plus le contexte, j'entends encore sa voix rauque et tremblante dire quelque chose comme : « Et si cela devait nous arriver, que diriez-vous ? » Mais sans attendre ma réponse elle se pencha sur moi et m'embrassa — je pourrais dire par dérision — sur la bouche. Cela paraissait tellement hors de propos que je me tournai vers elle avec une sorte de reproche à demi formulé sur les lèvres. Mais à partir de ce moment ses baisers furent comme des coups de poignard haletants, doux et sauvages, qui ponctuaient le rire féroce qui montait en elle, un rire nerveux contenant plus qu'une immense raillerie, le rire de quelqu'un qui vient d'éprouver une profonde terreur. J'ai peut-être dit à ce moment-là :

— Cela ne doit pas nous arriver.

Et je crois qu'elle a répliqué :

— Mais *supposons* que cela arrive ?

Alors — et je me rappelle cela très nettement —

la manie de la justification s'empara d'elle (nous parlions en français : le langage crée le caractère national) et dans les courts intervalles où nous nous efforcions de reprendre notre souffle, lorsque sa bouche ferme se détachait de la mienne, ses beaux bras bruns emprisonnant les miens :

— Ce ne serait pas par gourmandise ni par avidité. Nous avons déjà trop d'expérience : nous avons simplement à apprendre quelque chose l'un de l'autre. Qu'est-ce que c'est ?

Qu'est-ce que c'était ?

— Est-ce bien la bonne manière ? répondis-je en voyant la grande silhouette chancelante de Nessim se profiler dans le ciel qui s'obscurcissait lentement.

— Je ne sais pas, dit-elle avec une expression d'humilité sauvage, obstinée, désespérée. Je ne sais pas.

Et elle m'enlaça plus étroitement, m'étreignit de toutes ses forces comme quelqu'un qui s'efforce de comprimer une douleur. C'était comme si elle voulait effacer jusqu'à l'idée de ma présence, trouvant cependant, dans le contexte fragile et frémissant de chaque baiser, l'occasion d'une sorte de stase douloureuse — comme de l'eau froide sur une foulure. En cet instant, je retrouvais bien en elle l'enfant de la cité qui imposait à ses femmes de rechercher la volupté non dans le plaisir mais dans la souffrance, de désirer ce qu'elles redoutaient le plus de découvrir !

Puis elle se leva et s'éloigna lentement, la tête baissée, trébuchant parfois sur les blocs de lave qui affleuraient sous le sable. Je songeai au beau visage de Nessim lui souriant dans tous les miroirs de la chambre. Toute la scène qui venait de se dérouler me paraissait aussi improbable qu'un rêve. Et tandis que j'allumais une cigarette et me levais pour la rejoindre je remarquai que mes mains tremblaient. Je m'étonnai en même temps de faire cette constatation d'une manière parfaitement objective et détachée.

Mais quand je la rejoignis et que je la pris par le bras pour l'arrêter, le visage qu'elle tourna vers moi fut celui d'une furie. Elle était au comble de la rage.

— Tu croyais que je venais tout simplement faire l'amour? Dieu! N'avons-nous pas encore assez de cela? Comment peux-tu ne pas *comprendre* pour une fois ce que j'éprouve? Tu ne comprends donc pas?

Elle frappa du pied dans le sable humide. Ce n'était pas seulement le fait qu'une faille géologique s'était brusquement révélée dans le sol que nous avions foulé jusque-là avec une confiance aveugle. C'était comme si un puits de mine désaffecté en moi depuis longtemps s'était effondré tout à coup. Je reconnus que cet échange stérile d'idées et de sentiments avait tracé la route vers les plus épaisses jungles du cœur; et qu'ici nous devenions esclaves de corps, détenteurs d'une connaissance qui ne pouvait être que transmise — reçue, déchiffrée, comprise — par les très rares êtres qui sont nos complémentaires dans le monde. (Comme ils étaient peu nombreux et comme on les découvrait rarement!) Puis elle dit, je me souviens :

— Après tout, cela n'a aucun rapport avec le sexe.

Ce qui me donna envie de rire, bien que je comprisse ses efforts désespérés pour dissocier la chair du message que renfermait sa phrase. J'imagine que ce genre de choses arrive toujours à ceux qui sont allés au bout de l'échec, lorsqu'ils tombent amoureux. Alors je vis ce que j'aurais dû voir depuis longtemps : que notre amitié était maintenant arrivée au point où nous ne pouvions déjà plus nous déprendre l'un de l'autre.

Je pense que nous fûmes tous deux effrayés par cette idée; car, épuisés comme nous l'étions, nous ne pouvions que reculer d'horreur devant l'évidence d'un tel lien. Nous ne prononçâmes plus une parole et nous regagnâmes l'endroit où nous avions laissé nos vêtements sur le sable, nous donnant la main en silence. Justine paraissait exténuée. Nous avions l'un et l'autre terriblement besoin de nous séparer afin d'examiner nos propres sentiments. Nous n'avions plus rien à nous dire. Nous rentrâmes en ville et elle s'arrêta à l'endroit habituel près de mon appartement. Je claquai la porte de la voiture et elle démarra sans un mot, sans un regard dans ma direction.

En ouvrant la porte de ma chambre, je voyais encore l'empreinte du pied de Justine dans le sable humide. Melissa était en train de lire, et, levant la tête vers moi, elle me dit, avec son calme et sa lucidité habituels :

— Il est arrivé quelque chose ; qu'est-ce que c'est ?

Je pouvais d'autant moins le lui dire que je ne savais pas moi-même ce qui s'était passé. Je pris son visage dans mes mains, le fouillai du regard sans rien dire, avec une tendresse et une inquiétude, une tristesse et un désir que je ne me souvenais pas d'avoir jamais éprouvés auparavant. Elle dit :

— Ce n'est pas moi que tu vois, c'est quelqu'un d'autre.

À la vérité, je voyais Melissa pour la première fois. D'une manière paradoxale c'était Justine qui me permettait maintenant de voir Melissa telle qu'elle était réellement — et de reconnaître mon amour pour elle. Melissa en souriant prit une cigarette et me dit :

— Tu es amoureux de Justine.

Je lui répondis aussi sincèrement, aussi honnêtement, aussi douloureusement que je pus :

— Non, Melissa, c'est pire que cela, encore que j'eusse été bien incapable d'expliquer comment et pourquoi.

Quand je pensais à Justine, c'était comme à une sorte de grande composition à main levée, une caricature de femme représentant une créature libre de tout asservissement au mâle. « Là où il y a de la charogne, dit-elle un jour, citant fièrement Boehme [1] parlant de sa ville natale, les aigles se rassemblent. » Et elle ressemblait véritablement à une aigle à ce moment-là. Tandis que Melissa était un triste paysage d'hiver sous un ciel noir, une caisse à fleurs sur la fenêtre d'une usine de ciment et où poussaient péniblement quelques géraniums.

Il y a un passage dans le journal de Justine qui me revient maintenant à l'esprit. Je le reproduis ici parce que, bien qu'il se rapporte à des événements très antérieurs à ceux que j'ai rapportés, il exprime néanmoins presque exactement la qualité curieusement incarnée d'un amour que j'ai fini par reconnaître comme spécifique de la ville plutôt que de nous-mêmes. « Il est vain, écrit-elle, d'imaginer que l'on puisse tomber amoureux sous l'effet d'une correspondance d'esprit, de pensées ; c'est l'embrasement simultané de deux âmes qui s'épanouissent individuellement. Et la sensation qu'elles éprouvent est celle d'une explosion silencieuse à l'intérieur de chacune d'elles. Autour de cet événement, ébloui et préoccupé, l'amoureux ou l'amoureuse continue à vivre en examinant sa propre expérience ; sa gratitude seule crée chez elle l'illusion qu'elle communique avec son ami, mais cela est faux car il ne lui a rien donné. L'objet aimé est simplement celui qui a vécu une expérience semblable au même moment, narcissiquement ; et le désir d'être auprès de l'objet bien-aimé est dû en premier lieu non pas à l'idée de le posséder, mais simplement de laisser deux expériences se comparer, comme des images dans des miroirs différents.

1. Jakob Böhme (1575-1624), philosophe mystique allemand.

Tout cela peut précéder le premier regard, le premier baiser ou le premier attouchement ; précéder l'ambition, l'orgueil ou l'envie ; précéder les premières déclarations qui marquent le tournant, car à partir de là l'amour dégénère en habitude, en possession, et plus tard, de nouveau, en solitude. » Quelle lucidité dans la description du don magique ; et combien juste... lorsqu'il s'agit de Justine !

« Tout homme, écrit-elle ailleurs, et là je peux entendre les accents rauques et tristes de sa voix répétant les mots au moment où elle les écrit, tout homme est fait de boue et de daïmon [1], et la femme ne peut pas nourrir ces deux côtés de sa nature à la fois. »

Au retour elle trouva Nessim qui était rentré par l'avion de l'après-midi. Elle prétexta une migraine et se coucha tôt. Lorsqu'il vint s'asseoir près d'elle pour lui prendre sa température elle lui dit quelque chose qui le frappa et l'intrigua assez pour qu'il s'en souvînt encore longtemps après, car c'est lui qui me l'a rapporté : « Cela ne relève pas de la médecine : un simple refroidissement. La maladie ne s'intéresse pas à ceux qui ont envie de mourir. » Puis, par une de ces associations caractéristiques de ses propos, telle une hirondelle faisant de brusques écarts en vol, elle ajouta : « Oh ! Nessim, j'ai toujours été si forte. Est-ce cela qui m'a empêchée d'être vraiment aimée ? »

C'est grâce à Nessim que j'ai commencé à me mouvoir avec quelque liberté dans la grande toile d'araignée de la société alexandrine. Mes moyens étaient trop limités et je ne pouvais même pas me

1. En grec classique, *daimôn*, le *génie protecteur* ; le mot a pris ensuite le sens de *démon* — qu'il a ici. Durrell l'emploie aussi dans l'acception de *médiateur* entre dieux et hommes (voir p. 119).

permettre d'aller de temps en temps au cabaret où dansait Melissa. J'eus d'abord un peu honte d'être toujours l'invité de Nessim, mais bientôt nous fûmes si intimes que je les accompagnai partout sans plus me préoccuper de cela. Melissa déterra un vieux smoking de ma malle et lui redonna une nouvelle jeunesse. Ce fut en leur compagnie que j'allai pour la première fois au cabaret où dansait Melissa. C'était étrange d'être assis entre Justine et Nessim et de voir tout à coup les feux des projecteurs tomber sur une Melissa que je ne reconnaissais plus sous son fard épais, qui donnait à son doux visage un air vulgaire et totalement dénué de sensibilité. Je fus horrifié également par la banalité de sa danse, je la trouvais mauvaise au-delà de tout ce qu'on peut imaginer. Cependant, à contempler les mouvements souples et peu efficaces de ses mains et de ses pieds frêles (l'air d'une gazelle attelée à la roue d'un puits), je me sentis rempli de tendresse pour sa médiocrité, pour la façon gauche et exagérément modeste avec laquelle elle salua, sous les applaudissements tièdes et distraits. Ensuite on lui remit un plateau, et elle passa parmi les tables pour faire la quête au profit de l'orchestre. Elle s'en acquitta avec un embarras qui faisait peine à voir. Lorsqu'elle s'approcha de notre table elle tint les yeux baissés sous ses longs cils artificiels, et ses mains tremblaient. Mes amis ne savaient pas alors que Melissa était ma maîtresse, mais je remarquai le regard froid et moqueur de Justine, tandis que je fouillais mes poches pour en retirer quelques billets que je jetai dans le plateau, d'une main qui ne tremblait pas moins que celle de Melissa; je me sentais aussi horriblement gêné qu'elle.

Quand je rentrai au milieu de la nuit, un peu ivre et le cœur en fête d'avoir dansé avec Justine, Melissa n'était pas encore couchée. Elle était en train de faire chauffer de l'eau sur le réchaud électrique.

— Oh! pourquoi as-tu mis tout cet argent dans le plateau? me dit-elle. Le salaire d'une semaine; tu es fou. Qu'allons-nous manger demain?

Nous étions tous les deux terriblement imprévoyants en matière d'argent, mais nous nous tirions mieux d'affaire ensemble que séparément. La nuit, quand elle rentrait du cabaret, elle s'arrêtait sous ma fenêtre, et si elle voyait de la lumière elle sifflait doucement: à ce signal je posais mon livre et descendais sans hâte l'escalier, accompagné par l'image qui s'était formée dans mon esprit de sa bouche arrondie autour du faible son liquide, comme tendue sous la caresse d'un invisible pinceau. À cette époque, le vieillard ou ses agents la suivaient encore et l'importunaient. Sans échanger un mot nos mains se joignaient, nos doigts s'entrelaçaient, et nous allions à travers le dédale des ruelles qui avoisinent le Consulat de Pologne, nous arrêtant de temps en temps dans l'ombre d'un porche pour nous assurer que personne ne nous suivait. Puis nous voyions les lumières des boutiques s'éteindre les unes après les autres, et nous nous laissions insensiblement envelopper par la nuit tiède et ouatée, comme illuminée de l'intérieur, par le grand corps endormi et vigilant d'Alexandrie. Nous marchions vers l'étoile du matin qui palpitait au-dessus de la Montaza, comme un sein de velours mauve caressé par la brise et les vagues.

En ce temps-là, la grave et provocante douceur de Melissa était comme une jeunesse miraculeusement retrouvée. Ses longs doigts lents et souples, souvent je les sentais caresser mon visage quand elle me croyait endormi, comme pour mieux fixer le souvenir du bonheur que nous avions partagé. Il y avait en elle une docilité, un désir passionné de servir très oriental. Mes tristes vêtements — sa façon de prendre une de mes chemises sales: elle semblait la faire sienne tout entière, avec une sollicitude débordante ; le matin, je trouvais mon rasoir bien essuyé, et la pâte dentifrice soigneusement étalée sur ma brosse prête à être utilisée. Ses attentions étaient un stimulant et m'obligeaient à adopter un style de vie et des manières en harmonie avec les siennes. De ses expériences amoureuses elle ne parlait jamais, et si, par maladresse j'y faisais allusion, elle éludait toute réponse en montrant une sorte de lassitude et de dégoût, comme si elles avaient été le fruit de la nécessité plutôt que du désir. Elle me faisait l'honneur de me dire :

— C'est la première fois que je n'ai pas peur d'agir naturellement avec un homme.

Notre pauvreté nous rapprochait encore. Nos promenades se réduisaient presque toujours aux banales excursions que font tous les provinciaux dans les villes situées à proximité de la mer. Le petit tram nous emmenait, dans son bruit de ferraille, vers les plages de Sidi Bishr, ou bien nous passions Shem El Nessim dans les jardins de Nouzha, ou déjeunions sous les lauriers-roses en compagnie de douzaines de familles égyptiennes. La foule était pour nous une occasion de distraction et de grande intimité. Au bord du canal fangeux nous regardions les enfants plonger après quelques pièces de monnaie, nous achetions des tranches de pastèque à quelque marchand ambulant, nous allions, la main dans la main, mêlés aux autres flâneurs endimanchés, jouissant d'un bonheur anonyme. Jusqu'aux noms des arrêts de tram qui ponctuaient la poésie de ces promenades : Chatby, Camp de César, Laurens, Mazarita, Glymenopoulos, Sidi Bishr...

Mais il y avait aussi l'autre face de cette intimité : rentrer tard le soir pour la trouver endormie, ses mules rouges au milieu de la pièce, le petit narguilé posé à côté d'elle sur l'oreiller... je savais alors qu'elle avait eu une nouvelle crise de découragement. Dans ces moments-là il n'y avait rien à faire ;

elle devenait pâle, mélancolique, abattue, et rien ne pouvait la tirer de sa léthargie pendant plusieurs jours d'affilée. Elle soliloquait à voix basse, passait des heures à écouter la radio, à bâiller ou à lire une pile de vieux magazines de cinéma. Quand le « cafard » de la ville la prenait ainsi, je déployais des trésors d'ingéniosité pour la faire sortir de son apathie, mais elle se contentait de me caresser le visage, renversée sur le lit, le regard perdu, et de répéter inlassablement :

— Si tu savais ce que j'ai déjà vécu, tu me quitterais tout de suite. Je ne suis pas une femme pour toi, pour personne. Je n'en peux plus. Tu es bon, mais toute ta bonté ne peut rien pour moi.

Si je protestais que ce n'était pas de la bonté mais de l'amour, elle disait avec une grimace :

— Si tu m'aimais vraiment tu me donnerais du poison plutôt que de me laisser comme cela.

Puis elle se mettait à tousser, d'une toux sèche qui n'arrêtait plus et, incapable de supporter cela, je m'en allais traîner dans les ruelles sordides de la ville arabe, ou bien j'allais lire à la bibliothèque du British Council ; et là, avec le sentiment que toute la culture anglaise n'était faite que d'indigence, d'avarice intellectuelle, je passais toute la soirée seul, heureux d'entendre le bruissement discret et le murmure studieux autour de moi.

Il y avait aussi d'autres moments : ces après-midi torrides — « à suer du miel », comme disait Pombal — où nous restions allongés côte à côte, obnubilés par le silence, à contempler les rideaux palpiter faiblement dans le soleil, sous le souffle de la brise de Mareotis qui se confondait avec notre respiration. Elle prenait le réveil, le secouait et l'écoutait attentivement ; puis elle s'asseyait et allumait une cigarette, nue, paraissant si jeune et si belle, levant son bras mince et gracieux pour admirer le bracelet de pacotille que je lui avais acheté. (« Quand je me regarde ainsi, toute nue, c'est à toi que je pense. ») Abandonnant son innocente et amoureuse contemplation, elle traversait vivement la chambre pour se rendre à l'horrible souillarde qui me servait aussi de salle de bain et, debout devant l'évier d'étain, se lavait à petits gestes précis, suffoquant sous les douches glacées, tandis que je me grisais du parfum que ses beaux cheveux noirs avaient laissé sur l'oreiller, ne pouvant me rassasier de contempler son long visage grec, son nez mince et pointu, ses yeux limpides et sa peau de satin, apanage de celles qui sont dominées par le thymus, cette petite bosse au-dessus de la tige frêle du cou. Ce sont de ces moments dont on ne garde pas le compte et dont les mots ne peuvent faire l'inventaire ; ils vivent en suspens dans le souvenir, comme ces créatures merveilleuses, uniques de leur espèce, que l'on retire des grandes fosses sous-marines.

*

Je songeais à cet été où Pombal décida de louer son appartement à Pursewarden, à mon grand déplaisir. Je détestais ce personnage pour le contraste que formait sa personne avec son œuvre : poésie et prose d'une grande délicatesse. Je ne le connaissais pas très bien mais je savais que ses romans se vendaient bien, ce qui me rendait jaloux, d'autant plus que la pratique du monde avait développé chez lui une sorte de « savoir-faire » qui, je le sentais, ne ferait jamais partie de mon matériel. Il était petit, gras et blond, et donnait l'impression d'un adolescent dans les jupes de sa mère. Je ne peux pas dire qu'il n'était pas bon ou généreux, car il était l'un et l'autre, mais il m'était désagréable d'avoir à partager l'appartement avec quelqu'un que je n'aimais pas. Il aurait été encore plus désagréable de déménager, et je pris le débarras au fond du couloir (que je louai moins cher), continuant à utiliser l'affreuse petite souillarde comme cabinet de toilette.

Pursewarden avait les moyens de recevoir, et au moins deux fois par semaine je devais subir les tintements d'assiettes et de verres, les exclamations et les rires qui venaient de l'appartement. Un soir, très tard, on frappa à ma porte. Dans le couloir se tenait Pursewarden, pâle, mais s'efforçant de prendre un air désinvolte. Il était accompagné d'un chauffeur de marine d'une laideur repoussante; il avait l'air qu'ont tous les chauffeurs de marine : d'avoir été vendu comme esclave dans son plus jeune âge.

— Voilà, dit Pursewarden d'une voix glapissante; Pombal m'a dit que vous étiez docteur, voudriez-vous venir jeter un coup d'œil? Il y a quelqu'un de malade.

J'avais raconté à Georges, en effet, que j'avais passé un an à la Faculté de Médecine, et il m'avait aussitôt décerné le titre de médecin chevronné. Non seulement il confiait à mes soins ses propres indispositions — jusqu'aux morpions dont il était fréquemment atteint — mais il essaya même un jour de me persuader de pratiquer un avortement sur la table de la salle à manger. Je m'empressai d'affirmer à Pursewarden que je n'étais pas médecin du tout et lui conseillai d'en appeler un par téléphone; mais le téléphone avait été coupé et rien n'aurait pu tirer le *boab* de son sommeil. Aussi, plus par curiosité que par autre chose, j'enfilai mon imperméable par-dessus mon pyjama et suivis mon voisin.

En entrant je fus aveuglé par les lumières, suffoqué par la fumée. Il y avait là trois ou quatre cadets de marine, l'air passablement éméchés, et une prostituée de la taverne du Golfe empestant la sueur et le tafia. Assez invraisemblablement, aussi, elle se penchait sur une forme installée sur un divan — forme que je reconnaissais maintenant pour celle de Melissa mais qui me parut alors un lamentable masque de comédie grecque. Melissa avait l'air de délirer, mais comme du fond d'un grand abîme car aucun son ne sortait de ses lèvres qui s'agitaient convulsivement. J'avais l'impression d'assister à la projection d'un film muet. Elle avait de grands cernes autour des yeux, les traits doulou-reusement creusés. L'autre femme avait l'air affo-lée ; elle la giflait et lui tirait les cheveux, tandis qu'un des cadets l'aspergeait d'eau, très maladroite-ment, tenant sous son bras un pot de chambre décoré, l'un des plus chers trésors de Pombal : il portait par-dessous les armes royales de la maison de France. Quelque part dans la pièce on entendait quelqu'un vomir doucement, lentement, onctueuse-ment. Pursewarden, à côté de moi, regardait ce tableau et n'avait pas l'air très fier de lui.

Melissa était inondée de sueur et ses cheveux étaient collés sur ses tempes. Quand nous brisâmes le cercle de ses bourreaux elle retomba dans un silence hébété. Tout son visage tremblait, de dou-leur, d'effroi, on ne savait. Il aurait fallu demander d'où elle venait, ce qu'elle avait fait, ce qu'elle avait mangé et bu. À voir le groupe jacassant et lar-moyant qui m'entourait il était clair qu'il n'y avait rien à tirer d'eux. J'attrapai néanmoins celui qui était le plus près et me mis à l'interroger, quand la putain du Golfe, qui était elle-même dans un état voisin de l'hystérie et que le chauffeur s'efforçait de contenir en la ceinturant de ses deux bras puis-sants, se mit à crier d'une voix rauque et épaisse :

— De la mouche espagnole ! Il lui en a donné !

Et, s'échappant des bras qui l'emprisonnaient, filant comme un rat, elle saisit son sac et en assena un coup sonore sur la tête de l'un des marins. L'homme s'effondra, comme si le sac avait été rem-pli de clous. Il se releva en titubant, avec des mor-ceaux d'assiette brisée dans les cheveux.

Elle se mit alors à sangloter et à réclamer la

police. Trois des marins convergèrent vers elle et, parlant tous à la fois, la supplièrent de n'en rien faire. Personne ne voulait avoir affaire à la police navale. Cependant, aucun des trois n'avait envie de faire connaissance avec le sac prométhéen, bourré de capotes anglaises et de flacons de belladone. Elle recula prudemment, pas à pas. Pendant ce temps, je prenais le pouls de Melissa et, fendant sa blouse, j'écoutai les battements de son cœur. Je commençai à m'inquiéter sérieusement pour elle, et aussi pour Pursewarden qui était allé occuper une position stratégique derrière un fauteuil, faisant de grands gestes éloquents à tout le monde. Le marin qui avait reçu le coup de sac avait réussi à acculer la furie dans un coin, malheureusement juste contre la fragile armoire qui abritait la collection de poteries à laquelle Pombal tenait comme à la prunelle de ses yeux. Tendant les mains derrière elle pour se retenir, ses mains trouvèrent un stock de munitions presque inépuisable, et laissant tomber son sac avec un cri de triomphe, elle se mit à faire subir à son agresseur un bombardement en règle et d'une précision prodigieuse. En un instant l'espace de la pièce fut sillonné de lacrymatoires égyptiens et grecs, d'Ushabti et de Sèvres. Les lumières commençaient à s'allumer autour de nous dans l'immeuble, et il devenait évident qu'on ne tarderait pas à entendre les coups de bottes cloutées tant redoutés contre la porte. Pursewarden commençait à s'alarmer sérieusement : en qualité de résident (et célèbre, qui plus est), il ne pouvait se permettre ce genre de scandale dont la presse égyptienne était friande et qu'elle ne manquerait pas de monter en épingle. Il fut soulagé quand je me dirigeai vers lui et me mis à envelopper Melissa, qui avait maintenant perdu connaissance, dans la douce couverture de Bokhara. Ensemble nous la transportâmes par l'étroit corridor jusque dans l'intimité sacrée de mon cagibi où, telle une Cléo-

pâtre, nous déroulâmes ses bandelettes et l'éten-
dîmes sur le lit.

Je venais de me rappeler l'existence d'un vieux
docteur, un Grec, qui habitait au bas de la rue.
Bientôt je le poussais devant moi dans l'escalier
sans lumière, trébuchant et jurant comme un
matelot, faisant tomber sondes et stéthoscopes à
maintes reprises en cours de route. Il déclara que
l'état de Melissa était très grave, mais son diagnos-
tic fut des plus vastes et des plus vagues — selon la
tradition de la ville.

— C'est tout ce que vous voudrez, dit-il; sous-
alimentation, hystérie, alcool, haschisch, tuber-
culose, mouche espagnole... vous avez le choix, et il
fit le geste de mettre la main dans sa poche pour y
prendre tout un lot de maladies imaginaires où
nous n'avions qu'à puiser.

Mais il fit la preuve aussi de sens pratique et pro-
posa de lui faire retenir un lit à l'hôpital grec dès le
lendemain. En attendant, elle ne devait se lever
sous aucun prétexte.

Je passai cette nuit-là sur le canapé, au pied du
lit. Puis, comme je devais aller travailler, je la
confiai aux soins d'Hamid le Borgne, le plus doux
des Berbères. Pendant les douze premières heures
elle fut au plus mal, délirant parfois, souffrant
d'atroces crises de cécité — atroces car elle en prenait peur. En me montrant un peu dur avec elle je
réussis à lui donner assez de courage pour qu'elle
se domine, et l'après-midi du second jour elle put
murmurer quelques mots. Le docteur grec se montra satisfait de son amélioration. Il lui demanda
d'où elle venait; son visage refléta une expression
de terreur.

— Smyrne, dit-elle, mais elle ne voulut donner
ni le nom ni l'adresse de ses parents.

Lorsqu'il se mit à lui poser d'autres questions elle
se retourna vers le mur, et des larmes d'épuisement
coulèrent lentement de ses yeux. Le docteur lui prit
la main et regarda son annulaire.

— Vous voyez, me dit-il avec un détachement clinique, en me faisant remarquer l'absence d'anneau, voilà la raison. Sa famille l'a reniée et mise à la porte. C'est tellement fréquent aujourd'hui... et il hocha la tête d'un air de commisération.

Melissa ne dit rien, mais quand l'ambulance fut arrivée et pendant qu'on préparait le brancard, elle me remercia chaleureusement de l'avoir aidée, prit la main de Hamid pour la presser contre sa joue et me surprit par une galanterie à laquelle ma vie ne m'avait pas habitué.

— Quand je sortirai de l'hôpital, si vous n'avez pas de femme, pensez à moi. Si vous m'appelez, je viendrai.

En grec, ces mots avaient une fraîcheur, une beauté limpide qui ne se peut rendre dans aucune autre langue.

Je ne la revis pas pendant un mois ou plus. En fait je l'avais à peu près oubliée : j'avais bien d'autres sujets de préoccupation à cette époque. Puis, par un après-midi torride, comme je regardais de ma fenêtre la ville assoupie, je vis une Melissa toute changée descendre la rue et entrer sous le porche obscur de la maison. Elle frappa à ma porte et entra, les bras chargés de fleurs. J'eus l'impression que cette fameuse soirée avait eu lieu des siècles auparavant. Il y avait en elle ce même manque d'assurance que je lui vis, plus tard, lorsqu'elle prit le plateau pour faire la quête dans le cabaret. Elle ressemblait à une statue de la fierté tenant sa tête entre ses mains.

Un souci de politesse exaspérant s'empara de moi. Je lui offris une chaise sur le bord de laquelle elle s'assit. Les fleurs étaient pour moi, oui, mais elle n'avait pas le courage de me les mettre dans les bras, et je voyais qu'elle jetait des regards désespérés autour d'elle pour trouver un vase où elle pût les déposer. Il n'y avait qu'une bassine émaillée pleine de pommes de terre à moitié épluchées. Je commençais à regretter sa visite. J'aurais voulu lui offrir du thé mais mon réchaud électrique était détraqué et je n'avais pas d'argent pour lui proposer de sortir — à cette époque j'étais endetté jusqu'au cou. De plus, j'avais envoyé Hamid faire repasser mon unique complet d'été et je n'avais sur moi qu'une robe de chambre déchirée. Elle, de son côté, était d'une élégance qui m'intimidait : une robe d'été toute neuve aux délicates impressions de feuilles blondes, et un chapeau de paille qui ressemblait à une grande cloche dorée. Je commençais à souhaiter désespérément le retour d'Hamid pour créer une diversion. Je lui aurais bien offert une cigarette, mais mes poches étaient vides et je fus obligé d'accepter celle qu'elle me tendit dans le petit porte-cigarettes à filigrane qu'elle portait toujours dans son sac. Je fumai de l'air le plus concentré que je pus et je lui dis que j'avais accepté de donner des leçons près de Sidi Gabr, ce qui améliorerait ma situation. Elle me dit qu'elle allait reprendre son travail; on lui avait renouvelé son contrat, mais on lui donnerait moins d'argent. Après quelques minutes de ces terribles banalités, elle dit qu'elle devrait partir, qu'elle avait rendez-vous pour prendre le thé. Je la reconduisis sur le palier et je lui dis que je serais heureux de la revoir quand elle le désirerait. Elle me remercia, serrant toujours ses fleurs que sa timidité l'avait empêchée de me remettre, et elle descendit lentement l'escalier. Après avoir refermé la porte je m'assis sur mon lit et me mis à débiter tous les jurons que je connaissais en quatre langues, sans bien savoir à qui je les adressais. C'est à ce moment qu'Hamid rentra, je reportai toute ma colère contre lui. Le pauvre en fut tout déconcerté : il y avait longtemps que je ne m'étais pas emporté contre lui; il se retira dans la souillarde en grommelant, hochant la tête, invoquant tous les esprits de la terre et des cieux.

Après m'être habillé et avoir réussi à emprunter un peu d'argent à Pursewarden, je sortis pour aller mettre une lettre à la poste. J'aperçus de nouveau Melissa, assise à l'intérieur d'un café, seule, le menton dans la main. Elle avait déposé son sac et son chapeau sur une chaise à côté d'elle et elle contemplait le fond de sa tasse avec une sorte d'attention amusée. Pris d'une soudaine impulsion j'entrai et m'assis à côté d'elle. Je venais, lui dis-je, m'excuser de l'avoir si mal reçue mais... et je me mis à lui raconter ce qui me préoccupait, sans rien omettre. Le réchaud électrique détraqué, l'absence d'Hamid, mon complet d'été. Et tandis que je lui énumérais les motifs de mon embarras, ils me paraissaient si futiles que je m'efforçai de les décrire sous le jour le plus lugubre, d'une façon si peu convaincante qu'elle partit de l'éclat de rire le plus délicieux que j'aie jamais entendu. Sur le chapitre de mes dettes j'exagérai franchement, bien que, depuis la fameuse nuit, Pursewarden fût toujours prêt à me prêter de petites sommes d'argent sans la moindre réticence. Pour comble, ajoutai-je, elle avait réapparu au moment où j'étais à peine guéri d'une affection vénérienne bénigne mais irritante, fruit de la sollicitude de Pombal, contractée sans doute avec une des Syriennes qu'il avait généreusement laissées derrière lui. C'était là pure invention de ma part, mais je ne sais ce qui me poussa malgré moi à lui faire ce mensonge. Je lui dis que j'avais été horrifié à l'idée de devoir faire l'amour avant d'être tout à fait guéri. Là-dessus elle posa sa main sur la mienne et se mit à rire en plissant délicieusement son nez ; à rire d'une manière si limpide, si légère et spontanée que sur-le-champ je décidai de l'aimer.

Cet après-midi-là, nous allâmes nous promener au bord de la mer, en nous donnant le bras. Notre conversation était faite des débris de nos vies, sans préméditation, sans aucune recherche, à bâtons rompus. Nous n'avions pas un seul goût en commun. Nos caractères et nos éducations étaient entièrement différents et pourtant, dans l'aisance magique de cette amitié, nous sentions qu'un lien était en train de se nouer. J'aime aussi me rappeler ce premier baiser près de la mer, le vent soufflant une mèche de ses cheveux sur chacune de mes tempes grisonnantes — un baiser interrompu par l'éclat de rire qu'elle ne pouvait contenir plus longtemps au souvenir du récit des épreuves que je traversais. Il symbolisait toute notre passion, son humour et son manque d'intensité : sa charité.

*

Deux sujets sur lesquels il était vain d'interroger Justine avec insistance : son âge et ses origines. Personne — pas même Nessim probablement — ne savait rien sur elle avec certitude. Même Mnemjian, l'oracle de la ville, semblait pris de court pour une fois, encore qu'il fût au courant de ses récentes aventures. Ses yeux violets se rétrécissaient quand il parlait d'elle, et c'est avec une légère hésitation qu'il disait qu'elle venait du populeux Quartier Attarine, qu'elle était née dans une pauvre famille juive qui, depuis, avait émigré à Salonique. Le journal de Justine n'est pas non plus d'une grande utilité à cet égard : il manque des points de repère essentiels — noms, dates et lieux — et consiste le plus souvent en des notations fulgurantes et de pure imagination, entrecoupées de petites anecdotes acerbes, de portraits brefs et mordants de personnes dont l'identité est masquée par une lettre de l'alphabet. Elle écrit en un français pas toujours très correct, mais spirituel et savoureux; à lire ce journal on a l'impression d'entendre le son rauque et voilé de sa voix. Tenez : « Clea parlant de son enfance; cela me fait penser à la mienne, penser passionnément. L'enfance de ma race, mon époque... D'abord les coups dans la masure derrière le Stade; la boutique de l'horloger. Je me vois maintenant ardemment occupée à contempler le visage endormi d'un amant comme je l'ai vu si souvent penché sur une montre à réparer sous le faisceau de lumière crue tombant sur son front. Coups et jurons, et partout sur les murs de brique rouge (comme des bleus infligés par la conscience) les petites silhouettes bleues de mains d'enfants, les doigts écartés, qui nous protégeaient du mauvais œil. Nous avons grandi avec ces coups, les maux de tête, les yeux rouges. Une maison au sol de terre battue où couraient les rats; pâle lueur des mèches baignant dans l'huile. Le vieil usurier ivre; ronflements sonores; l'odeur de terre pourrie, d'excréments; le bruit mou des chauves-souris; les gouttières bouchées par les feuilles et les croûtes de pain détrempées par l'urine; couronnes de jasmin, entêtantes, clinquantes. Ajoutez les cris dans la nuit, derrière d'autres volets, dans cette rue tortueuse : le bey [1] qui bat ses femmes parce qu'il est impuissant. La vieille marchande de simples qui vend son corps toutes les nuits dans les maisons en ruine — des gémissements mystérieux et tristes. Le léger glissement des pieds nus dans la rue, tard dans la nuit. Notre chambre titubante d'obscurité et de puanteur, et nous, Européens, tellement en disharmonie avec la terrible santé animale des Noirs autour de nous. Les copulations des boabs ébranlant la maison comme un palmier. Tigres noirs aux dents luisantes. Et partout les linges, les cris, les rires hystériques sous les poivriers, la folie et les lépreux. De ces choses que les enfants emmagasinent et qui plus tard fortifient ou désorientent leur vie. Un chameau est tombé d'épuisement dans la rue devant la porte. Il est trop lourd pour être

1. Titre porté par les hauts fonctionnaires de l'Administration ottomane (titre inférieur à celui de *pacha* : voir note 1 de la page 51).

transporté à l'abattoir, deux hommes viennent avec des haches et le dépècent tout vivant en pleine rue. Ils pataugent dans la viande blanchâtre — la pauvre créature paraît encore plus douloureuse, plus aristocrate, plus étonnée tandis qu'on lui charcute les pattes. À la fin il ne reste plus que la tête, encore vivante, l'œil ouvert, regardant autour d'elle. Pas un cri de protestation, pas un mouvement de révolte. L'animal se soumet comme un palmier. Après, pendant des jours, la terre de la rue est humide de son sang, et nos pieds nus rapportent à la maison une boue écœurante.

« Pièces de monnaie qui tombent dans les boîtes en fer-blanc des mendiants. Bribes de toutes les langues, arménien, grec, marocain, yiddish d'Asie Mineure, de Turquie, de Géorgie ; mères nées dans les colonies grecques de la mer Noire ; communautés coupées comme les branches d'un arbre, isolées du tronc, rêvant de l'Éden. Ce sont les pauvres quartiers de la cité blanche ; ils n'ont aucune ressemblance avec ces belles avenues bâties et décorées par les étrangers et où les courtiers viennent s'asseoir et déguster leurs journaux du matin. Même le port n'existe pas pour nous ici. En hiver, parfois, rarement, on entend le mugissement d'une sirène, mais cela vient d'un autre monde. Ah ! la misère des ports et les noms qu'ils évoquent lorsque vous n'avez nulle part où aller ! C'est comme une mort, une mort de tout l'être chaque fois que l'on prononce le mot *Alexandrie, Alexandrie*. »

*

Rue Bab-el-Mandeb, rue Abou-el-Dardar, Minet-el-Barrol (rues où l'on glisse sur les flocons échappés des balles de coton), Nouzha (le jardin des roses, souvenirs de quelques baisers), ou arrêts d'autobus dont les noms me hantent, tels Saba

Pacha, Mazloum, Zizinia Bacos, Schutz, Gianaclis. Une ville devient un univers lorsqu'on aime un seul de ses habitants.

*

L'une des conséquences de mes fréquentes visites à la grande maison fut que je commençai à me faire remarquer et à recevoir des marques de considération de la part de ceux qui tenaient Nessim pour un homme important et pensaient que s'il passait son temps avec moi, je devais être aussi, de quelque façon, riche ou distingué. Pombal vint dans ma chambre un après-midi que je somnolais et s'assit sur mon lit :

— Prenez garde, me dit-il, on commence à vous remarquer. Ce n'est pas qu'un sigisbée fasse figure de phénomène à Alexandrie, mais si vous continuez à vous afficher ainsi avec ces deux-là, les gens vont commencer à jaser et cela risque de devenir fâcheux pour vous. Faites attention !

Et il me tendit un grand carton lourdement décoré de motifs baroques sur lequel était imprimée une invitation pour un cocktail au Consulat de France. Je la lus sans comprendre. Pombal me dit :

— C'est très bête. Mon chef, le consul général, est amoureux fou de Justine. Toutes ses tentatives pour la rencontrer ont échoué. Ses espions lui ont dit que vous aviez vos entrées dans la famille, en fait que vous êtes... je sais, je sais. Mais il espère prendre votre place dans son cœur.

Et il partit d'un gros rire. Je ne pouvais rien imaginer de plus absurde à cette époque.

— Dites au consul général, lui dis-je... et je fis deux ou trois remarques énergiques qui incitèrent Pombal à claquer la langue d'un air réprobateur et à hocher la tête.

— J'aimerais bien, dit-il, mais, *mon cher**, il existe une hiérarchie de la basse-cour et c'est d'elle que dépend ma petite croix.

Soulevant sa grosse masse, il tira ensuite de sa poche un petit roman à couverture jaune tout fripé et le déposa sur mes genoux.

— Voilà quelque chose qui vous intéressera. Justine avait épousé, quand elle était très jeune, un ressortissant français d'origine albanaise, un écrivain. C'est d'elle qu'il s'agit dans ce petit livre — un roman *post mortem* en quelque sorte; il est assez bien fait.

Je retournai le roman dans mes mains. Il s'intitulait *Mœurs** et il avait pour auteur un certain Jacob Arnauti. La page de garde indiquait un grand nombre de réimpressions dans les années 30.

— Comment savez-vous cela ? demandai-je.

Et Georges, en clignant son gros œil à la paupière de reptile, me répondit :

— Nous avons fait notre petite enquête. Le consul ne pense plus qu'à Justine, et tout le personnel a passé des semaines à réunir tous les renseignements possibles sur elle. *Vive la France**!

Quand il fut parti, je me mis à tourner les pages de *Mœurs*, encore à moitié endormi. C'était une œuvre très bien écrite, en effet, à la première personne du singulier, un journal de la vie à Alexandrie vue par un étranger vers les années 30. L'auteur du journal cherche à rassembler les matériaux d'un roman qu'il se propose d'écrire, et le compte rendu quotidien de sa vie à Alexandrie est vivant et pénétrant. Mais ce qui retint mon attention fut le portrait d'une jeune Juive dont il fait la connaissance et qu'il épouse. Il l'emmène en Europe, divorce. L'effondrement de ce mariage à leur retour en Égypte est décrit avec une sorte de pénétration furieuse qui met en relief le caractère de Claudia, sa femme. Ce qui me surprit et m'intéressa fut de voir en elle un portrait de Justine que je reconnaissais sans l'avoir vu : une Justine plus jeune, moins sûre d'elle à coup sûr. Mais on ne pouvait s'y méprendre. Toutes les fois que j'ai lu ce livre, ce que j'ai fait souvent, je ne pouvais m'empêcher de rétablir son nom dans le texte. Il convenait avec une terrible vraisemblance.

Ils se rencontrèrent à l'endroit même où je la vis pour la première fois, dans le lugubre hall du *Cecil*, dans un miroir. « Dans le hall de cet hôtel moribond les palmes craquent et réfléchissent leurs stipes immobiles dans les glaces à cadre doré. Seuls les riches peuvent se permettre d'y loger en permanence, ceux qui vivent dans une précaire sécurité de retraités. Je cherche un logement plus modeste. Dans le salon, ce soir, un petit groupe de Syriens, lourds dans leurs complets noirs, jaunes sous leurs tarbouches écarlates, l'air solennel. Leurs femmes, du type hippopotame, la lèvre supérieure couverte d'un fin duvet noir, font tinter leurs rangs d'énormes perles. Les hommes — visage ovale étrangement lisse, voix efféminée — s'affairent autour de leurs cassettes à bijoux, car tous ces courtiers transportent avec eux tout leur assortiment ; et après le dîner la conversation roule sur les bijoux pour hommes. C'est le seul sujet de conversation qui subsiste du monde méditerranéen ; un narcissisme venant d'un épuisement sexuel qui s'exprime par le symbole de la richesse, en sorte que, lorsque vous rencontrez un homme, vous savez tout de suite combien il vaut, et lorsque vous êtes en présence de sa femme, un coup d'œil vous suffit pour connaître le montant de sa dot. Ils chantonnent comme des eunuques en faisant jouer les pierres contre la lumière entre deux doigts experts. Leurs sourires de femme découvrent l'éclat de leurs dents très blanches. Ils soupirent. Un garçon au visage d'ébène poli et en robe blanche apporte le café. Un couvercle d'argent se soulève et découvre de grasses (comme les cuisses des femmes égyptiennes) cigarettes blanches contenant des brins de haschisch. Un peu d'ivresse avant d'aller se coucher. J'ai pensé à la jeune fille rencontrée hier soir dans le miroir : noir et ivoire ; cheveux noirs et brillants ; grands yeux profonds et humides où votre regard se noie parce qu'ils sont inquiets, curieux, pleins d'une curiosité sexuelle. Elle se dit grecque, mais elle doit être juive. Il faut être juif pour sentir le Juif ; et ni l'un ni l'autre n'a le courage d'avouer sa race. Je lui ai dit que j'étais français. Tôt ou tard nous nous trahirons.

« Les femmes des communautés étrangères d'ici sont plus belles que partout ailleurs. La peur, l'insécurité les dominent. Elles ont le sentiment de sombrer dans l'océan de noirceur qui les entoure. Cette ville a été bâtie comme une digue pour contenir les flots de la négritude africaine ; mais les Noirs aux pieds feutrés ont déjà commencé à s'infiltrer dans les quartiers européens ; c'est une sorte d'osmose raciale qui est en train de se produire. Pour être heureux il faudrait être une femme égyptienne, une musulmane — spongieuse, molle, flasque, trop mûre — lourde sous les fards et les vernis ; leur peau cireuse prend des teintes jaune citron et vert melon sous les reflets de naphte. Corps insensibles comme des coffres. Seins vert pomme qui ne savent pas frissonner — froideur reptilienne de la chair à l'étal, avec ses avant-postes osseux, les orteils et les doigts. Leurs sentiments sont profondément enfouis dans la pré-conscience. Dans l'amour elles ne se livrent pas : elles n'ont rien à livrer ; elles se referment autour de vous en un douloureux élan qui est tout le contraire de la tendresse, du plaisir. Pendant des siècles elles ont été parquées avec les bœufs, masquées, circoncises. Nourries, dans l'obscurité, de confitures et de graisses rances, elles sont devenues des cuves à plaisir, ondulant péniblement sur des jambes blanchâtres sillonnées de grosses veines bleues.

« D'une rue à l'autre du quartier égyptien les odeurs de la chair varient : ammoniaque, cuir, salpêtre, épices, poisson. Elle ne voulait pas que je la raccompagne chez elle, sans doute parce qu'elle avait honte d'habiter dans une de ces maisons sordides. Elle parlait de son enfance d'une manière admirable. J'ai pris quelques notes ; et j'imagine son retour à la maison, son père cassant des noix sur la table avec un petit marteau, à côté de la lampe à huile. Ce n'est pas un Grec mais un Juif d'Odessa. Je vois son bonnet de fourrure aux rabats luisants. Je vois aussi le baiser du Berbère, l'énorme pénis rigide, comme une obsidienne de l'époque glaciaire ; il se penche pour s'introduire sous ses lèvres, entre ses jolies dents écartées. Ici tous les liens avec l'Europe sont coupés, on s'enfonce vers de nouvelles latitudes spirituelles. Elle s'est donnée à moi avec un tel mépris que, pour la première fois de ma vie, j'ai été pris au dépourvu devant la nature de son angoisse ; c'était comme si tout son être était fait de désespoir, d'un désastre permanent. Pourtant ces femmes, qui appartiennent à ces communautés isolées, ont un courage désespéré très différent du nôtre. Elles ont été si loin dans l'exploration de la chair qu'elles sont devenues des étrangères pour nous. Comment puis-je écrire tout cela ? Viendra-t-elle, ou a-t-elle disparu pour toujours ? Les Syriennes vont au lit en poussant de petits cris, comme des oiseaux migrateurs. »

Elle vient. Ils parlent. « Sous l'apparente sophistication provinciale, sous cette feinte dureté d'esprit, je crois avoir découvert une certaine inexpérience, non pas du monde certes, mais de la société. Je l'intéressais, je m'en rendais compte, en tant qu'étranger de bonne éducation — et elle tournait vers moi ses immenses yeux bruns aux prunelles légèrement bleues dont les longs cils mettaient en relief la splendeur de leurs pupilles, brillantes et directes, et elle me regardait fixement, de son regard de hibou timide, sage, impressionnant. »

On imagine l'anxiété douloureuse, haletante, où j'étais quand je lus pour la première fois ce récit d'une aventure dont Justine était l'héroïne. Même maintenant, après avoir lu ce livre si souvent que je le sais presque par cœur, il reste pour moi un document essentiel, et il m'emplit à chaque fois du même étonnement, d'une douleur très intime. « Notre amour, écrit-il ailleurs, beaucoup plus tard, ressemblait à un syllogisme auquel manquaient les prémisses : je veux dire le respect. C'était une sorte de possession mentale qui nous enfermait tous les deux et qui nous faisait dériver sur les eaux tièdes et maigres de Mareotis comme des œufs de grenouille agglutinés, proie facile pour les instincts engendrés par la lassitude et la chaleur... Non, ce n'est pas tout à fait cela, ce ne sont pas les mots qui conviennent. Essayons de nouveau de faire le portrait de Claudia à l'aide de ces outils fragiles, infirmes. Par où commencerons-nous ?

« Son aisance, par exemple, qui, dans toutes les situations, lui a été d'un grand secours pendant vingt ans d'une vie errante et désordonnée. Je n'ai appris que peu de choses sur ses origines, sinon qu'elle fut très pauvre. J'avais l'impression qu'elle s'efforçait de ne donner d'elle qu'une série de caricatures — mais c'est là un trait commun à tous les solitaires qui ont le sentiment que leur moi véritable ne peut trouver aucune correspondance chez autrui. La rapidité avec laquelle elle passait d'un milieu à un autre, d'un homme à un autre, d'un moment ou d'un endroit à un autre, était étourdissante. Il y avait dans son instabilité même une sorte de délicieuse grandeur. Plus je la connaissais, plus elle me paraissait imprévisible ; la seule constante était cette lutte frénétique pour briser les barrières de son narcissisme. Comme je me rappelle cette phrase qui revenait si souvent :

— Chéri, cette fois ce sera différent, je te le promets.

« Plus tard, quand nous partîmes à l'étranger : à l'*Adlon* le pollen des projecteurs tourbillonnait autour des danseurs espagnols, et elle, explosant de colère dans la fumée de milliers de cigarettes. Près des eaux noires de Buda, ses larmes giclant sur les feuilles mortes que le courant charriait paresseusement. À cheval dans les plaines étiques d'Espagne, le silence martelé par les sabots de nos chevaux. Couchée sur un rocher devant la Méditerranée, sombre, renfermée. Ce n'étaient pas ses trahisons qui me faisaient mal — car avec Justine la question de l'orgueil qu'éprouve le mâle dans la possession devenait quelque chose de secondaire. L'idée illusoire qu'un jour j'arriverais réellement à la connaître me tenait sous son charme. Je vois maintenant qu'elle n'était pas vraiment une femme, mais l'incarnation de la Femme, et qu'elle ne pouvait souffrir aucune entrave venant de la société où nous vivions.

— Ce que je cherche partout, c'est une vie qui vaille la peine d'être vécue. Si je mourais, ou si je devenais folle, je pourrais peut-être alors faire vivre toutes ces choses qui sont en moi et qui ne trouvent pas à s'exprimer. Le docteur que j'aimais m'a dit que j'étais une nymphomane, mais il n'y a aucune voracité, aucune complaisance dans mon plaisir, Jacob. De ce point de vue-là ce n'est rien de plus que du gaspillage. Du gaspillage, mon cher ! Tu dis que je prends mon plaisir tristement, comme font les puritains. Là encore tu es injuste envers moi. Je le prends tragiquement, et si mes amis médecins ont besoin d'un mot compliqué pour décrire la créature insensible que je parais être, ils devront bien admettre que c'est l'âme qui m'a mangé le cœur. C'est de là que vient tout le mal.

« Ce n'est pas là, vous voyez, le genre de distinctions dont une femme est généralement capable. C'était un peu comme s'il manquait une dimension à son univers, et que l'amour fût devenu une sorte d'idolâtrie intérieure. Au début je prenais cela pour un égoïsme forcené et destructeur, tant elle paraissait ignorante des règles de la fidélité qui constituent les bases de l'affection entre hommes et femmes. Cela semble un peu pédant, mais il n'importe. Maintenant, au souvenir de ses terreurs et de ses exaltations, je me demande si je ne me trompais pas. Je songe à ces drames exténuants, à ces scènes dans les chambres meublées où Justine ouvrait en grand tous les robinets pour noyer le bruit de ses propres sanglots. Allant et venant, serrant ses mains sous ses aisselles, se parlant à elle-même, elle était comme un baril de poudre prêt à faire explosion. Ma santé chancelante et mes nerfs fragiles — par-dessus tout mon sens de l'humour, tout européen — semblaient dans ces moments-là l'exaspérer au plus haut point. Par exemple, lorsqu'elle s'était sentie blessée par un affront imaginaire au cours d'un dîner, elle arpentait la descente de lit comme une panthère dans sa cage. Si je m'endormais elle entrait dans une rage folle et me secouait par les épaules en criant :

— Lève-toi, Jacob, tu ne vois donc pas comme je souffre ?

« Quand je refusais de prendre part à ce jeu de devinettes elle cherchait à briser quelque chose sur la coiffeuse afin d'avoir une excuse pour sonner la domestique. Que j'en ai vu de ces visages de bonnes se présentant craintivement devant cette femme en robe du soir, blême de colère, disant avec une effrayante politesse :

— Voudriez-vous avoir l'obligeance de ranger la coiffeuse ? Je viens de briser quelque chose par mégarde.

« Puis elle s'asseyait et se mettait à fumer cigarette sur cigarette. Un jour je lui dis :

— Je sais exactement ce que c'est. Toutes les fois que tu m'as trompé et que tu es dévorée de remords tu fais tout ce que tu peux pour que je te batte et que je te donne ainsi l'absolution de tes péchés. Eh bien, ma chère, je refuse absolument de te donner satisfaction. Tu peux continuer à porter ton fardeau. Tu voudrais que je te fouette ? J'ai seulement pitié de toi.

« J'avoue que cela la fit réfléchir un instant et qu'involontairement ses mains caressèrent la surface lisse de ses jambes, qu'elle avait soigneusement rasées l'après-midi...

« Vers la fin, encore, quand je commençai à me fatiguer d'elle, je trouvais cet abus des émotions si exténuant que je me mis à l'insulter et à rire d'elle. Un soir je la traitai de Juive hystérique et exaspérante. Éclatant en sanglots de cette voix rauque que j'ai si souvent entendue et dont jusqu'à présent le souvenir me fait mal — la richesse de ces spasmes de gorge, leur mélodieuse densité — elle se jeta sur son lit, les membres flasques, parcourue par les ondes de son hystérie.

« Ces scènes étaient-elles fréquentes ou est-ce ma mémoire qui les a multipliées ? Peut-être cela ne s'est-il produit qu'une fois, et suis-je abusé par les échos qui s'en sont répercutés en moi ? En tout cas il me semble entendre souvent le bruit qu'elle faisait en débouchant le tube de somnifère, le petit bruit des cachets tombant dans le verre. Même à moitié endormi je comptais, pour m'assurer qu'elle n'en prenait pas trop. Tout cela bien plus tard, naturellement. Au début je lui demandais de venir dans mon lit ; gênée, maussade, froide, elle m'obéissait. J'avais la folie de croire que je pourrais faire fondre sa glace et lui donner la paix physique dont doit dépendre — j'imagine — la paix de l'esprit. Je me trompais. Il y avait quelque part en elle un nœud qu'elle aurait voulu défaire, et c'était bien au-delà de mes capacités d'amant ou d'ami. Naturellement. Naturellement. Je savais tout ce que l'on pouvait savoir à l'époque sur la psychopathologie de l'hystérie. Il y avait autre chose derrière tout cela que je pensais pouvoir déceler. En un sens ce n'était pas la vie qu'elle recherchait, mais une révélation profonde et absolue qui aiguiserait tous ses sens.

« J'ai déjà dit comment nous nous sommes rencontrés : dans la grande glace du *Cecil*, devant la porte ouverte du dancing, un soir de carnaval. Les premiers mots que nous échangeâmes furent prononcés, et c'est déjà tout un symbole, dans le miroir. Elle était là avec un homme qui ressemblait à une seiche et qui attendait, tandis qu'elle examinait attentivement son visage sombre. Je m'arrêtai pour ajuster un nœud papillon avec lequel je n'étais pas familiarisé. Il y avait en elle un air de franchise avide si naturel qu'il était impossible de le prendre pour de l'effronterie quand elle sourit et dit :

— Il n'y a jamais assez de lumière.

« À quoi je répondis sans réfléchir :

— Pour les femmes, peut-être. Nous, les hommes, sommes moins exigeants.

« Nous échangeâmes un sourire et je me dirigeai vers la salle de danse, prêt à sortir pour toujours de sa vie dans le miroir, sans une pensée. Un peu plus tard les hasards d'une de ces affreuses danses anglaises, appelée le Paul Jones je crois, nous réunirent pour une valse. Nous échangeâmes quelques paroles décousues — je suis un piètre danseur — et ici je dois avouer que sa beauté ne fit sur moi aucune impression. Ce n'est qu'un peu plus tard qu'elle commença son jeu, consistant à brosser un tableau rapide et imprécis de mon caractère, jetant le désordre dans mes facultés critiques par des petites pointes mordantes et pénétrantes, m'attribuant des qualités qu'elle tirait à l'instant de son imagination, dans le seul but de captiver mon attention. Il faut que les femmes attaquent les écrivains — et dès l'instant où elle apprit que j'écrivais, elle essaya de se rendre intéressante en me disséquant. Tout cela n'aurait été qu'assez flatteur pour mon *amour-propre** si certaines de ses remarques n'avaient quelque peu outrepassé les limites permises, étant donné le caractère conventionnel de cette première conversation. Elle était perspicace, et j'étais trop faible pour résister à ce genre de jeu — ces embuscades de l'esprit qui constituent les gambits d'ouverture d'un flirt.

« À partir de là je ne me rappelle plus rien jusqu'à cette nuit — cette merveilleuse nuit d'été sur le balcon inondé de lune au-dessus de la mer — où Justine posa une main brûlante sur ma bouche pour m'arrêter de dire quelque chose comme :

— Vite. *Engorge-moi**. Du désir à la révulsion — finissons-en.

« Elle m'avait, semblait-il, déjà épuisé en imagination. Les mots furent prononcés avec tant de lassitude et une telle humilité — qui pourrait se défendre de l'aimer ?

« À quoi bon essayer de retrouver tout cela par le moyen si vague des mots ? J'ai des souvenirs si précis de tant de rendez-vous que je vois une sorte de Justine composite, essayant de cacher son appétit de savoir, son avidité de connaître, sous une affectation de sentiment. J'en suis amené à me demander avec tristesse si je l'ai jamais réellement émue — ou si je n'existais que comme un laboratoire où elle pouvait travailler. Elle apprit beaucoup avec moi : à lire et à réfléchir. Elle ne l'avait jamais fait avant de me rencontrer. Et ce que je prenais pour de l'amour n'était peut-être que de la gratitude. Entre un millier de personnes, d'impressions, de sujets d'étude abandonnés, je me vois quelque part flottant à la dérive, tendant les mains. C'est étrange, ce ne fut jamais dans l'*amant* que je l'ai approchée, mais dans l'*écrivain*. Là nous allions main dans la main, dans ce monde amoral de jugements différés où la curiosité et l'émerveillement semblaient plus importants que l'ordre, l'ordre syllogistique imposé par l'esprit. On attend en silence, on retient son souffle, à moins que la vitre ne se couvre de buée... Je la contemplais ainsi, je l'épiais, j'étais suspendu à sa vie. J'étais fou d'elle.

« Naturellement elle avait beaucoup de secrets, en vraie fille du Mouseion qu'elle était, et je devais me défendre désespérément de la jalousie ou du désir de m'introduire dans cette partie cachée de sa vie. J'y réussissais presque, et si je l'épiais ce n'était en réalité que par curiosité, pour savoir ce qu'elle pouvait bien faire ou penser quand elle n'était pas avec moi. Par exemple, il y avait une femme dans la ville à qui elle rendait souvent visite et qui avait une si grande influence sur elle que je soupçonnais des relations illicites ; il y avait aussi un homme [1] à qui elle écrivait de longues lettres, bien que, pour autant que je pusse m'en rendre compte, il habitât dans la ville. Peut-être était-il malade ? Je fis des recherches. Les espions que j'engageai ne me rapportèrent que des renseignements sans intérêt. La femme était une cartomancienne, vieille, veuve. L'homme à qui elle écrivait — sa plume grinçait sur le papier bon marché qu'elle utilisait — était, paraît-il, un docteur qui avait aussi un petit emploi à mi-temps dans un consulat local. Il n'était pas cloué sur un lit de malade, c'était un homosexuel, qui versait dans la philosophie hermétique si en vogue aujourd'hui. Elle laissa un jour une empreinte particulièrement nette sur le tampon buvard et, dans le miroir (encore le miroir !) je pus lire : "Ma vie est cette sorte de plaie non cicatrisée, comme vous l'appelez, que j'essaie de combler avec des gens, des accidents, des malaises, tout ce qui me tombe sous la main. Vous avez raison lorsque vous dites que c'est une excuse et une réaction contre une vie meilleure et plus sage. Je respecte votre discipline et votre science, mais je crois que si

1. C'est ainsi qu'entrent en scène, mystérieusement, Clea et Balthazar, personnages majeurs du *Quatuor*.

je veux arriver à m'accepter je dois rassembler tous les déchets de mon caractère et les brûler. N'importe qui pourrait résoudre artificiellement mon problème en le déposant sur les genoux d'un prêtre. Nous, enfants d'Alexandrie, nous avons plus de fierté que cela et plus de respect pour la religion. Ce ne serait pas agir honnêtement envers Dieu, et malgré toutes mes trahisons (je vous vois sourire) je suis résolue à ne pas Le trahir, Lui, quel qu'Il soit."

« J'eus l'impression que si c'était là un fragment d'une lettre d'amour ce ne pouvait être qu'une lettre d'amour à un saint. De nouveau je fus frappé, en dépit des maladresses et des incorrections de style, par son aisance à dissocier les idées en diverses catégories. Je commençai à la voir sous un jour différent; comme quelqu'un qui serait très capable de se détruire soi-même par entêtement et de perdre le bonheur qu'elle cherchait — elle avait cela en commun avec nous tous — et vers la réalisation duquel toute sa vie était tendue. Ces pensées eurent pour effet de refroidir quelque peu mon amour. Il m'arrivait même de ne plus éprouver que du dégoût pour elle. Ce qui m'horrifia fut de découvrir au bout de très peu de temps que je ne pouvais pas me passer d'elle. Sans elle la vie me paraissait mortellement ennuyeuse, dénuée de toute signification. J'étais tombé *amoureux*. Cette idée me remplissait d'un inexplicable désespoir, de dégoût. C'était comme si, inconsciemment, j'avais compris que se trouvait en elle mon mauvais génie. Venir à Alexandrie le cœur libre et rencontrer un *amor fati* [1], c'était une malchance que ni ma santé ni mes nerfs n'étaient capables de supporter. En me regardant dans la glace je me rappelai que j'avais dépassé la quarantaine, que mes tempes s'ornaient

---

1. Amour du destin — mais il semble que Durrell l'emploie ici très librement, au sens d'amour fatal.

déjà de quelques fils d'argent ! Je songeai aussitôt à tenter de mettre fin à ce lien, mais un sourire ou un baiser de Justine faisaient fondre mes résolutions. Avec elle on se sentait dans l'intimité d'ombres qui pénétraient la vie et lui donnaient une nouvelle résonance. D'aussi riches ambiguïtés ne pouvaient être résolues par une décision subite de la volonté. J'avais parfois l'impression d'avoir entre les bras une femme dont les baisers assenaient des coups mortels. Quand, par exemple, je découvris qu'elle m'avait trompé à maintes reprises, et à l'époque où je me sentais le plus près d'elle, je n'éprouvai aucun sentiment précis : une sorte de vague torpeur plutôt, comme lorsqu'on vient de quitter un ami à l'hôpital et que dans l'ascenseur on descend six étages en silence, à côté d'un automate en uniforme dont on perçoit la respiration. Le silence de ma chambre m'étourdissait. En réfléchissant à cela, en concentrant toutes les forces de mon esprit sur ce fait, je compris que ce qu'elle avait fait n'avait aucun rapport avec moi : elle tentait de se libérer, pour moi, pour me donner ce qu'elle savait m'appartenir. Je ne dirais pas que cela n'avait pas l'apparence d'un sophisme, mais mon cœur semblait comprendre la vérité de cela et me dictait un silence plein de tact, auquel elle répondait par une chaleur, une ardeur nouvelle, ajoutant à l'amour la gratitude. De nouveau j'éprouvais une sorte de dégoût.

« Ah ! si vous l'aviez vue alors, dans ses moments les plus humbles, les plus tendres, quand elle se rappelait qu'elle n'était qu'une enfant, vous n'auriez pu m'accuser de lâcheté. Au petit jour, endormie dans mes bras, les cheveux en désordre sur sa bouche détendue, souriante, elle ne ressemblait à aucune des femmes que j'avais connues, plutôt à quelque merveilleuse créature saisie au stade pléistocène de son développement. Plus tard encore, pensant à elle comme je l'ai fait ces dernières années, j'étais surpris de voir que bien que je l'aie aimée de tout mon être, et sachant que je n'aimerais plus jamais, je tremblais à l'idée qu'elle pourrait revenir. Les deux idées coexistaient dans mon esprit sans se combattre ni s'annuler. Je me sentais en quelque sorte soulagé. "Bon. J'ai enfin réellement aimé. J'ai connu cela"; et à cela mon autre moi ajoutait : "Épargne-moi les blessures de l'amour *partagé* avec Justine." Cette énigmatique polarité de sentiment me prenait entièrement au dépourvu. Si ce n'était pas de l'amour, alors c'était une variété que je n'avais encore jamais vue.

— Au diable le nom qu'on lui donne, dit un jour Justine, qu'on l'écrive donc à l'envers, comme tu m'as dit que faisaient les Élisabéthains pour Dieu. Appelle-le *evol* [1] comme dans « évolution » ou « révolte ». N'emploie plus jamais ce mot devant moi.

*

Ces extraits font partie d'un chapitre du *Journal* intitulé *Vie posthume* dans lequel l'auteur essaie de résumer et de trouver la signification de ces épisodes. Pombal trouve cette partie plus faible, banale et même ennuyeuse. Mais qui, connaissant Justine, ne serait ému à la lecture de ces scènes ? On ne peut pas dire non plus que les intentions de l'auteur soient dénuées d'intérêt. Il soutient, par exemple, que les individus réels ne peuvent exister que dans l'imagination d'un artiste assez puissant

1. Si le mot anglais *God* (Dieu) compose, à l'envers, le mot *dog* (chien), *Love* donne effectivement *evol*. À travers ces paroles de Justine, Durrell invoque la liberté des jeux de mots élisabéthains. De plus, dans la mesure où les quatre livres du *Quatuor* correspondent aux quatre lettres du mot *LOVE*, l'inversion de ces lettres dans *EVOL* constitue une libération de la composition de l'œuvre, suggérant l'indétermination absolue de l'ordre narratif.

pour les retenir et leur donner une forme. « La vie, la matière première, n'est vécue qu'en puissance, jusqu'à ce que l'artiste la développe dans son œuvre. Ah! comme je voudrais pouvoir faire cela pour la pauvre Justine! » (Je veux dire « Claudia », naturellement.) « Je rêve d'un livre qui serait assez puissant pour contenir tous les éléments de son être : mais ce n'est pas le genre de livre auquel on est habitué de nos jours. Par exemple, sur la première page : un résumé de l'action en quelques lignes. On pourrait ainsi se passer des articulations du récit. Ce qui suivrait serait le drame à l'état pur, libéré des entraves de la forme. *Je voudrais faire un livre qui rêve.* »

Naturellement, on n'échappe pas aussi facilement aux formes qu'il considère comme arbitraires, et qui en réalité se développent organiquement à l'intérieur de l'œuvre pour la soutenir et la rendre communicable. Ce qui manque dans son œuvre — c'est là une critique qui peut s'adresser à toutes les œuvres qui ne parviennent pas à se hausser au premier plan —, c'est un certain sens du *jeu*. Il se laisse accabler par son sujet, à tel point que son style se laisse contaminer par une certaine férocité qui vient tout droit du manque d'équilibre de Claudia elle-même. Tout ce qui est source d'émotion prend une égale importance à ses yeux : un soupir de Claudia parmi les lauriers-roses de Noussha, la cheminée où elle brûle le manuscrit du roman qu'il a écrit sur elle, « Pendant des jours elle me regardait comme si elle essayait de lire mon livre à travers moi », la petite chambre dans la rue Lepsius... Il dit de ses personnages : « Tous liés par le temps dans une dimension qui n'est pas la réalité *telle que nous voudrions qu'elle soit* — mais qui naît des nécessités de l'œuvre. Car tout drame crée un lien, et l'acteur n'a de signification que dans la mesure où il n'est pas libre d'échapper à ce lien. »

Ces réserves faites, avec quelle grâce et quelle

finesse il brosse un tableau d'Alexandrie! Alexandrie et ses femmes. Il y a là les portraits de Léonie, de Gaby, de Delphine — rose pâle, or et bitume. Certaines se reconnaîtront aisément dans ces pages. Clea, qui vit toujours dans ce studio haut perché — un nid d'hirondelle fait de toiles d'araignées et de vieux chiffons, — on ne peut s'y tromper. Pour la plupart, ces filles d'Alexandrie ne se distinguent des femmes du reste du monde que par une honnêteté et un dégoût de l'existence effrayants. Il est assez écrivain pour avoir su isoler ces traits véridiques dans la ville du Soma. On ne pouvait pas en attendre davantage de la part d'un étranger de talent qui, presque par erreur, a réussi à percer la dure carapace d'Alexandrie et s'est découvert lui-même.

Quant à Justine elle-même, il y a peu de références à Arnauti, si même il s'en trouve, dans les pages solidement défendues de son journal. Çà et là j'ai repéré la lettre A., généralement dans des passages de pure introspection. En voici un où l'identification peut paraître plausible :

« Ce qui m'a d'abord attirée chez A. fut sa chambre. J'ai toujours senti qu'une sorte de fermentation était en cours derrière les lourdes persiennes; il y avait des livres partout, la jaquette retournée ou couverts de papier à dessin blanc, comme pour cacher les titres. À terre un véritable tapis de journaux avec des trous, comme si une horde de souris était passée par là, les découpages de A. dans ce qu'il appelait "la vraie vie", une abstraction qu'il sentait si éloignée de la sienne. Il s'asseyait pour absorber ses journaux comme s'il s'était mis à table, dans sa robe de chambre rapiécée et ses pantoufles de velours; il taillait dans les feuilles avec une paire de ciseaux à ongles émoussés. Il méditait avec étonnement sur la "réalité" du monde étrangère à son œuvre, comme un enfant; c'était probablement un endroit où les gens pouvaient être heureux, rire, mettre des enfants au monde. »

Quelques rares petits tableaux de ce genre composent tout le portrait de l'auteur de *Mœurs* ; cela semble bien pauvre en comparaison de la place qu'a prise Justine dans sa vie ; et je ne trouve pas une seule allusion à leur séparation après ce bref et infructueux mariage. Il est intéressant de voir d'après ce livre comme les jugements qu'il a portés sur son caractère se rapprochent étrangement de ceux que nous avons pu porter plus tard, Nessim et moi. La soumission qu'elle obtenait de nous n'était pas le trait le moins étrange. C'était comme si les hommes savaient d'emblée qu'ils étaient en présence d'une femme qu'ils ne pouvaient pas juger selon les mêmes critères que les autres. Clea dit un jour à son sujet (et ses jugements étaient rarement charitables) : « C'est la vraie putain que les hommes préfèrent — comme Justine ; elle seule a le pouvoir de les blesser. Naturellement notre amie n'est qu'une pâle reproduction moderne de la grande hétaïre [1] du passé, le type auquel elle appartient sans le savoir, Laïs, Charis et les autres... C'est d'elle que Justine tient son personnage, et la société l'a encore accablée sous le poids de la culpabilité pour ajouter à ses tourments. Quel dommage ! C'est une vraie Alexandrine. »

À Clea aussi le petit livre d'Arnauti sur Justine paraissait banal et gâché par le désir de tout expliquer.

— C'est notre maladie, disait-elle, de vouloir tout faire tenir dans le cadre d'une psychologie ou d'une philosophie. Après tout, Justine n'a pas à être justi-

1. Courtisane grecque dans l'Antiquité. Laïs est devenue un nom commun synonyme d'hétaïre ; parmi « les autres » il y a sûrement Thaïs, aimée d'Alexandre, puis de Ptolémée et qui finit sa vie dans un sérail égyptien.

fiée ou excusée. Elle *est*, simplement et magnifiquement; nous devons la prendre telle qu'elle est, comme le péché originel. L'appeler nymphomane ou faire du freudisme ici, mon cher, c'est lui retirer toute sa substance mythique — la seule chose qu'elle soit réellement. Comme tous les êtres amoraux, il y a de la déesse en elle. Si notre monde était ce qu'il devrait être il y aurait des temples où elle aurait pu trouver la paix qu'elle cherchait. Des temples où l'on pourrait faire fructifier ce genre d'héritage qu'elle avait reçu, et non ces absurdes monastères remplis de petits catholiques boutonneux qui ont transformé leurs organes sexuels en selles de bicyclettes.

Elle songeait aux chapitres qu'Arnauti a intitulés *Le Frein*, et où il pense avoir trouvé la clef de l'instabilité affective de Justine. Ils sont peut-être banals, comme le juge Clea, mais comme tout est susceptible de recevoir plus d'une explication ils méritent qu'on s'y arrête. Moi-même je ne pense pas qu'ils expliquent Justine, ils éclairent cependant dans une certaine mesure ses actes — ces immenses voyages qu'ils entreprirent ensemble à travers toute l'Europe. « Au cœur même de la passion, écrit-il, ajoutant entre parenthèses : passion qui, à ses yeux, était le plus banal de tous les dons, il y avait un frein — une sorte de grand obstacle du sentiment dont je ne pris conscience qu'au bout de plusieurs mois. Cela se dressa entre nous comme une ombre et je reconnus, ou crus reconnaître, le véritable ennemi du bonheur que nous désirions tant partager et dont nous nous sentîmes en quelque sorte exclus. Qu'était-ce donc ?

« Elle me le dit, une nuit que nous étions couchés dans ce lit immense et hideux d'une chambre meublée — une lugubre chambre rectangulaire d'aspect et d'odeur vaguement levantins —, plafond de stuc chargé de chérubins pourrissants et de bouquets de feuilles de vigne. Elle me le dit et me laissa en proie à une jalousie féroce que je m'efforçai de lui cacher — jalousie d'une espèce entièrement nouvelle. Son objet était un homme qui, quoique toujours vivant, *n'existait plus*. C'est peut-être ce que les freudiens appelleraient un souvenir-écran des événements de sa prime jeunesse. Elle avait (et il n'y avait pas à se tromper sur l'importance de cette confession, car elle s'accompagnait d'un torrent de larmes, et je ne l'ai jamais vue pleurer comme cela, avant ni après), elle avait été violée par un de ses amis. On ne peut s'empêcher de sourire de la banalité de cette idée. Il était impossible de juger à quel âge. Néanmoins — et là je pensai avoir touché du doigt le cœur du problème — à partir de ce moment elle ne put plus obtenir aucune satisfaction dans l'amour, à moins de revivre la scène en esprit et d'en rejouer les épisodes. Pour elle, nous, ses amants, n'étions que des substituts mentaux de son premier acte d'enfant, de sorte que l'amour, comme une sorte de masturbation, se chargeait de toutes les couleurs de la neurasthénie. Elle souffrait d'une consomption imaginaire : elle ne pouvait posséder entièrement personne dans la chair. Elle ne pouvait s'approprier l'amour dont elle sentait qu'elle avait un impérieux besoin : les satisfactions qu'elle trouvait étaient tirées des recoins crépusculaires d'une vie qu'elle ne vivait déjà plus. C'était passionnément intéressant. Le plus amusant était encore que j'éprouvais cela comme une blessure d'amour-propre, tout comme si elle m'avait avoué une infidélité délibérée. Quoi ! Toutes les fois qu'elle était dans mes bras elle ne pouvait trouver de satisfactions qu'à travers ce souvenir ? En un sens, alors, je ne pouvais la posséder ; je ne l'avais jamais possédée. Je n'étais qu'un mannequin. Même encore maintenant, en écrivant cela, je ne peux m'empêcher de sourire en me rappelant la voix étranglée que j'avais pour lui demander qui était cet homme, et où il était. (Que voulais-je faire ? Le provoquer en duel ?) Quoi qu'il en soit, il était là, il se tenait entre Justine et moi; entre Justine et la lumière du soleil.

« Là encore j'étais suffisamment détaché pour observer à quel point l'amour se nourrit de jalousie. Cette femme que je ne pouvais atteindre, même lorsqu'elle était dans mes bras, me devint dix fois plus désirable, plus nécessaire. C'était une position fâcheuse, assurément, pour un homme qui n'avait pas l'intention de tomber amoureux, et pour une femme qui ne désirait rien d'autre que d'être délivrée d'une obsession pour être enfin libre d'aimer. De cela il s'ensuivait que si je parvenais à briser le Frein je pourrais la posséder vraiment, comme aucun homme ne l'avait jamais possédée. Je pourrais prendre la place de l'ombre et recevoir réellement ses baisers. Pour l'instant ils ne touchaient qu'un cadavre. Il me semblait que je comprenais tout, maintenant.

« Cela explique le grand voyage que nous entreprîmes, la main dans la main pour ainsi dire, afin de nous débarrasser de ce succube, avec l'aide de la science. Ensemble nous nous rendîmes à Czechnia, dans la cellule tapissée de livres où tous les illustres mandarins de la psychologie viennent se régaler de ses spécimens. Bâle, Zurich, Baden, Paris, rythme des rails d'acier sur les systèmes artériels du corps de l'Europe, ganglions d'acier se joignant et se séparant à travers plaines et montagnes. Se voir tout à coup dans les miroirs boursouflés de l'Orient-Express. Nous emmenions sa maladie d'un bout à l'autre de l'Europe comme un bébé dans son berceau, et je commençais à désespérer, à me dire que peut-être Justine ne désirait pas guérir. Car à ce frein involontaire de la psyché elle en ajoutait un autre : celui de la volonté. Je n'arrive pas à comprendre : elle ne voulait dire son nom à personne, le nom de cette ombre. Un nom qui signifiait tout ou rien pour elle, alors. Il doit être encore

quelque part dans le monde, les cheveux grison-
nants ou se raréfiant sous le poids des affaires ou
des excès, portant un bandeau de soie noire sur
l'œil comme cela lui arrive après une attaque
d'ophtalmie. (Si je peux vous le décrire, c'est que je
l'ai rencontré une fois depuis lors.)

— Pourquoi dirais-je son nom aux gens?
s'écriait Justine. Il n'est plus rien pour moi maintenant, il n'a jamais rien été. Il a complètement
oublié ces événements. Tu ne vois donc pas qu'il est
mort? Quand je le vois...

Ce fut comme si un serpent m'avait piqué.

— Tu le vois donc? Aussitôt elle se replia sur
une position moins dangereuse.

— De loin en loin, dans la rue. Nous échangeons
juste un vague signe de tête.

« Ainsi cette créature, ce monstre de banalité respirait toujours, était toujours de ce monde! Que la
jalousie peut être fantasque et ignoble! Mais la
jalousie pour une création de l'imagination confine
au ridicule.

« Une fois, en plein centre du Caire, dans un
embouteillage, dans la chaleur suffocante d'une
soirée d'été, un taxi s'arrêta un instant à la hauteur
du nôtre. Quelque chose dans l'expression de Justine attira mon regard dans la direction du sien.
Dans cette chaleur moite et palpitante, dans cette
pâte humide qu'engendre le fleuve et que rendent
plus pénible encore les senteurs de fruits pourris,
de jasmin et la sueur musquée des corps noirs,
j'aperçus dans le taxi voisin un homme très ordinaire. À part le bandeau noir sur l'œil, il n'avait rien
qui pût le distinguer des milliers d'autres hommes
d'affaires râpés et avachis de cette horrible ville. Il
avait les cheveux clairsemés, un profil aigu, un
petit œil rond; il portait un complet d'été gris.
L'expression d'angoisse sur le visage de Justine
était si intense qu'involontairement je m'écriai :

— Qu'est-ce qu'il y a?

« Tandis que la circulation s'ébranlait à nouveau et, que le taxi reprenait sa route, elle me répondit, avec une étrange lueur dans le regard, presque d'un air de provocation :

— L'homme que vous avez tous pourchassé !

« Avant que les mots ne fussent sortis de sa bouche, j'avais compris et, comme dans un cauchemar, je donnai l'ordre au chauffeur de s'arrêter et bondis sur la chaussée. J'aperçus le feu rouge de l'autre taxi tourner dans Sulieman Pacha, trop loin déjà pour que je pusse en distinguer la couleur ou le numéro. Lui donner la chasse était impossible, la circulation derrière nous était trop intense, une fois de plus. Je remontai dans notre taxi, tremblant et sans voix. Ainsi c'était là l'homme dont Freud avait cherché à lui arracher le nom avec sa patience tranquille et son affectueux détachement ? C'était pour cet homme mûr à l'air bien inoffensif que Justine s'était étendue, tous nerfs bandés et comme en état de lévitation, tandis que la voix tranchante et métallique de Magnani répétait inlassablement :

— Dites-moi son nom ; il faut me dire son nom.

« Tandis que, du fond des paysages oubliés où sa mémoire était emprisonnée, sa voix répétait comme un oracle des temps modernes :

— Je ne me rappelle pas ; je ne me rappelle pas.

« Il me parut alors évident que d'une certaine manière elle refusait de débloquer le Frein, et que toute la science des médecins serait impuissante à la persuader. C'était là le cœur du problème ; là résidait la soi-disant nymphomanie dont ces dignes messieurs m'assuraient qu'elle était atteinte. Parfois j'étais persuadé qu'ils avaient raison ; d'autres fois j'en doutais. Il n'en était pas moins tentant de voir dans sa conduite l'excuse que tout homme détenait une promesse de sa délivrance affective, sa libération de cette étouffante claustration où le sexe ne pouvait se nourrir que des folles flammes de l'imagination.

« Peut-être avions-nous tort d'en parler ouvertement, de traiter cela comme un problème : cela n'avait d'autre résultat que de la gonfler du sentiment de son importance et contribuait, de plus, à éveiller en elle une instabilité nerveuse qu'elle n'avait pas auparavant. Dans sa vie passionnelle elle était directe, comme une hache qui s'abat. Elle recevait les baisers comme une toile reçoit les touches de peinture. Et ce n'est pas sans un certain étonnement que je me rappelle comme j'ai longtemps et vainement cherché des excuses qui auraient pu rendre son amoralité, sinon agréable, du moins compréhensible. Je me rends compte maintenant quel temps j'ai perdu à cela, alors que j'aurais pu la prendre simplement telle qu'elle était, et me détourner de ces préoccupations en me disant : "Elle est belle comme elle est infidèle. Elle prend l'amour comme une plante absorbe l'eau, naturellement, étourdiment." Nous aurions pu alors nous promener le long du canal croupissant, en nous donnant le bras, ou louer une barque sur les eaux étincelantes de Mareotis, et j'aurais pu me sentir heureux de sa présence, n'exiger rien d'autre d'elle. Quel merveilleux don nous avons, nous les écrivains, de nous torturer et de torturer les autres ! Non seulement cette longue et douloureuse auscultation de Justine ne réussit qu'à lui faire perdre un peu de son assurance, mais elle contribua à la rendre plus consciemment infidèle. Bien pis : elle se mit à me considérer comme un ennemi attentif à ses moindres défauts, aux moindres paroles et aux moindres gestes qui pouvaient la trahir. Elle était doublement sur ses gardes et commençait à m'accuser d'une insupportable jalousie. Peut-être avait-elle raison. Je me souviens qu'elle me dit un jour :

— Maintenant tu vis avec mes fantômes. J'ai été folle de te parler de cela, d'avoir été aussi honnête. Regarde comme tu me tourmentes maintenant ; les mêmes questions pendant des jours et des jours. Et à la moindre contradiction tu es sur moi. Tu sais bien que je ne raconte jamais la même histoire deux fois de la même façon. Cela ne veut pas dire que je mens.

« Je ne tins pas compte de cet avertissement et redoublai d'efforts pour écarter le rideau derrière lequel je croyais que se tenait mon adversaire, un bandeau noir sur l'œil. Je correspondais toujours avec Magnani; j'essayais de réunir le plus grand nombre d'indices possibles qui l'aideraient à élucider le mystère; en vain. Dans l'inextricable jungle des tendances coupables qui constituent la psyché, qui peut se frayer un chemin, même si le sujet accepte de coopérer? Le temps que nous avons perdu en futiles recherches à sonder ses goûts et ses phobies! Si Justine avait été douée du moindre sens de l'humour, comme elle se serait moquée de nous! Je me souviens que toute une série de lettres eut pour objet l'aveu qu'elle ne pouvait lire les mots "Washington D.C." sur une lettre sans un sentiment de dégoût! Comme je regrette maintenant d'avoir perdu tout ce temps qui aurait pu être bien mieux employé à l'aimer comme elle le méritait. Le vieux Magnani, lui aussi, avait dû concevoir certains doutes, car il m'écrivit un jour : "... et mon cher ami nous ne devons pas oublier que cette science qui nous paraît si miraculeuse et si pleine de promesses est encore dans l'enfance et fondée sur des faits aussi hasardeux que l'astrologie. Et puis nous attachons tellement d'importance aux *noms* que nous donnons aux choses! La nymphomanie pourrait être considérée comme une autre forme de la virginité peut-être; et pour ce qui est de Justine, elle n'a peut-être jamais aimé. Un jour elle rencontrera l'homme devant lequel toutes ces chimères épuisantes s'évanouiront et lui rendront l'innocence. Du moins est-ce là une éventualité qu'il ne faut pas négliger." Naturellement il ne disait pas cela dans une intention blessante. C'était une idée qui me poursuivait sans que je voulusse l'admettre. En lisant la lettre du vieux sage elle me frappa comme une évidence. »

*

Je n'avais pas lu ces pages d'Arnauti avant l'après-midi à Bourg El Arab où l'avenir de nos relations se trouva compromis par l'introduction d'un élément nouveau, je n'ose pas écrire le mot amour, de peur d'entendre monter du fond de mon imagination un rire doux et cruel, un rire qui éveillerait quelque part comme un écho le rire de l'auteur du journal. Je trouvai en effet si fascinante l'analyse de son sujet, et la nature de nos relations présentait de telles similitudes avec celles qu'il avait eues avec Justine, qu'il m'arrivait parfois d'avoir l'impression de n'être qu'un personnage imaginaire tiré de *Mœurs*. De plus, voici que j'essaie de faire un peu la même chose avec elle à l'aide de mots — bien que je ne possède pas son talent et que je n'aie pas la prétention d'être un artiste. Je veux mettre les faits par écrit simplement et crûment, sans style — le plâtre et la chaux — le portrait de Justine devrait être crépi, tout en laissant apparaître le solide ouvrage de pierre.

Après l'épisode de la plage nous restâmes quelque temps sans nous revoir, atteints tous deux d'une vertigineuse incertitude — moi du moins. Nessim était retenu au Caire pour affaires. Bien que, pour autant que je sache, Justine fût seule à la maison, je ne pouvais me résoudre à gravir les marches du studio. Un jour, passant devant la maison, j'entendis le *Bluthner* et je fus tenté de sonner, tant l'image de Justine assise devant le piano noir se dessinait avec netteté dans mon esprit. Une autre fois, passant devant le jardin la nuit, je vis quelqu'un — ce devait être elle — marchant près du bassin en abritant la flamme d'une bougie dans le creux de sa main. J'hésitai un moment devant la grille, ne sachant si je devais sonner ou non. À cette époque Melissa était absente, elle aussi : elle était allée rendre visite à une amie en Haute-Égypte. L'été s'avançait, la ville était irrespirable. J'allais me baigner aussi souvent que mon travail me le permettait, prenant le petit tram qui m'emmenait vers les plages grouillantes.

Un jour que j'étais au lit avec une forte fièvre causée par une insolation, Justine pénétra dans le calme humide du petit appartement, vêtue d'une robe et de chaussures blanches, portant une serviette roulée sous son bras avec son sac. La magnificence de sa peau brune et de ses cheveux noirs rendait plus éblouissante encore la blancheur de son apparition. Quand elle parla, ce fut d'une voix rauque et mal assurée, et j'eus un instant l'impression qu'elle était légèrement ivre — peut-être avait-elle bu en effet. Elle s'accouda sur la tablette de la cheminée et dit :

— Je veux que nous en finissions au plus vite. Je crois que nous sommes allés trop loin pour pouvoir reculer maintenant.

J'étais en proie à une terrible absence de désir, consumé par une voluptueuse angoisse du corps et de l'esprit qui me paralysait, m'empêchait de parler, de penser. Je n'arrivais pas à m'imaginer faisant l'amour avec elle. La toile émotionnelle que nous avions tissée autour de nous se dressait également entre nous comme une sorte de barrière : une invisible toile d'araignée faite de fidélités, d'idées, d'hésitations que je n'avais pas le courage de balayer. Elle fit un pas en avant. Je lui dis d'une voix faible :

— Ce lit est affreux et sent mauvais. J'ai bu. J'ai essayé de faire l'amour tout seul mais sans résultat, car je ne pouvais m'empêcher de penser à vous.

Je me sentais devenir de plus en plus pâle, je ne

faisais pas un mouvement, enfoncé dans mon oreiller. Tout à coup j'eus terriblement conscience du silence qui emplissait la chambre, martelé, goutte à goutte, par le robinet qui fuyait dans un coin. Un taxi klaxonna au loin, et dans le port comme le mugissement sourd d'un minotaure, résonna l'appel bref, noir, d'une sirène.

La chambre appartenait tout entière à Melissa : la pauvre table de toilette encombrée de boîtes de poudre, de tubes et de photos ; le rideau léger palpitait doucement dans l'air étouffant comme la voile d'un navire. Combien de fois, dans les bras l'un de l'autre, avions-nous regardé ainsi bouger ce morceau d'étoffe transparente ? À travers cela, comme à travers l'image d'un être tendrement chéri, comme à travers la lentille grossissante d'une larme gigantesque, s'avança le corps nu et bronzé de Justine. J'aurais été aveugle si je n'avais pas remarqué à quel point sa résolution était mêlée de tristesse. Nous restâmes longtemps les yeux dans les yeux, nos corps se touchant, n'échangeant rien de plus que la lassitude animale de cet après-midi finissant. Je ne pouvais m'empêcher de songer alors, la tenant légèrement dans le creux de mon bras, comme nos corps nous appartiennent peu. Je songeais à ces mots qu'écrivait Arnauti : « Je commençais à me rendre compte à quel point cette femme m'avait dépossédé de toute *force morale**. J'étais comme Samson privé de sa chevelure. » Mais les Français, me disais-je, avec leurs perpétuelles allées et venues entre *bonheur** et *chagrin** doivent inévitablement souffrir lorsqu'ils se trouvent en présence d'une chose libre de tous *préjugés** ; tacticiens et virtuoses-nés, ils manquent de puissance et de cette petite touche de grossière stupidité qui est l'armature de l'esprit anglo-saxon. Et je me dis : « Bon. Laissons-la me conduire où elle veut. Elle trouvera à qui parler. Et il ne sera pas question de chagrin à la fin. » Puis je songeai à

Nessim, qui nous observait (mais je ne le savais pas) comme par le gros bout d'un énorme télescope : nos minuscules silhouettes se profilant à l'horizon de ses espoirs et de ses projets. Je souhaitais par-dessus tout qu'il ne fût pas blessé.

Elle avait fermé ses yeux, si doux et soyeux maintenant, comme lustrés par le silence qui pesait lourdement autour de nous. Ses doigts avaient cessé de trembler et reposaient fermement sur mon épaule. Nous nous retournâmes l'un vers l'autre, nous refermant, comme les deux battants d'une porte, sur le passé, empêchant le monde d'entrer. Je sentis ses baisers, heureux et spontanés, qui commençaient à composer une obscurité autour de nous, comme des couches successives de couleur. Quand nous eûmes fait l'amour et que nous nous éveillâmes elle dit :

— Je ne suis jamais bien la première fois ; pourquoi cela ?

— Les nerfs peut-être. Moi non plus.

— Tu as un peu peur de moi.

Me redressant sur un coude, comme si je venais à l'instant de m'éveiller, je lui dis :

— Mais, Justine, que diable allons-nous faire de tout cela ? Si cela doit être...

Elle prit alors un air terrifié, mit sa main sur ma bouche en disant :

— Pour l'amour de Dieu, pas de justifications ! Sinon je saurai que nous avons tort ! Car rien ne peut justifier cela, rien. Et pourtant il ne pouvait en être autrement.

Puis elle se leva, traversa la pièce et, d'un seul coup de sa patte de panthère, balaya les photos, les petits pots de crème, les boîtes de poudre de la table de toilette.

— Ça, dit-elle, c'est ce que je fais à Nessim, et toi à Melissa ! Ce serait ignoble de vouloir prétendre le contraire.

C'était tout à fait dans la tradition de ce

qu'Arnauti avait pu me laisser prévoir, et je ne dis rien. Elle revint vers moi et me couvrit de baisers, sauvages et affamés, au point que mes épaules mises à vif par les brûlures du soleil se prirent à trembler et que des larmes me vinrent aux yeux.

— Ah! dit-elle tristement, tu pleures. Je voudrais pouvoir en faire autant. Je crois que je n'en suis plus capable.

Tandis que je la tenais dans mes bras, caressant son corps lisse et chaud, humant tout le sel de la mer — le lobe de son oreille avait un goût salé — je me souviens que je me disais : « Chaque baiser la rapproche de Nessim mais m'éloigne un peu plus de Melissa. » Cependant je n'éprouvais aucune inquiétude, aucun sentiment de découragement. De son côté, ses pensées devaient suivre un cours analogue, car elle dit tout à coup :

— Balthazar dit que les traîtres naturels — comme toi et moi — sont les vrais gnostiques. Il dit que nous sommes morts et que nous vivons cette vie dans une sorte de limbes. Pourtant les vivants ne peuvent se passer de nous. Nous les contaminons avec le désir de faire davantage d'expériences, de croître.

J'essayais de me persuader combien tout cela était stupide — une banale histoire d'adultère, le lieu commun le plus répandu dans toute la ville; et cela manquait terriblement d'accessoires romantiques ou littéraires. Cependant, à un niveau plus profond, il me semblait comprendre que l'aventure dans laquelle je m'étais engagé aurait le caractère définitif d'une leçon bien apprise.

— Tu es trop sérieuse, dis-je avec une certaine irritation, car mon orgueil se sentait piqué au vif et je n'aimais pas cette sensation de perdre pied.

Justine tourna ses grands yeux vers moi.

— Oh non! dit-elle doucement, comme pour elle-même. Il serait ridicule d'avoir fait tout le mal que j'ai fait et de ne pas comprendre que c'est mon rôle. Ce n'est que de cette façon, en sachant pertinemment ce que je fais, que je peux être moi et dépasser cela. Ce n'est pas facile d'être moi. Je désire *tellement* être maître de moi. Je t'en prie, ne doute jamais de cela.

Nous nous endormîmes. Je fus réveillé par le bruit de la clef tournant dans la serrure : c'était Hamid qui rentrait et qui se livra ensuite à sa petite cérémonie quotidienne. Pour un homme pieux, dont le petit tapis à prières était soigneusement roulé dans un coin du balcon, prêt à être utilisé aux heures rituelles, il était extraordinairement superstitieux. Il était, comme disait Pombal, « hanté par les djinns » ; avec lui on avait l'impression qu'il y avait un djinn dans tous les coins de l'appartement. J'étais fatigué de l'entendre murmurer : « *Destour, destour* » quand il vidait les eaux de toilette dans l'évier — car un puissant djinn y avait élu domicile et il fallait invoquer son pardon. La salle de bains aussi était hantée par les djinns, et je savais toujours quand Hamid utilisait les cabinets extérieurs (ce qui lui avait été défendu) parce que toutes les fois qu'il s'asseyait sur le siège une rauque invocation s'échappait de ses lèvres (« Permission, ô vous, êtres bénis ») pour apaiser le courroux du djinn qui, sans cela, l'aurait tiré au fond de la cuvette. Maintenant je l'entendais rôder dans la cuisine en traînant ses babouches avachies et souffler à voix basse comme un boa constrictor.

J'éveillai Justine d'un somme agité et j'explorai sa bouche, ses yeux, ses beaux cheveux avec cette curiosité inquiète qui, pour moi, avait toujours constitué l'essentiel de la sensualité.

— Il faut nous en aller, lui dis-je. Pombal va rentrer du Consulat d'une minute à l'autre.

Je me rappelle la langueur furtive avec laquelle nous nous rhabillâmes. En silence, comme deux complices, nous descendîmes l'escalier sombre et nous nous retrouvâmes dans la rue. Nous n'osâmes pas nous donner le bras, mais nos mains se frôlaient involontairement en marchant, comme si elles ne pouvaient rompre le charme de l'après-midi et souffrir d'être séparées. Nous nous quittâmes sans un mot, sur la petite place aux arbres moribonds brûlés de soleil et qui avaient pris une teinte de café. Sans un mot, mais les yeux dans les yeux, comme si chacun de nous avait voulu graver à jamais son empreinte dans le visage de l'autre.

Ce fut comme si la ville s'effondrait avec fracas autour de moi. Je marchai droit devant moi sans savoir où j'allais, comme doivent marcher les survivants d'une ville après un tremblement de terre, stupéfiés de voir combien ce qui leur avait été familier avait changé. J'avais la curieuse impression d'être assourdi par une immense rumeur, et je ne me rappelle rien, si ce n'est que beaucoup plus tard je tombai sur Pursewarden et Pombal dans un bar, et que le premier récita quelques vers du célèbre poème du vieux barde, *La Ville* [1], et qui, quoique je les connusse bien, me frappèrent par la signification toute nouvelle que je leur trouvai, comme s'ils avaient été récemment écrits. Lorsque Pombal dit : « Vous êtes dans les nuages ce soir. Qu'y a-t-il ? » j'eus envie de lui répondre les paroles que prononça Amr [2] au moment de mourir : « Je sens comme si le paradis était descendu tout près de la terre, et je me tiens entre les deux, respirant par le chas d'une aiguille ».

---

1. Voir texte en appendice.
2. Général arabe à qui Alexandrie fut livrée par Kyros en 641. Ce fut le début de mille ans de décadence, non que les Arabes aient activement détruit Alexandrie, mais parce qu'ils ne l'aimaient guère, et lui préférèrent Le Caire.

DEUXIÈME PARTIE

Avoir déjà tant écrit et n'avoir pas encore parlé de Balthazar est assurément une omission car il est en un sens une des clefs de la ville. La clef : oui, cet homme que j'ai beaucoup fréquenté, je sens maintenant qu'il doit être l'objet d'une nouvelle évaluation. Il y a beaucoup de choses que je n'avais pas comprises alors, beaucoup de choses que je n'ai apprises que bien plus tard. Je me rappelle surtout ces interminables soirées au Café Al Aktar où nous jouions au trictrac tandis qu'il fumait son Lakadif favori dans sa pipe à long tuyau. Si Mnemjian représente les archives de la ville, Balthazar en est le *daïmon* platonicien, le médiateur entre les dieux et les hommes de la cité. Cela paraît un peu tiré par les cheveux, je sais.

Je vois un homme grand portant un chapeau noir à bord étroit. Pombal le surnommait « la vieille bique ». Il est mince, légèrement voûté et il a une voix grave et éraillée d'une grande beauté, en particulier lorsqu'il déclame ou lorsqu'il fait une citation. Quand il vous parle il ne vous regarde jamais en face, trait que j'ai souvent remarqué chez les homosexuels. Chez lui ce n'est pas l'indice d'une inversion dont il aurait honte, mais bien une marque d'indifférence ; ses yeux jaunes, ses yeux de chèvre, sont ceux d'un hypnotiseur. Et ne vous regardant pas en face il vous épargne un regard si froid que vous seriez sous le coup d'un étrange malaise pour le restant de la soirée. On se demande comment il peut avoir, suspendues à son tronc, des mains d'une si monstrueuse laideur. Je ne pouvais les regarder sans avoir envie de les couper et de les jeter au fond de la mer. Il avait sous le menton une petite touffe pointue de poils noirs, comme on en voit parfois sur le pied des statues du dieu Pan.

Souvent, au cours de ces longues promenades que nous faisions ensemble le long du canal aux eaux tristes et grasses, je me surprenais à me demander ce qui pouvait bien m'attirer chez lui. C'était avant de connaître la Cabale [1]. Bien qu'il lise énormément, la conversation de Balthazar n'a rien de livresque ou de pédant, comme celle de Pursewarden. Il aime la poésie, les paraboles, la science et la sophistique, mais ses pensées et ses jugements sont toujours nuancés d'une grande sensibilité. Ses paroles ont un air de légèreté derrière laquelle se cache autre chose, une résonance particulière qui donne à sa pensée une étrange densité. Il parle volontiers par aphorismes, ce qui lui donne parfois l'air d'un oracle. Je vois maintenant qu'il était de ceux, très rares, qui se sont fait une philosophie et qui s'emploient à vivre en accord avec elle. Je pense que c'est cette synthèse profonde de sa vie et de sa pensée qui donnait à sa conversation un tel mordant.

En qualité de docteur il passait la plus grande partie de la journée à l'hôpital des maladies vénériennes. (Il dit un jour d'un air de pince-sans-rire : « Je suis au centre du corps de la ville : son système génito-urinaire ; rien de tel pour vous dégriser. ») C'est aussi le seul homme que je connaisse dont la

---

1. Dans *Le Quatuor*, société ésotérique constituée autour de Balthazar ; pour le sens général, voir note 2 de la page 55 sur les Gnostiques.

pédérastie n'altère en rien la virilité de l'esprit. Il n'est ni puritain ni le contraire. Il m'est souvent arrivé d'entrer dans sa petite chambre de la rue Lepsius — celle avec la chaise de paille crissante — et de le trouver au lit avec un marin. Jamais il ne s'excusait ni ne faisait allusion à son compagnon. Tout en s'habillant il se tournait parfois vers le matelot endormi et remontait tendrement le drap sur ses épaules. J'étais flatté qu'il se comportât devant moi avec tant de naturel.

C'est un curieux mélange. Il m'est arrivé d'entendre sa voix trembler d'émotion lorsqu'il parlait de tel aspect de la Cabale, qu'il essayait d'expliquer au petit groupe attentif dont il était le centre. Pourtant, lorsque je lui parlai un jour avec enthousiasme de quelques remarques qu'il avait faites, il soupira et dit, avec ce parfait scepticisme alexandrin qui courait sous une croyance indiscutable et une dévotion à la Gnose :

— Nous cherchons tous des motifs rationnels de croire à l'absurde.

Une autre fois, après une longue et épuisante discussion avec Justine sur l'hérédité et le milieu, il dit :

— Ah! ma chère, après tous les ouvrages des philosophes sur son âme et des docteurs sur son corps, que pouvons-nous affirmer que nous sachions réellement sur l'homme? Qu'il n'est, en fin de compte, qu'un passage pour les liquides et les solides, un tuyau de chair.

Il avait été camarade d'études et intime avec le vieux poète et il parlait de lui avec une telle chaleur, une telle pénétration que j'en étais toujours bouleversé.

— Parfois, je pense que je lui dois plus qu'à toute la philosophie. Il y avait en lui un mélange si merveilleusement équilibré de tendresse et d'ironie qu'on aurait pu le ranger au nombre des saints, s'il avait été un homme de religion. Il n'était, par une

sorte de grâce divine, que poète, et souvent malheureux ; avec lui on avait le sentiment qu'il saisis-
sait la minute qui passait et qu'il la retournait pour
ne voir que son beau côté. Dans sa vie, il utilisait
réellement le meilleur de lui-même, son être profond. La plupart des gens se laissent aller et
subissent la vie comme on reçoit les giclées d'eau
tiède sous la douche. À la proposition cartésienne
je pense, donc je suis, il opposait la sienne qui
aurait pu s'énoncer comme suit : *j'imagine, donc
j'appartiens et je suis libre.*

De lui-même Balthazar dit un jour en grimaçant
un sourire :

— Je suis juif, avec toute la curiosité sanguinaire
et toutes les facultés de ratiocination que cela
comporte. C'est là qu'il faut chercher l'origine de
mes plus grandes faiblesses de pensée. Je m'efforce
de les compenser par tout le reste de mon être,
grâce à la Cabale en particulier.

*

Je me souviens de l'avoir rencontré par une triste
soirée d'hiver balayée par le vent et la pluie, sur la
Corniche, pataugeant dans les flaques et sautant
comiquement tantôt sur un pied tantôt sur l'autre.
Sous le chapeau noir un crâne bouillonnant de
Smyrne et des Sporades où gisait son enfance.
Sous le chapeau noir aussi, les éclairs d'une vérité
qu'il essayait de me transmettre dans un anglais
d'autant plus irréprochable qu'il avait été appris.
Nous nous connaissions déjà, cela est vrai, mais
seulement de vue : et nous aurions peut-être
échangé un simple salut s'il n'avait été troublé au
point de m'arrêter et de me prendre le bras.

— Ah ! vous pouvez me venir en aide ! Je vous en
supplie, aidez-moi !

Dans le crépuscule qui approchait, son pâle
visage où luisaient des yeux de chèvre se pencha
vers le mien.

Les premières lampes humides et blêmes avaient commencé à empeser la toile de fond humide d'Alexandrie. Les petits cafés du bord de mer jetaient de pâles lueurs phosphorescentes qui tremblotaient dans l'air poisseux. Le vent soufflait droit au sud. Mareotis était accroupi dans ses roseaux, raide comme un sphinx. Il cherchait, disait-il, la clef de sa montre, la belle montre de gousset en or qui avait été fabriquée à Munich. Plus tard, je songeai que derrière le besoin urgent de retrouver l'objet, son expression masquait le sens symbolique que cette montre avait pour lui : le temps libre de toute entrave qui s'écoulait à travers son corps et le mien, mesuré depuis si longtemps par cette pièce historique. Munich, Zagreb, les Carpathes... La montre avait appartenu à son père. Un Juif de haute taille, vêtu de fourrures, voyageant en traîneau. Il avait traversé la Pologne dans les bras de sa mère, n'ayant d'autre expérience du monde que le contact glacé de ses bijoux dans ce paysage enneigé. La montre avait tictaqué doucement contre le corps de son père et contre le sien, comme si le temps fermentait en eux. Elle se remontait à l'aide d'une petite clef en forme d'*ankh* qu'il avait attachée à son trousseau de clefs par un ruban noir.

— C'est samedi aujourd'hui, dit-il d'une voix enrouée, à Alexandrie.

Il parlait comme si le temps était d'une nature différente ici, et il n'avait pas tort.

— Si je ne trouve pas la clef elle s'arrêtera.

Dans les dernières lueurs de l'humide crépuscule il tira avec tendresse la montre de la poche bordée de soie de sa veste.

— J'ai jusqu'à lundi soir. Et elle s'arrêtera.

Sans la clef il était inutile de soulever le mince couvercle d'or et d'exposer à l'air les palpitants viscères du temps lui-même.

— Je suis revenu trois fois sur mes pas. Elle a dû tomber entre le café et l'hôpital.

Je l'aurais volontiers aidé, mais la nuit venait rapidement. Après avoir examiné sur un petit espace les interstices des pavés nous fûmes obligés d'abandonner notre recherche.

— Vous pourrez certainement vous en faire faire une autre, dis-je.

Il répondit d'un ton d'impatience :

— Oui, bien sûr. Mais vous ne comprenez pas. Elle appartenait à cette montre. Elle en faisait partie.

Nous entrâmes, je me souviens, dans un café de la Corniche et nous nous assîmes d'un air découragé devant un café noir, tandis qu'il entreprenait de sa voix croassante l'histoire de sa montre. Ce fut au cours de cette conversation qu'il me dit :

— Je crois que vous connaissez Justine. Elle m'a parlé de vous avec chaleur. Elle vous amènera à la Cabale.

— Qu'est-ce que c'est ? lui demandai-je.

— Nous étudions la Cabale, dit-il presque en rougissant ; nous formons une sorte de petite loge. Elle m'a dit que vous n'étiez pas tout à fait ignorant de ces questions et que cela vous intéresserait.

Cela m'étonna fort ; je ne me souvenais pas d'avoir jamais parlé à Justine du genre d'études que je poursuivais, entre les longs accès de léthargie et de dégoût de soi. Et, pour autant que je sache, la petite valise qui renfermait l'*Hermetica* et d'autres livres de ce genre était toujours restée sous mon lit, fermée à clef. Je ne dis rien cependant. Il me parla ensuite de Nessim :

— De nous tous c'est lui le plus heureux en un sens ; il n'a aucune idée préconçue de ce qu'il désire en retour de son amour. Aimer ainsi, sans préméditation, voilà ce que la plupart des gens doivent réapprendre passé la cinquantaine. Les enfants aiment de cette façon. Lui aussi. Je suis sérieux.

— Avez-vous connu Arnauti, l'écrivain ?

— Oui. L'auteur de *Mœurs*.

— Parlez-moi de lui.

— Il s'est introduit chez nous, mais il n'a jamais vu la ville spirituelle sous la ville temporelle. Doué, sensible, mais très français. Il a rencontré Justine trop jeune pour ne pas se faire blesser par elle. Il n'a pas eu de chance. S'il en avait rencontré une un peu plus âgée — toutes nos femmes sont des Justines, vous savez, de styles différents, voilà tout — il aurait pu... je ne dirai pas écrire mieux, car son livre est bien fait, mais y trouver une sorte d'accomplissement qui en aurait fait une véritable œuvre d'art.

Il fit une pause et tira une longue bouffée de sa pipe avant d'ajouter :

— Voyez-vous, dans son livre il a évité de traiter un certain nombre de choses qu'il savait être vraies de Justine, mais qu'il a négligées dans un but purement artistique — comme l'incident de son enfant. Je pense que c'est parce qu'il y voyait un relent de mélodrame.

— Quel enfant ?

— Justine avait un enfant, de qui, je ne sais pas. Un jour on l'a kidnappée et elle a disparu. Une fille. Elle devait avoir six ans. Ces choses-là arrivent fréquemment en Égypte comme vous le savez. Plus tard elle apprit qu'on l'avait vue ou reconnue et elle se mit à chercher avec frénésie dans le quartier arabe de toutes les villes, dans toutes les maisons mal famées. Arnauti n'a jamais fait allusion à cela, bien qu'il l'ait souvent aidée dans ses recherches et qu'il ait bien dû voir à quel point cette perte contribuait à la rendre malheureuse.

— Qui aima-t-elle avant Arnauti ?

— Je ne me rappelle plus. Vous savez, les amants de Justine sont souvent restés ses amis. On pourrait dire aussi, je pense, que ses meilleurs amis n'ont jamais été ses amants. La ville est toujours prête à cancaner.

Je songeais à un passage de *Mœurs* où Justine le

rencontre avec un homme qui est son amant. Arnauti écrit : « Elle enlaça cet homme, son amant, si tendrement devant moi, baisant sa bouche, ses yeux, ses joues et même ses mains, que j'en fus déconcerté. Puis l'idée me traversa qu'en réalité c'était *moi* qu'elle embrassait, dans son imagination. »

Balthazar dit tranquillement :

— Dieu merci, j'ai le bonheur de ne pas m'intéresser à l'amour. Au moins les invertis échappent à cette lutte effrayante où l'on se donne à un autre. Quand un homme couche avec un homme, l'esprit n'est pas engagé et peut continuer à s'occuper de Platon, de jardinage ou de calcul différentiel. Le sexe a quitté le corps pour entrer dans l'imagination, maintenant ; c'est pour cela qu'Arnauti a tant souffert avec Justine, parce qu'elle faisait sa proie de tout ce qu'il avait pu tenir à l'écart — sa nature d'artiste si vous voulez. En fin de compte, c'est une sorte d'Antoine au petit pied et elle une Cléopâtre. Vous trouverez tout cela dans Shakespeare. Et puis, dans la mesure où cela concerne Alexandrie, vous comprendrez pourquoi c'est vraiment la cité de l'inceste — je veux dire que c'est ici que fut fondé le culte de Sérapis [1]. Cet étiolement du cœur et des reins dans la pratique de l'amour vous pousse à vous retourner vers votre propre sœur. L'amant se contemple, tel Narcisse, dans le miroir de sa propre famille ; il n'y a pas d'issue au prédicat.

Tout cela n'était pas très clair pour moi, mais je sentais vaguement une sorte de correspondance entre les associations qu'il employait ; surtout ses paroles semblaient, non pas expliquer, mais former un cadre au portrait de Justine, la sombre et

1. Dieu grec, introduit en Égypte sous les Ptolémées ; souvent assimilé à Osiris, il est par conséquent époux incestueux d'Isis. (Sur l'inceste, voir aussi note 1 de la page 29.)

ardente créature qui avait écrit de son écriture directe et énergique ces lignes de Laforgue que je ne connaissais pas : « Je n'ai pas une jeune fille qui saurait me goûter. Ah ! oui, une garde-malade ! Une garde-malade pour l'amour de l'art, ne donnant ses baisers qu'à des mourants, des gens *in extremis...* » Sous ces lignes elle avait écrit : « Souvent cité par A. et découvert enfin par hasard dans Laforgue. »

— N'aimez-vous plus Melissa ? dit tout à coup Balthazar. Je ne la connais pas. Je l'ai seulement aperçue. Pardonnez-moi. Je vous ai blessé.

C'est à cette époque que je commençais à me rendre compte combien Melissa souffrait. Jamais un mot de reproche ne sortait de ses lèvres, et elle ne parlait jamais de Justine. Son teint était devenu terne, triste — même sa chair ; et paradoxalement, bien qu'il me fallût presque faire un effort pour faire l'amour avec elle, je sentais que je l'aimais plus profondément que jamais. J'étais en proie à une confusion et à un sentiment de frustration que je n'avais jamais éprouvés auparavant ; parfois sa présence seule m'irritait et je la querellais sans raison.

Justine, qui était en proie à la même confusion que moi dans ses idées et ses intentions, réagissait de façon très différente quand elle disait : « Qui a inventé le cœur humain, je me le demande ? Dis-le-moi, et alors montre-moi l'endroit où on l'a pendu. »

*

De la Cabale elle-même, que peut-on dire ? Alexandrie est la ville des sectes et des évangiles. Et pour un ascète elle a toujours produit un libertin religieux — Carpocrates, Antoine — prêt à sombrer dans les sens aussi profondément et aussi sincèrement que n'importe quel mystique par vocation.

« Vous semblez mépriser le syncrétisme, dit un

jour Balthazar, mais il faut comprendre que pour travailler utilement ici — je vous parle maintenant comme un maniaque de la religion, non comme un philosophe — il faut tenter de réconcilier les deux pôles d'habitudes et de comportements qui ne proviennent pas des dispositions intellectuelles des habitants, mais du sol, de l'air, du paysage. Sensualité débordante et ascétisme intellectuel. Les historiens présentent toujours le syncrétisme comme issu d'un mélange de principes intellectuels contradictoires ; cela pose à peine le problème. Ce n'est même pas une question de mélange de races et de langues : c'est la particularité nationale des Alexandrins de chercher à réconcilier les deux caractères psychologiques les plus profonds dont ils soient conscients. C'est pour cela que nous sommes hystériques et extrémistes. C'est pour cela que nous sommes les incomparables amants que vous savez. »

Je ne vais pas écrire ici ce que je sais de la Cabale, et je n'ai pas envie d'essayer de donner une définition du « terrain inaffirmé de cette Gnose ». Nul aspirant à la science hermétique ne le pourrait, car ses fragments de révélation plongent leurs racines dans les mystères. Non qu'ils ne puissent être révélés ; mais ce sont des expériences brutes que seuls les initiés peuvent éprouver.

Je me suis un peu occupé de ces choses quand j'étais à Paris, je sentais qu'elles me permettraient d'arriver à une conscience plus profonde de moi, ce moi qui me paraissait un énorme et informe magma de désirs et d'impulsions. Je considérais que ce terrain d'études pouvait être profitable à mon être intérieur, bien qu'un scepticisme inné m'ait toujours gardé des pratiques de toute religion confessionnelle. Pendant près d'un an j'avais étudié sous la direction de Mustapha, un soufi [1], assis sur

---

1. Ascète de l'islam, généralement un religieux ayant fait vœu de pauvreté (proche du derviche persan).

le balcon de bois branlant de sa maison, l'écoutant parler chaque soir de sa voix douce et feutrée qui faisait penser à une toile d'araignée. J'avais bu du sorbet avec un sage musulman de Turquie. Aussi n'étais-je pas du tout dépaysé en accompagnant Justine dans le dédale de ruelles qui entoure le fort de Kom El Dick, essayant d'imaginer ce que devaient être ces lieux aux temps où ils formaient un parc consacré à Pan, monticule brun taillé tout entier dans une pomme de pin. L'étroitesse des rues donnait ici une impression d'intimité, bien qu'elles ne consistassent qu'en taudis pouilleux et petits cafés borgnes où tremblotaient des lampes de roseau. Une étrange quiétude baignait ce coin de la ville et l'on se serait cru dans un village du Delta. Plus bas, dans la médina amorphe d'un brun violet, près de la gare, des petits groupes d'Arabes, aux contours indécis dans le crépuscule, faisaient cercle autour de quelques lanceurs de couteaux, leurs cris perçants s'étouffant dans l'air torpide du soir. Vers le sud luisait vaguement l'écuelle sale de Mareotis. Justine marchait de son pas rapide et, sans dire un mot, s'impatientait de me voir traîner en arrière, jeter des regards indiscrets par l'embrasure des portes pour surprendre des scènes de cette vie domestique qui, dans un éclairage de théâtre de marionnettes, semblait enfermer une signification terriblement dramatique.

La Cabale se réunissait à cette époque dans ce qui était peut-être une cabane de conservateur abandonnée, bâtie contre le mur de briques d'un remblai, tout près des colonnes de Pompée. Je suppose que c'est la susceptibilité morbide de la police égyptienne pour les réunions politiques qui avait dicté le choix d'un tel lieu de rendez-vous. On traversait les tranchées et les talus de ce territoire abandonné aux archéologues, et l'on suivait un sentier boueux qui passait par la porte de pierre; puis on faisait un brusque crochet pour pénétrer dans cette grossière cahute dont un des murs était formé par la paroi du remblai et dont le sol était en terre battue. À l'intérieur, une lampe à pétrole dont la mèche était remontée, et quelques chaises en osier.

Il y avait là une vingtaine de personnes venues des coins les plus divers de la ville. Je remarquai, non sans une certaine surprise, la silhouette maigre et ennuyée de Capodistria, dans un coin. Nessim était là, naturellement, mais il y avait très peu de représentants de la classe aisée ou cultivée de la ville. Un vieil horloger que je connaissais de vue, un élégant vieillard aux cheveux d'argent dont les traits austères m'avaient toujours paru appeler la caresse d'un violon pour les mettre en valeur. Quelques vieilles dames indéfinissables. Un pharmacien. Balthazar prit place en face d'eux, sur une chaise basse, ses horribles mains posées sur ses genoux. Je le voyais sous un jour entièrement nouveau ; je ne reconnaissais plus l'habitué du Café Al Aktar avec qui j'avais joué au trictrac. Quelques minutes se passèrent en d'insignifiants bavardages tandis que la Cabale attendait ses derniers membres ; puis le vieil horloger se leva et pria Balthazar d'ouvrir la séance. Mon ami se renversa sur sa chaise, ferma les yeux et, de cette voix éraillée qui petit à petit prenait une tonalité extrêmement douce, se mit à parler. Il parla, je me souviens, du *fons signatus* [1] de la psyché, de son pouvoir de percevoir sous l'apparence incohérente et arbitraire des phénomènes un ordre inhérent à l'univers. Les disciplines de l'esprit pouvaient permettre aux gens de pénétrer sous le voile de la réalité, de découvrir les harmonies de l'espace et du temps qui correspondaient à la structure interne de leur propre psyché. L'étude de la Cabale était à la fois une science et une religion. Tout cela naturellement n'avait rien

1. Fontaine ou source marquée d'un sceau, ou scellée.

de bien extraordinaire. Tout au long de l'exposé de Balthazar émergeaient d'extraordinaires fragments de pensée sous forme d'aphorismes lourds de signification qui hantaient l'esprit longtemps après leur énoncé. Je me souviens qu'il déclara, par exemple : « Les grandes religions n'ont rien fait d'autre que d'exclure, d'émettre une longue série d'interdictions. Les interdictions engendrent le désir qu'elles avaient pour but de guérir. Nous, membres de cette Cabale, disons : *Cède au désir et épure-le.* Nous accueillons tout, afin que la plénitude de l'homme affronte la plénitude de l'univers, même le plaisir, le bourgeonnement destructeur de l'esprit dans le plaisir. »

Cette Cabale comprenait un noyau d'initiés (Balthazar aurait tiqué devant le mot, mais je n'en vois pas d'autre pour exprimer cela) et un cercle de disciples auquel Justine et Nessim appartenaient. Le noyau comprenait douze membres disséminés sur le pourtour de la Méditerranée : à Beyrouth, Jaffa, Tunis, etc. Dans chaque centre il y avait une petite académie d'étudiants qui apprenaient l'usage de cet étrange calcul mental émotionnel que la Cabale avait édifié sur l'idée de Dieu. Les douze « initiés » correspondaient fréquemment entre eux en utilisant cette curieuse et antique forme d'écriture connue sous le nom de *boustrophédon,* c'est-à-dire une écriture qui se lit alternativement de gauche à droite et de droite à gauche. Les lettres de leur alphabet étaient des idéogrammes traduisant des états mentaux ou spirituels. J'en ai dit assez sur ce sujet.

Ce premier soir Justine était assise entre nous deux, ses bras pesant légèrement sur les nôtres. Elle écoutait avec une humilité et une concentration touchantes. De temps en temps le regard de l'orateur se posait sur elle avec un petit clin d'œil de familiarité affectueuse. Savais-je alors — ou ne l'ai-je découvert que par la suite — que Balthazar était peut-être le seul ami, et certainement le seul confident, qu'elle eût dans la ville ? Je ne me rappelle pas. « Balthazar est le seul homme à qui je puisse tout dire. Il se contente de rire. Mais il m'aide dans une certaine mesure à chasser l'impression de vide que je ressens dans tout ce que je fais. » C'était à Balthazar qu'elle écrivait ces longues lettres torturées qui piquaient la curiosité d'Arnauti. Dans le journal elle raconte comment, une nuit — la lune brillait — ils pénétrèrent dans le Muséum et restèrent assis pendant une heure au milieu des statues « aveugles comme des cauchemars », et où elle l'écouta parler. Il dit beaucoup de choses qui la frappèrent. Lorsque plus tard elle essaya de les mettre par écrit elles s'étaient évanouies. Elle se rappelait pourtant qu'il avait dit, d'une voix calme et pensive, quelque chose sur « ceux d'entre nous qui sommes voués à soumettre nos corps aux ogres », et cette idée la toucha au plus profond d'elle-même comme une référence à la vie qu'elle menait. Quant à Nessim, je me souviens qu'il me dit une fois, alors qu'il se tourmentait affreusement pour elle, que Balthazar lui avait sèchement lancé cette remarque : « *Omnis ardentior amator propriæ uxoris adulter est* [1]. » Puis il avait ajouté :

— Je vous parle maintenant en tant que membre de la Cabale, non à titre personnel. Aimer passionnément, même sa propre femme, est encore de l'adultère.

*

Gare centrale d'Alexandrie. Minuit. Rosée lourde, suffocante. Crissement des roues sur le pavé gras. Mares jaunâtres de lumière phospho-

---

1. « De toute femme amant trop ardent, il est adultère avec sa propre épouse. »

reuse, tunnels d'ombre comme des larmes dans la triste façade de briques d'une coulisse de théâtre. Policiers entre les ombres. Debout contre un mur de briques lépreux je lui donne un baiser d'adieu. Elle part pour une semaine. Pris de panique, à moitié endormi, je me dis qu'elle pourrait ne pas revenir. Le baiser tendre et résolu et les yeux brillants me vident de toute pensée. Du quai plongé dans l'ombre on entend des bruits de bottes, des cliquetis d'armes. Un détachement de troupes indiennes en transit au Caire. Ce n'est que lorsque le train s'ébranle et que la silhouette à la fenêtre, noire sur fond noir, lâche ma main, que je comprends que Melissa s'en va vraiment. Je sens tout ce qui est inexorablement refusé. Le long étirement du train me rappelle tout à coup le long étirement des vertèbres de son dos blanc quand elle se retourne dans le lit. Je crie : « Melissa ! » mais les monstrueux renâclements de la locomotive absorbent tous les sons. Elle commence à pencher, à tourner et à glisser. Comme sous la main d'un machiniste la gare ravale ses affiches, s'étrangle et s'étouffe dans la nuit. Je reste là, tel un naufragé sur un iceberg. À côté de moi un Sikh rajuste son fusil sur son épaule ; il a piqué une rose dans le canon. Le serpent d'ombre glisse sur les rails d'acier ; un dernier cahot et le train s'enfonce dans un tunnel, fond, se dissout dans le vide.

Cette nuit-là je m'enfonce dans Moharren Bey, regardant les nuages dévorer la lune, en proie à une inexprimable angoisse.

Intense lumière derrière les nuages. Vers quatre heures une petite pluie fine, pure comme des aiguilles de verre. Dans les jardins du Consulat les poinsetties sont en pleine érection, leurs étamines luisent de mille gouttelettes d'argent. Pas un oiseau ne chante dans l'aurore. Une faible brise ébranle doucement les palmiers ; bruissement sec des palmes. Merveilleux apaisement de la pluie sur Mareotis.

Cinq heures. Elle marche dans sa chambre, étudiant les objets inanimés avec une intense concentration. Les boîtes de poudre vides. Les dépilatoires de Sardes. L'odeur du satin et du cuir. L'horrible pressentiment d'un scandale...

J'écris ces lignes dans diverses circonstances et plusieurs mois ont passé depuis cette nuit. Là, sous cet olivier, dans la flaque de lumière que jette la lampe à huile. J'écris et je revis cette nuit qui a pris sa place dans l'immense trésor des souvenirs de la ville. Et là-haut, dans le grand studio tendu de rideaux fauves, Justine copiait dans son journal les terribles aphorismes d'Héraclite. Le cahier est à côté de moi, maintenant. Sur une page : « Il est dur de combattre les désirs de son cœur; ce qu'il cherche, c'est au prix de son âme qu'il l'obtient. » Plus bas, dans la marge : « Ceux qui marchent la nuit, Magistes, Bakchoi, Lenai et les *initiés*... »

*

Est-ce à cette époque que Mnemjian me fit sursauter en murmurant un jour à mon oreille : « Cohen va mourir, vous savez ? » On ne voyait plus le vieux fourreur depuis quelques mois. Melissa avait entendu dire qu'il était entré à l'hôpital, atteint d'urémie. L'orbite que nous avions décrite autour de la jeune femme avait changé; le kaléidoscope avait bougé une fois de plus, et il avait disparu du regard comme un fragment de verre coloré. Maintenant, il allait mourir ? Je ne dis rien, cherchant à rassembler les souvenirs de ces jours anciens, les rencontres au coin des rues et dans les bars. Dans le long silence qui suivit, Mnemjian me traça une raie bien droite au rasoir et se mit à m'asperger la tête avec du bayrum. Il poussa un petit soupir et dit :

— Il a réclamé votre Melissa. Toute la nuit, toute la journée.

— Je lui dirai, dis-je, et le petit homme-mémoire hocha la tête avec un regard complice.

— Quelle horrible maladie! dit-il à mi-voix, il empeste. On lui racle la langue avec une spatule. Pouah!

Et il tourna le vaporisateur vers le plafond comme pour désinfecter sa mémoire; comme si l'odeur avait envahi sa boutique.

Melissa était allongée sur le sofa, en peignoir, le visage tourné vers le mur. Je crus d'abord qu'elle dormait. Quand elle m'entendit, elle se tourna et s'assit. Je lui appris la nouvelle de Mnemjian.

— Je sais, dit-elle. Ils m'ont envoyé un mot à l'hôpital. Mais que puis-je faire? Je ne peux pas aller le voir. Il n'est rien pour moi, il n'a jamais rien été, il ne sera jamais rien pour moi.

Elle se leva, arpenta la pièce un moment, et ajouta avec une sorte de rage, comme si elle allait fondre en larmes :

— Il a une femme et des enfants. Que vont-ils faire?

Je m'assis et de nouveau j'évoquai l'image de ce phoque apprivoisé regardant tristement au fond de son verre. Melissa dut interpréter mon silence comme une critique : elle s'approcha de moi et me secoua doucement les épaules pour chasser mes pensées.

— Mais s'il est mourant? dis-je.

La question s'adressait à moi autant qu'à elle. Soudain elle éclata en sanglots et, s'agenouillant, mit sa tête sur mes genoux.

— Oh! c'est tellement répugnant! Je t'en prie, ne me force pas à y aller.

— Bien sûr que non.

— Mais si tu penses que je dois y aller, j'irai.

Je ne dis rien. En un sens Cohen était déjà mort et enterré. Il n'avait plus sa place dans notre histoire, et une dépense d'émotion à son sujet me paraissait tout à fait inutile. Cela n'avait aucun rapport avec l'homme réel qui gisait dans les débris de son vieux corps, dans une chambre d'hôpital bien ripolinée. Pour nous il n'était plus qu'un personnage historique. Pourtant il était là, il s'efforçait avec obstination de prouver son identité, de reprendre pied dans notre vie en un autre point de la circonférence. Que pouvait lui donner Melissa maintenant ? Que pouvait-elle lui refuser ?

— Veux-tu que j'y aille ? dis-je.

Je venais d'avoir tout à coup l'idée absurde que là, dans la mort de Cohen, je pourrai observer mon amour, étudier sa mort. Qu'un homme à l'article de la mort, appelant à l'aide une ancienne maîtresse, ne fasse naître qu'un cri de dégoût, cela me terrifiait. Il était trop tard pour que le vieillard pût éveiller la compassion ou même l'intérêt de ma maîtresse, qui sombrait déjà dans de nouvelles infortunes. Dans peu de temps peut-être, si c'était elle qui m'appelait, si c'était moi qui l'appelais ? Nous détournerions-nous avec la même indifférence, le même cri de dégoût ? Je compris alors la vérité de l'amour : un absolu qui prend tout ou qui perd tout. Les autres sentiments, la compassion, la tendresse et ainsi de suite, n'existent qu'à la périphérie, appartiennent aux constructions de la société et de l'habitude. Elle, l'austère et impitoyable Aphrodite, est une païenne. Ce n'est pas de notre cervelle ou de nos instincts qu'elle s'empare, mais de nos os et de notre moelle. Cela m'horrifiait de penser que ce vieillard, à ce point de sa vie, avait été impuissant à faire renaître le souvenir d'un instant de tendresse : tendresse de la part de celle qui était du fond du cœur la plus tendre et la plus aimable des mortelles.

Être oublié de cette façon, c'était mourir de la mort d'un chien.

— J'irai et je le verrai à ta place, dis-je, bien que mon cœur tremblât de dégoût à cette perspective.

Melissa s'était déjà endormie, sa belle tête brune

sur mes genoux. Toutes les fois que quelque chose la bouleversait elle cherchait refuge dans l'innocence du sommeil, où elle glissait avec la douceur et l'aisance d'une biche ou d'un enfant. Je glissai ma main à l'intérieur du kimono aux fleurs délavées et caressai doucement sa poitrine menue, ses hanches. Elle s'agita faiblement, murmura quelque chose d'incompréhensible ; je la soulevai alors et la posai délicatement sur le sofa. Je restai un long moment à la regarder dormir.

Il faisait déjà nuit et la cité dérivait comme un banc d'algues vers les cafés éclairés et la ville haute. J'entrai chez Pastroudi et commandai un double whisky que je bus à petites gorgées en réfléchissant. Puis je pris un taxi pour me rendre à l'hôpital.

Je suivis une infirmière de service le long d'interminables couloirs anonymes dont les murs peints à l'huile exsudaient une atmosphère d'humidité. Les ampoules de verre dépoli qui jalonnaient notre marche se vautraient dans l'obscurité comme des vers luisants enflés.

On l'avait mis dans la petite salle à un seul lit tendu d'une courtine blanche et qui était, ainsi que Mnemjian me l'apprit plus tard, réservée aux cas désespérés, dont l'issue ne saurait se faire attendre. Il ne me vit pas tout d'abord ; il attendait, d'un air las et exaspéré tout à la fois, que l'infirmière ait disposé les oreillers derrière sa tête. Je fus étonné de l'air autoritaire et soucieux de son regard ; il était devenu si maigre qu'il était méconnaissable. La chair s'était affaissée sous ses pommettes, découvrant jusqu'à la racine le long nez légèrement busqué et mettant en relief les narines creusées. Cela donnait à toute sa bouche et à ses mâchoires une légèreté, une gaieté et un air d'intelligence qui avaient dû caractériser son visage dans sa jeunesse. Ses yeux portaient de grands cernes de fièvre, un poil noir et dru ombrait son cou et sa gorge, tandis que les parties exposées de son visage étaient aussi nettes que celles d'un homme de trente ans. Les images que j'avais gardées de lui depuis si longtemps dans ma mémoire — un porc-épic suant de graisse, un phoque apprivoisé — se fondirent immédiatement devant ce nouveau visage, cet homme nouveau qui ressemblait à... l'une des bêtes de l'Apocalypse. Je restai interdit pendant une longue minute, observant ce personnage inconnu qui tolérait les soins des infirmières avec lassitude, comme hébété. L'infirmière de service me glissa à l'oreille :

— Vous avez bien fait de venir. Personne ne vient le voir. Parfois il délire. Puis il se réveille et il demande après des gens. Vous êtes un parent ?

— Un associé d'affaires, dis-je.

— Cela lui fera du bien de voir un visage de connaissance.

Je me demandais s'il me reconnaîtrait. Si j'avais changé seulement la moitié de ce qu'il avait changé, nous serions complètement étrangers l'un à l'autre. Il s'était de nouveau renversé en arrière et respirait avec peine, un sifflement rauque s'échappant de son museau de renard qui pointait comme la proue d'un navire échoué. Nos chuchotements l'avaient dérangé : il tourna un œil vague, pur et intelligent cependant, et qui semblait appartenir à quelque grand oiseau de proie. Il ne me reconnut que lorsque j'eus fait quelques pas pour m'approcher de lui. Aussitôt ses yeux furent inondés d'une lueur — un curieux mélange d'humilité, de fierté offensée et de peur innocente. Puis il tourna son visage vers le mur. Je lâchai alors tout mon message en une seule phrase. Melissa était en voyage, lui dis-je, et je lui avais télégraphié de revenir le plus vite possible ; en attendant, j'étais venu voir si je pouvais lui être de quelque secours. Ses épaules furent secouées d'un frisson, je crus qu'un grognement involontaire allait jaillir de ses lèvres ; au lieu de cela vint un rire de raillerie, rauque, discordant, dépourvu d'intelligence. Comme si une excuse aussi lamentablement usée ne méritait rien d'autre que ce rictus sinistre, issu des profondeurs de cette carcasse moribonde.

— Je sais qu'elle est ici, dit-il, et l'une de ses mains se mit à ramper sur le couvre-lit comme un rat apeuré à la recherche de la mienne. Merci d'être venu.

Là-dessus il sembla tout à coup se calmer, bien qu'il gardât la tête obstinément tournée.

— Je voulais, dit-il lentement, comme s'il rassemblait tous ses esprits pour donner à sa phrase son sens exact, je voulais régler honorablement mes comptes avec elle. Je me suis mal conduit avec elle, très mal. Elle ne s'en rendait pas compte, naturellement ; elle est trop simple, mais elle est bonne, oui, c'est une bonne copine.

Cela faisait drôle, cette expression, « *bonne copine* * », dans la bouche d'un Alexandrin, et surtout prononcée avec cet accent chantant et traînant des gens élevés dans cette ville. Il ajouta, faisant un effort considérable, paraissant lutter contre une formidable résistance intérieure :

— Je l'ai trompée sur son manteau. En réalité c'était de la loutre. Et elle était mitée aussi. J'avais fait changer la doublure. Pourquoi ai-je fait une chose pareille ? Quand elle était malade, je ne lui donnais pas d'argent pour aller voir le docteur. Des petites choses, mais qui pèsent lourd.

Les larmes lui montaient aux yeux et sa gorge se serrait, comme étouffée par l'énormité de telles pensées. Il avala avec difficulté et dit :

— Ce n'était pas vraiment dans mon tempérament. Demandez à tous les hommes d'affaires qui m'ont connu. Demandez à n'importe qui.

Bientôt tout devint confus, et me tenant gentiment par la main il m'entraîna dans la jungle épaisse de ses illusions, marchant d'un pas si assuré et les reconnaissant au passage avec tant de calme que je me trouvai moi-même presque en pays de connaissance. Des végétations inconnues formaient une voûte au-dessus de lui, lui balayaient le visage, tandis que sur les mauvais pavés cahotait une ambulance noire occupée par des formes métalliques et d'autres corps noirs qui parlaient une langue fantomatique faite de glapissements répugnants, entrecoupés de réprimandes en arabe. La souffrance, aussi, avait commencé à atteindre sa raison et à laisser échapper ses phantasmes. Les bords du lit, blancs, durs et froids, prenaient l'aspect de niches de brique colorée, la courbe de température dessinait le visage blême d'un batelier.

Ils dérivaient, Melissa et lui, sur les eaux rouge sang de Mareotis, enlacés, vers le désordre des cabanes de boue séchée où fut autrefois Rhakotis. Il reproduisait leurs conversations si parfaitement que, bien que ce que disait ma maîtresse ne fût pas audible, j'entendais pourtant sa voix glacée, je devinais ses questions d'après les réponses qu'il lui faisait. Elle espérait désespérément le convaincre de l'épouser et il temporisait, ne voulant pas perdre la beauté de sa personne et ne désirant pas davantage s'engager. Ce qui m'intéressait, c'était l'extraordinaire fidélité avec laquelle il reproduisait toute la conversation, manifestement restée au fond de sa mémoire, comme une des grandes expériences de sa vie. Il ne savait pas alors à quel point il l'aimait; ce fut moi qui lui ouvris les yeux. Réciproquement, comment se faisait-il que Melissa ne m'eût jamais parlé de mariage, ne m'eût jamais révélé le fond de sa faiblesse et de sa lassitude comme elle l'avait fait pour lui? C'était profondément blessant. Ma vanité était tenaillée par l'idée qu'elle lui avait montré un côté de sa nature qu'elle m'avait soigneusement caché.

La scène changea de nouveau et son délire se fit

plus lucide. Ce fut comme si, dans l'immense jungle de la folie, nous débouchions dans une clairière raisonnable à l'orée de laquelle il avait déposé toutes ses illusions poétiques. Il parla de Melissa avec tendresse mais froidement, comme un roi marié parle de sa maîtresse. C'était comme si, maintenant que la chair s'en allait, tout le trésor de sa vie intérieure, si longtemps contenu derrière le mensonge d'une vie mal vécue, rompait les digues et inondait sa conscience. Ce n'était plus seulement Melissa — il parlait de sa femme — et parfois il confondait leurs noms. Il y avait aussi un troisième nom, Rebecca, qu'il prononçait avec une réserve plus profonde, un chagrin plus passionné. Je compris qu'il s'agissait de sa fille : ce sont les enfants qui vous donnent le coup de grâce dans toutes ces atroces transactions du cœur.

Assis là, à son chevet, sentant nos deux pouls battre à l'unisson, l'écoutant parler de ma maîtresse avec une autorité inattendue, je ne pouvais m'empêcher de voir tout ce que Melissa aurait pu trouver à aimer chez cet homme. Par quel étrange hasard n'avait-elle pas vu l'homme tel qu'il était ? Loin d'être un objet de mépris (comme je l'avais toujours considéré jusque-là) je voyais maintenant en lui un dangereux rival dont j'avais méconnu les pouvoirs ; et je fus traversé par une pensée si ignoble que j'ai honte de l'écrire. J'étais heureux que Melissa ne fût pas venue le voir mourir. Si elle l'avait vu comme je le voyais maintenant, elle aurait pu d'un seul coup le redécouvrir. Et par un de ces paradoxes que l'amour affectionne j'éprouvai plus de jalousie pour ce mourant que pour l'homme bien vivant qu'il avait été. C'étaient là d'horribles pensées pour un homme qui, comme moi, avait toujours étudié les phénomènes de l'amour avec le détachement et la patience d'un savant de laboratoire. Une fois de plus je reconnus dans ces pensées le visage austère, indifférent et primitif d'Aphrodite.

En un sens je découvris en lui, dans le timbre même de sa voix lorsqu'il prononçait son nom, une maturité qui me faisait défaut. Il avait surmonté son amour pour elle sans le dénaturer, sans le blesser, et lui avait permis de mûrir, comme tout amour devrait le faire, en une amitié dévorante et dépersonnalisée. Il n'avait pas peur de mourir, et s'il lui avait demandé de venir, ce n'était pas pour trouver dans sa présence une ultime consolation, mais seulement pour lui offrir, dans le trésor inépuisable de sa mort, un dernier cadeau.

La magnifique zibeline était posée sur une chaise, au pied du lit, enveloppée dans du papier de soie. Je vis tout de suite que ce n'était pas là le genre de cadeau à faire à Melissa : il ne pouvait que faire rougir de confusion toute sa pauvre garde-robe.

— Je me suis toujours tracassé pour l'argent quand j'étais vivant, dit-il avec une lueur joyeuse dans le regard. Mais quand on meurt, on s'aperçoit tout à coup qu'on est en fonds.

Pour la première fois de sa vie il se sentait le cœur léger, libre de tout souci. Seule la maladie était là, comme un moniteur cruel et patient.

De temps en temps il sombrait dans un bref sommeil agité, et l'obscurité bourdonnait autour de mes oreilles lasses comme un essaim d'abeilles. Il se faisait tard ; pourtant je ne pouvais me résoudre à partir. Une infirmière m'apporta une tasse de café ; nous bavardâmes à voix basse. Il était reposant de l'écouter : pour elle la maladie n'était qu'une routine professionnelle. De sa voix impersonnelle elle me dit :

— Il a quitté sa femme et son enfant pour *une femme quelconque**. Et maintenant ni sa femme ni celle qui a été sa maîtresse ne veulent plus le voir.

Elle haussa les épaules. Ces choses n'éveillaient en elle aucun sentiment de compassion ; elle n'y voyait qu'une faiblesse méprisable.

— Pourquoi sa fille ne vient-elle pas le voir ? Ne l'a-t-il pas fait demander ?

Elle fit claquer l'ongle de son petit doigt sur ses dents.

— Oui. Mais il ne veut pas qu'elle le voie dans cet état, il a peur qu'elle ne soit impressionnée. Vous comprenez, ce n'est pas drôle pour une enfant.

Elle prit un vaporisateur et, d'un air nonchalant, lança quelques jets de désinfectant autour de nous, ce qui me rappela le geste de Mnemjian.

— Il est tard, ajouta-t-elle, avez-vous l'intention de passer la nuit ?

J'allais faire un mouvement lorsque le dormeur s'éveilla et me saisit de nouveau la main.

— Ne partez pas, dit-il d'une voix empâtée, mais lucide, comme s'il avait saisi les derniers mots de notre conversation. Restez encore un moment. J'ai pensé à quelque chose, et il faut que je vous le dise.

Puis, se tournant vers l'infirmière, il dit d'une voix calme mais ferme :

— Laissez-nous !

Elle tapota les draps et nous laissa en tête à tête une fois de plus. Il poussa un grand soupir qui aurait pu passer pour un soupir de satisfaction, de bonheur, si son visage n'avait démenti cette impression.

— Dans le placard, dit-il, vous trouverez mes vêtements.

Deux complets sombres étaient suspendus à des cintres. Sur ses indications je pris une des vestes, dans une des poches de laquelle mes doigts rencontrèrent deux bagues.

— J'avais décidé de demander à Melissa de m'épouser *maintenant*, si elle voulait. C'est pour cela que je lui avais demandé de venir. Après tout je ne suis plus bon à rien. Il ne me reste plus que mon nom.

Il sourit vaguement en contemplant le plafond.

— Et les bagues...

Il les tenait délicatement, avec vénération, comme deux hosties, entre ses doigts.

— Ce sont les bagues qu'elle avait choisies il y a longtemps. Elles sont à elle. Peut-être...

Il me regarda longuement, d'un regard hésitant, douloureux, scrutateur.

— Mais non, dit-il, vous ne l'épouserez pas. Pourquoi l'épouseriez-vous ? Cela ne fait rien. Donnez-les-lui, avec le manteau.

Sans rien dire je glissai les bagues dans la petite poche de poitrine de ma veste. Il poussa un nouveau soupir et, à ma grande surprise, d'une petite voix de fausset à peine audible, fredonna quelques mesures d'une chanson populaire qui avait fait fureur à Alexandrie à une époque, *Jamais de la vie*, et au rythme de laquelle Melissa dansait encore dans son cabaret.

— Écoutez la musique ! dit-il, et soudain je pensai à la mort d'Antoine dans le poème de Cavafy [1], un poème qu'il n'avait jamais lu, qu'il ne lirait jamais.

Des sirènes se mirent tout à coup à hurler comme des planètes en gésine. Puis, de nouveau, j'entendis cette voix de gnome qui chantait doucement ce refrain où revenaient les mots *chagrin** et *bonheur**, et ce n'était pas pour Melissa qu'il chantait mais pour Rebecca. Comme c'était différent du chœur magnifique et déchirant qu'entendit Antoine — riches et poignantes sonorités s'élevant de la rue plongée dans les ténèbres — dernier legs d'Alexandrie à ses élus. Je me dis que chacun s'en va aux accents de sa propre musique, et je me rappelai avec une sorte de honte douloureuse les mouvements gauches et étriqués de Melissa quand elle dansait.

Puis il se rendormit tout doucement. Je jugeai

1. Il s'agit du poème de Cavafy « Le dieu abandonne Antoine » (voir texte en appendice).

qu'il était temps que je parte. Je pris le manteau, le rangeai sur le dernier rayon du placard, et me retirai sur la pointe des pieds en sonnant l'infirmière.

— Il est très tard, dit-elle.

— Je reviendrai demain, dis-je. J'étais sincère.

En rentrant par l'avenue plongée dans la nuit, sous le couvert des arbres, respirant avec soulagement la brise qui soufflait du port, ces paroles que Justine avait prononcées dans le lit me revinrent : « Nous nous servons des autres comme si c'étaient des haches pour abattre ceux que nous aimons réellement. »

*

On nous a souvent dit et redit que l'histoire est indifférente, mais nous avons toujours tendance à considérer sa ladrerie ou sa générosité comme faisant partie d'un plan préétabli ; nous n'écoutons jamais réellement...

Maintenant, sur cette ténébreuse péninsule en forme de feuille de platane, comme une main aux doigts écartés (où la pluie d'hiver crépite comme de la paille sur les rochers), je marche dans le fourreau rigide du vent, le long d'un horizon étouffé par des éponges gémissantes : je cherche le sens de toute la composition.

En fait de poète de la conscience historique, je suppose que suis voué à regarder le paysage comme un champ soumis au désir humain, torturé pour faire surgir des fermes, des villages et des villes. Un paysage couvert de signes, signé par les hommes et les siècles. Maintenant, cependant, je commence à croire que le désir est hérité du site ; que l'homme dépend, pour ce qui est de cet accessoire qu'est la volonté, de sa situation dans un lieu ; qu'il n'est qu'un locataire de terres fertiles ou de forêts malsaines. Ce n'est pas l'impact de sa volonté sur la nature que je vois (comme je l'ai cru) mais la poussée irrésistible à travers lui des doctrines non spécifiées et aveugles de la nature, de ses humeurs et de ses tourments. Elle a choisi cette pauvre créature fourchue comme témoin. Comme il me paraît futile alors de dire, comme j'ai entendu dire un jour Balthazar : « La Cabale a pour mission, essentiellement, d'ennoblir toutes les fonctions, afin que même l'opération de manger ou d'excréter soit élevée au rang de l'art. » Vous verrez dans tout cela la fleur d'un parfait scepticisme qui sape le désir de survivre. Il n'y a que l'amour qui puisse vous soutenir un peu plus longtemps.

Je pense, aussi, que c'est quelque chose comme cela qu'Arnauti devait avoir en tête lorsqu'il écrivait : « Pour l'écrivain, les personnages envisagés sous l'angle de la psychologie sont finis. La psyché contemporaine a éclaté comme une bulle de savon sous les investigations des mystagogues [1]. Que reste-t-il à l'écrivain maintenant ? »

C'est peut-être parce que j'ai compris cela que j'ai choisi de passer les quelques années qui me restent dans ce désert, ce vide, ce promontoire brûlé par le soleil des Cyclades. Entourée d'histoire de tous côtés, seule cette île vide est libre de toutes références. Elle n'a jamais été mentionnée dans les annales de la race qui la possède. Son passé historique a été refondu, non dans le temps mais dans l'espace, dans son lieu même. Point de temples, point de bosquets sacrés, point d'amphithéâtres pour corrompre les idées avec leurs fausses comparaisons. Une rangée de barques peintes, un port derrière les collines, et une petite ville dépouillée à force d'indifférence. C'est tout. Une fois par mois le vapeur de Smyrne accoste, pour une heure.

Au long de ces soirées d'hiver les vagues déchaînées escaladent les falaises et envahissent le bois de platanes géants et sauvages où je marche, hur-

1. Prêtres qui initiaient aux mystères sacrés.

lant un argot sauvage et inattendu, inondant et ébranlant la voilure des arbres.

Je marche, en compagnie de ces allusions passionnées d'un passé que nul ne peut partager avec moi, que le temps lui-même ne peut me ravir. Les cheveux plaqués aux tempes, d'une main je protège le fourneau rougeoyant de ma pipe contre la violence du vent. Là-haut, le ciel est un déferlement d'étoiles. Antarès enfouie dans cette poussière d'embruns... Abandonnés les livres dociles, les amis complaisants, les chambres éclairées, les cheminées propices à la conversation, tout l'univers de l'esprit civilisé... Non, je ne regrette rien de cela ; je m'étonne seulement d'avoir pu laisser tout cela.

Je vois aussi dans ce choix quelque chose de fortuit, une décision brutale dont je suis obligé de reconnaître qu'elle ne fait pas partie de ma nature. Pourtant, aussi étrange que cela soit, c'est ici seulement que je puis enfin réintégrer, réhabiter la ville exhumée avec mes amis ; les façonner dans la lourde toile d'acier des métaphores qui dureront moitié moins que la ville elle-même, du moins je l'espère. Ici au moins je peux voir leur histoire et celle de la ville comme un seul et même phénomène.

Le plus étrange de tout : c'est à Pursewarden que je dois cette délivrance, la dernière personne que j'aurais jamais considérée comme un possible bienfaiteur. Cette dernière entrevue, par exemple, dans la chambre d'hôtel hideuse et chère où il retournait toujours lorsque Pombal revenait de congé... Je ne compris pas que cette odeur de moisi qui flottait dans la chambre était l'odeur même de son suicide imminent ; comment l'aurais-je pu ? Je savais qu'il était malheureux ; même s'il ne l'avait pas été il se serait cru obligé d'en donner l'impression. Tous les artistes aujourd'hui se doivent de cultiver un petit malheur à la mode. Et comme il était anglo-saxon il avait une tendance à s'apitoyer sur son sort, un sentimentalisme et une faiblesse qui le poussaient à boire un peu. Ce soir-là il était en pleine fureur, tour à tour idiot et génial. En l'écoutant, je me souviens de m'être dit tout à coup : « En voilà un qui, à force de cultiver son talent, a négligé sa sensibilité, non par accident, mais de propos délibéré, car s'il l'avait laissée s'exprimer il se serait trouvé en conflit ouvert avec le monde, ou bien sa solitude aurait menacé sa raison. Il ne souffrait pas qu'on lui refusât l'accès, quand il était en vie, des salons de la renommée et de la considération. Au-dessous de tout cela, il devait perpétuellement affronter la conscience presque insupportable de sa poltronnerie mentale. Sa carrière avait atteint un stade intéressant : je veux parler des jolies femmes, que sa timidité de provincial avait toujours considérées comme hors d'atteinte, et qui maintenant étaient heureuses de se montrer en sa compagnie. Devant lui elles prenaient des airs de muses légèrement distraites et souffrant de constipation. En public elles sont flattées s'il retient une main gantée un peu plus longtemps que les convenances ne l'autorisent. Au début, tout cela dut être un baume pour la vanité d'un solitaire ; à la fin, cela ne fit qu'aggraver son sentiment d'insécurité. Sa liberté, acquise au prix d'un modeste succès financier, commençait à lui peser. À mesure que son nom s'imprimait en lettres de plus en plus grosses, cela le dégoûtait, et il en était venu à souhaiter de plus en plus la vraie grandeur. Il a compris que ce n'était pas avec un homme que les gens se promenaient dans la rue, mais avec une réputation du jour. Ils ne le voient plus, alors que toute son œuvre avait pour but d'attirer l'attention sur la pauvre silhouette solitaire et souffreteuse qu'il avait le sentiment d'être. Son nom l'a recouvert comme une pierre tombale. Alors se présente cette pensée terrifiante : peut-être n'y a-t-il plus rien à voir ? Après tout, qui est-il ? »

Je ne suis pas fier de ces pensées, elles trahissent

la jalousie du raté pour celui qui a réussi ; cependant la rancœur peut y voir aussi clair que la charité. En effet, suivant une ligne parallèle dans mon esprit, ces mots que Clea avait un jour prononcés à son sujet me poursuivaient : « Il y a en lui quelque chose de foncièrement disgracieux. Voyez ses manières gauches, son air vieillot : c'est peut-être cela qui donne à son talent cette espèce de timidité. La timidité a ses lois : vous ne pouvez vous donner, et c'est cela qui est tragique, qu'à ceux qui comprennent le moins, sinon ce serait faire admettre votre propre fragilité. Par conséquent, les femmes qu'il aime, les lettres qu'il écrit aux femmes qu'il aime, sont, dans son esprit, les symboles des femmes dont il croit avoir besoin, qu'il croit en tout cas mériter, *cher ami**. » Les phrases de Clea tournaient court, pour s'achever dans ce merveilleux sourire de tendresse, « suis-je chargée de veiller sur mon frère ?... »

(Je dois absolument rapporter les faits, non dans l'ordre chronologique — car cela c'est de l'histoire — mais dans l'ordre où ils prennent une signification pour moi.)

À quel mobile obéit-il alors en me laissant cinq cents livres à la seule condition de les dépenser avec Melissa ? Je me dis qu'il se pourrait qu'il l'ait aimé ; toutefois, après mûre réflexion, j'en arriverai à la conclusion que ce n'était pas elle qu'il aimait mais l'amour que j'avais pour elle. De toutes mes qualités il n'enviait que ma capacité de répondre avec chaleur aux caresses dont il reconnaissait la valeur, qu'il désirait peut-être même, mais qui lui seraient toujours refusées, étant donné le dégoût qu'il avait de lui-même. Et c'était là une atteinte à sa fierté : j'aurais aimé qu'il m'admire, sinon pour l'œuvre que j'ai faite, du moins pour les promesses contenues dans ce que j'ai déjà fait. Que nous sommes donc stupides, bornés, limités ! Un peu de vanité sur deux jambes.

Il y avait des semaines que nous ne nous étions pas vus, car nous ne nous fréquentions guère, et ce fut à la petite *pissotière** du square près de l'arrêt du tram que nous nous rencontrâmes. Il faisait nuit et nous ne nous reconnûmes que lorsque les phares d'une voiture éclaboussèrent tout à coup d'une lueur blafarde l'intérieur du fétide édicule.

— Ah! dit-il en me reconnaissant, mal à l'aise, l'air soucieux; il était ivre. (Quelques semaines auparavant, il m'avait laissé cinq cents livres; en un sens il m'avait jugé, récapitulé, quoique ce jugement ne dût m'atteindre que de l'autre côté de la tombe.)

La pluie crépitait sur le toit de tôle au-dessus de nos têtes. J'avais très envie de rentrer chez moi : j'avais eu une journée très fatigante; je m'attardai un peu, par politesse, en manière d'excuse, gêné comme je le suis toujours avec les gens pour lesquels je n'éprouve pas une grande sympathie. La silhouette légèrement titubante se profilait vaguement dans l'obscurité devant moi.

— Laissez-moi, dit-il d'un ton pleurnichard, vous confier le secret de mon métier. J'ai réussi, et vous, vous ne percez pas. La réponse, mon vieux, c'est le sexe, beaucoup de sexe.

Il élevait la voix et pointait le menton en avant en prononçant le mot « sexe », dressant son cou décharné comme un poulet en train de boire, mordant le mot à pleines dents comme un sergent instructeur criant un ordre.

— Ces tas de sexes, répéta-t-il d'une voix plus normale, mais rappelez-vous, et sa voix se fit confidentielle, *restez boutonné jusqu'au menton*. Même si votre cravate vous étrangle. La grosse santé, l'ordure, le naturel et la plaisanterie, voilà ce qu'on ne tolère pas. C'était très bon pour Chaucer et les Élizabéthains, aujourd'hui ce n'est pas comme cela qu'on arrive. Jusqu'au menton, avec de solides boutons presbytériens.

Et, se tournant vers moi, il me montra, par une grotesque grimace, ce qu'était un bouton bien serré. Je le remerciai, mais il m'adressa un geste royal de la main :

— C'est gratuit, me dit-il, et, me prenant la main, il m'entraîna dehors, dans la rue sans lumière.

Nous nous dirigeâmes vers le centre de la ville comme deux écrivains accablés sous le poids de leurs échecs respectifs. Il soliloquait à voix basse ; j'étais incapable de saisir le sens de ses paroles. Dans la rue des Sœurs, il s'arrêta brusquement devant le porche éclairé d'un bordel et déclara :

— Baudelaire dit que la copulation est le lyrisme de la populace. Rien de plus, hélas ! Le sexe est en train de mourir. Encore un siècle et nous mettrons notre langue dans la bouche des autres en silence, avec autant de passion que des huîtres. Oh ! oui. Indubitablement.

Et il cita le proverbe arabe qu'il a mis en épigraphe à sa trilogie :

— Le monde est pareil à un concombre : aujourd'hui dans la main, demain dans le cul.

Nous reprîmes notre marche de crabe en direction de son hôtel, tandis qu'il répétait le mot « indubitablement » en savourant avec un plaisir manifeste sa sonorité doucement explosive.

Il n'était pas rasé et il avait l'air hagard, mais la marche lui avait fait du bien et il tira une bouteille de gin du tiroir de la commode, près de son lit. Je remarquai deux valises ouvertes sur la table, presque pleines, à côté de son imperméable bourré de journaux, d'une pile de chemises, de divers objets de toilette. Il me dit qu'il allait prendre le train de nuit pour Gaza. Il avait besoin de se détendre et il voulait visiter Pétra. Les épreuves de son dernier roman étaient corrigées, enveloppées et prêtes à être mises à la poste. Le paquet était sur la tablette de marbre de la table de toilette. Je reconnus dans son air las et plein d'amertume l'angoisse qui étreint l'artiste lorsqu'il a mis la dernière main à une œuvre. C'est dans de tels moments que l'idée de suicide commence à vous hanter.

Malheureusement, j'ai eu beau fouiller tous les replis de ma mémoire, je n'ai gardé que peu de bribes de la conversation que nous eûmes ce soir-là dans sa chambre. Le fait que ce fut notre dernière rencontre lui a conféré, rétrospectivement, une importance qu'elle n'avait certainement pas en réalité. De même que, pour les besoins de ce récit, il n'a jamais cessé d'exister; il est simplement entré dans le tain d'un miroir, comme nous le faisons tous, pour échapper à nos maladies, nos mesquineries, nos bassesses ou au nid de frelons de nos désirs. C'est toujours efficace pour le meilleur ou pour le pire dans le monde réel — ce miroir qui est le souvenir de nos amis. Pourtant la présence de la mort rafraîchit toujours les expériences, c'est sa fonction : nous aider à méditer sur cette chose étrange qu'est le temps. À ce moment nous étions tous deux situés en des points équidistants de la mort, du moins je le crois. Il se peut qu'une tranquille décision ait déjà commencé à prendre corps en lui, je ne puis le dire. Qu'importe : qu'un artiste désire mettre fin à une vie dont il a pressé tout le suc n'a rien de mystérieux. (Un personnage dans le dernier volume s'écrie : « Pendant des années on se résigne à l'idée que les gens ne se souviennent pas, ne se soucient pas réellement de vous; et puis un jour on comprend que c'est Dieu qui ne se soucie pas de vous; et non seulement il ne se soucie pas, mais tout ce que vous pouvez faire lui est parfaitement indifférent, quel que soit le chemin que vous suiviez. »)

Ceci me remet en mémoire un court fragment de cette conversation d'ivrognes. Il me parla de Balthazar, se moquant de ses préoccupations religieuses, de la Cabale (dont il n'avait qu'entendu parler). Je l'écoutai sans l'interrompre et, graduellement, sa voix faiblissait comme une pendule écrasée par le poids des secondes. Il se leva pour se verser un verre et dit :

— Il faut une extraordinaire ignorance pour s'approcher de Dieu. Je suppose que j'en ai toujours trop su.

Ce sont des bribes de ce genre qui taquinent mon esprit éveillé tout au long de ces soirées, ces promenades dans le vent et la nuit ; jusqu'à ce que je revienne auprès du feu de bois d'olivier grésillant dans la vieille cheminée au large cintre près de laquelle Justine dort dans son lit de bois blanc où flotte une odeur de résine.

Que puis-je affirmer que je sais de lui ? Je me rends compte que ce que les autres savent de nous se réduit à un seul aspect, particulier, de notre caractère. Nous ne présentons qu'une face de notre prisme, différente pour chacun. Toutes mes observations m'ont invariablement conduit à cette constatation. Par exemple, lorsque Justine disait de Pombal : « Un des grands primates du sexe. » Mon ami ne m'a jamais paru être un rapace ; ridiculement indulgent pour lui-même, sans plus. Je le trouvais amusant, d'un ridicule émouvant ; elle avait dû voir en lui le grand félin qu'il était (pour elle).

Quant à Pursewarden, je me rappelle aussi que, tandis qu'il discourait ainsi sur l'ignorance religieuse, il se redressait et jetait un coup d'œil à son pâle reflet dans le miroir. Le verre était à la hauteur de ses lèvres, puis, tournant la tête, il cracha tout le liquide à la face du miroir qui le regardait d'un air ironique. Ceci s'est passé dans mon esprit : un reflet d'homme dégoulinant sur le miroir de cette chambre chère, minable, qui maintenant me semble être le cadre parfaitement approprié à la scène qui a dû se produire un peu plus tard cette nuit-là.

*

Place Zagloul, argenterie et colombes en cage.
Une cave voussée bordée de tonneaux noirs; écœu-
rant fumet de friture, et l'odeur du *retzinnato*. Un
message griffonné dans la marge d'un journal. C'est
là que j'ai renversé mon verre sur son manteau et, en
essayant de l'aider à réparer le dommage, j'ai touché
fortuitement ses seins. Pas un mot ne fut échangé.
Pendant ce temps, Pursewarden parlait brillamment
d'Alexandrie et de l'incendie de la Bibliothèque [1].
Dans la chambre au-dessus, un pauvre diable atteint
de méningite hurlait de douleur...

Aujourd'hui, une averse de printemps tout à fait
inattendue vient durcir la poussière et engluer le
pollen de la ville, et martèle la verrière du studio où
Nessim fait un croquis de sa femme. Il l'a saisie
devant le feu, une guitare à la main, la gorge serrée
dans une écharpe mouchetée, la tête penchée. Elle
chante, et le bruit de sa voix se confond tout au
fond de sa tête avec l'imperceptible grondement
d'un tremblement de terre. Prodigieux tir à l'arc sur
les parcs où les palmiers ont été abattus dans toute
leur raideur; une mythologie de vagues à crinière
blonde attaquant le Pharos [2]. La nuit, la ville est

1. Fondée par Ptolémée Sôter, la Bibliothèque d'Alexandrie
était la plus célèbre de l'Antiquité, riche de 700 000 volumes,
dit-on. Elle fut brûlée en 48 av. J.-C., après l'entrée de César
dans la ville, reconstituée et détruite à nouveau en 391 par les
chrétiens, jaloux du monde grec.
2. Construit en 279 av. J.-C. à la pointe de l'île de Pharos par
Sostrate de Cnide, ce phare de quatre étages, en marbre et gra-
nit rose d'Assouan, était une des merveilles du monde antique.
Dans *Pharos et Pharillon*, E.M. Forster rapporte les légendes
dont la lanterne qui le couronnait était l'objet : « La lanterne est
une énigme, car il semble que dans cet espace exigu un
immense feu ait voisiné avec de délicats instruments scienti-
fiques. Certains visiteurs rapportent, par exemple, avoir vu là-
haut un mystérieux "miroir" qui était plus merveilleux encore

pleine de bruits insolites — les poussées et les ten-
sions du vent — et bientôt vous sentez qu'elle est
devenue un navire dont la vieille membrure grince
et gémit sous les assauts inlassables des éléments.

C'est le temps qu'aime Scobie. Étendu sur le lit, il
caresse avec amour son télescope, jetant un regard
de convoitise sur le mur de briques de boue séchée
qui lui bouche la vue de la mer.

Scobie va sur ses soixante-dix ans et il a toujours
peur de mourir; il a peur de se réveiller un beau
matin et de s'apercevoir qu'il est mort — Lieute-
nant de vaisseau Scobie, O.B.E. [1]. D'où, chaque
matin, le choc qu'il éprouve en entendant les cris
des porteurs d'eau sous sa fenêtre, un peu avant
l'aube. Pendant un moment, dit-il, il n'ose pas
ouvrir les yeux. Gardant les paupières bien serrées
(de peur qu'elles ne s'ouvrent sur un paysage
d'enfer ou sur un groupe de chérubins chantant un
hymne à la louange de Dieu), il tâtonne sur sa table
de nuit et prend sa pipe. Il la bourre toujours avant
de se coucher, et la dépose toujours là, à portée de
la main, à côté d'une boîte d'allumettes ouverte. La
première bouffée de son brûle-gueule lui rend à la
fois le sang-froid et la vue. Il prend une profonde
inspiration, heureux de se sentir rassuré. Il sourit.
Il exulte. Tirant jusqu'à ses oreilles la lourde peau
de mouton qui lui sert de couverture, il entonne
son petit péan triomphal du matin, d'une voix
caquetante comme du papier d'étain : « *Taisez-
vous, petit babouin; laissez parler votre mère* *. »

Ses bajoues de trompette se colorent en rose
sous l'effort. S'auscultant minutieusement, il
s'aperçoit qu'il a son inévitable mal de tête. Sa
langue est encore empâtée par le cognac de la
veille. Mais en regard de ces petits ennuis, la perspective d'avoir encore au moins un jour à vivre

que le bâtiment lui-même » (p. 21). Un séisme détruisit ce
phare légendaire au XIIᵉ siècle.
1. Titre d'officier de l'Ordre de l'Empire Britannique.

l'emporte largement. « *Taisez-vous, petit babouin* * »,
et ainsi de suite ; il s'arrête pour mettre son dentier.
Il pose ses doigts chiffonnés sur sa poitrine et
constate avec satisfaction que son cœur accomplit
toujours son travail, maintenant une timide circulation dans ce système veineux dont les déficiences
(réelles ou imaginaires, je ne sais) ne sont compen-
sées que par le cognac pris à doses quotidiennes et
quasi mortelles. Il est assez fier de son cœur. Si vous
allez lui rendre visite quand il est encore au lit, vous
pouvez être sûr qu'il saisira votre main dans sa
mandibule racornie pour vous le faire sentir :

— Fort comme un bœuf, hein ? N'est-ce pas qu'il
bat bien ? Malgré le cognac...

Vous avalez votre salive et vous glissez alors
votre main sous la chemise de nuit en coton pour
percevoir ces petits battements de vie, grêles,
tristes, assourdis, lointains, comme le cœur d'un
embryon au septième mois. Il se reboutonne avec
un geste touchant de pudeur, pousse ce qu'il croit
être un rugissement de santé animale.

— Je saute du lit comme un lion — c'est encore
une de ses expressions favorites.

Il faut alors le voir se traîner hors de ses draps de
grosse toile, plié en deux par les rhumatismes, pour
saisir pleinement le charme du personnage. Ce
n'est que pendant les mois les plus chauds de
l'année que ses os se dégèlent assez pour lui permettre de se tenir à peu près droit. En été, l'après-
midi, il marche à petits pas dans le Parc, son petit
crâne luisant sous le soleil comme un miroir, sa
pipe pointée vers le ciel, ses mâchoires contractées
en une grimace lubrique.

Une mythologie de la ville ne serait pas complète
sans son Scobie, et Alexandrie se sera appauvrie
lorsque son corps desséché et enveloppé dans
l'Union Jack aura été descendu dans le caveau qui
l'attend au cimetière catholique, près de la ligne du
tram.

Sa maigre retraite suffit à peine à payer la chambre infestée de cancrelats qu'il habite dans le quartier pouilleux, derrière Tatwig Street; il l'arrondit grâce à une solde tout aussi maigre que lui alloue le gouvernement égyptien, avec le titre ronflant de Bimbashi des Forces de la police. Clea a peint un magnifique portrait de lui dans son uniforme de la Police, le tarbouche écarlate sur la tête, le grand chasse-mouches, fourni comme une queue de cheval, posé gracieusement en travers de ses genoux.

C'est Clea qui lui procure du tabac, et moi de l'admiration, de la compagnie et, si je suis en fonds, du cognac. Nous en prenons tour à tour pour applaudir à sa santé et pour le remettre lorsqu'il s'est frappé trop fort la poitrine dans une enthousiaste démonstration de ladite santé. D'origines, il n'en a point, son passé prolifère à travers une douzaine de continents comme un vrai sujet de mythe. Et sa présence est si riche d'imaginaire santé qu'il n'a besoin de rien d'autre à l'exception peut-être d'un voyage au Caire au temps du Ramadan, quand son bureau est fermé et que l'on estime sans doute que tous les crimes seront suspendus en raison du jeûne.

La jeunesse est glabre, de même la seconde enfance. Scobie tortille avec tendresse les quelques poils qui lui restent d'une barbe jadis florissante, mais doucement, sans tirer, de peur de les arracher et de se trouver tout nu pour le restant de ses jours. Il s'accroche à la vie comme une patelle, chaque année apportant un changement à peine visible au rocher où il se tient. Comme si son corps se ratatinait, se réduisait tout doucement d'hiver en hiver; sa boîte crânienne aura bientôt la taille de celle d'un bébé. Encore un ou deux ans et on pourra l'enfoncer dans un bocal, afin de la conserver pour l'éternité. Les rides se creusent et se festonnent de plus en plus. Sans ses dents son visage est celui d'un vieux singe; sur sa barbe chétive ses deux joues rubicondes comme des cerises, qu'il dénomme affectueusement « bâbord » et « tribord », rougeoient en toutes saisons.

Physiquement il doit beaucoup au rayon des accessoires; en mil neuf cent, une chute du haut du mât de misaine envoya sa mâchoire par deux points ouest-sud-ouest et lui fracassa le sinus frontal. Quand il parle, sa denture se comporte comme un tiroir à roulettes, décrivant dans la cavité antérieure de son crâne des cercles et des spirales inattendus. Son sourire est capricieux; il peut surgir de n'importe où, comme celui du Chat de Cheshire [1]. En quatre-vingt-quatre, il fit de l'œil à une femme en puissance de mari (c'est là son expression) et perdit l'autre. Nul n'est censé rien savoir de cela, à l'exception de Clea, mais l'accessoire en l'occurrence est assez grossier. Au repos il ne se remarque pas trop, mais dès que son visage s'anime, la disparité des deux yeux devient manifeste. Il y a aussi un petit problème technique : son œil vivant est presque en permanence injecté de sang. La première fois qu'il me gratifia d'une interprétation nasillarde de « *Watchman, What of the Night* [2] ? » tandis qu'il se tenait dans un coin de la pièce, un antique pot de chambre à la main, je remarquai que son œil droit se déplaçait un peu plus lentement que le gauche. Il me parut alors une réplique en plus grand de l'œil de l'aigle empaillé qui trône d'un air renfrogné dans une niche de la bibliothèque publique. En hiver, par contre, c'est l'œil de verre et non le vrai qui tremble insupportablement, ce qui le rend morose et lui donne la bouche amère jusqu'à ce qu'il ait administré un peu de cognac à son estomac.

1. Personnage du livre de Lewis Carrol *Alice au pays des merveilles* (1865), qui a la faculté d'apparaître et de disparaître par morceaux.
2. « Veilleur, que dit la nuit ? »

Scobie est une sorte de profil protozoaire dans le brouillard et dans la pluie : il transporte avec lui une sorte de climat anglais, et son plus grand bonheur est de s'asseoir en hiver devant un microscopique feu de bois, et de bavarder. L'un après l'autre les souvenirs s'échappent de la machinerie défectueuse de son esprit, et il finit par confondre les siens et ceux des autres. Derrière lui je vois les longues vagues plombées de l'Atlantique se soulever, déferler sur ses souvenirs, les éclabousser d'un million de gouttelettes, et l'aveugler. Quand il parle du passé, c'est en une série de brefs télégrammes obscurs, comme si les communications étaient mauvaises, les conditions atmosphériques défavorables aux transmissions. À Dawson City les dix qui remontèrent la rivière périrent de froid. L'hiver s'abattit comme une hache et les frappa à mort : whisky, or, meurtre, ce fut comme une nouvelle croisade vers le nord au pays des grands arbres. À cette époque son frère tomba dans les chutes de l'Ouganda ; en rêve il voyait encore parfois la petite silhouette tomber comme une mouche immédiatement happée par la gueule jaunâtre du fleuve. Non, c'était plus tard, lorsqu'il voyait déjà par le viseur de la carabine l'intérieur du crâne d'un Boer. Il essaie de se rappeler *quand* cela a dû se passer exactement, laissant tomber sa tête polie dans ses mains ; mais les grandes vagues grises s'interposent, la grande houle patrouille à la frontière de lui-même et de sa mémoire. Son crâne a l'air d'être palpé et sucé jusqu'à ce qu'il n'y ait plus entre son sourire et le sourire du squelette caché que le plus mince des téguments. Observez la boîte crânienne avec ses lourdes dentelures ; les baguettes d'os à l'intérieur de ses doigts de cire ; des bâtons de suif qui supportent ses tibias tremblotants... Vraiment, comme Clea le faisait remarquer, le vieux Scobie ressemble à une émouvante pièce de musée, une sorte de petite locomotive des premiers âges du chemin de fer, quelque chose comme la bonne vieille « Rocket » de Stephenson.

Il vit dans son petit grenier mansardé, comme un anachorète. « Un anachorète! », c'est encore une de ses expressions favorites; et, disant cela, il introduit son doigt dans sa bouche, tend la peau de ses joues et retire le doigt en émettant un petit bruit de bouchon qui saute, le tout en roulant son œil pour insinuer toutes les complaisances féminines qu'il s'accorde en secret. Ceci au profit de Clea toutefois; en présence d'une « vraie dame » il se croit obligé de prendre des airs protecteurs, qu'il abandonne dès qu'elle s'en va. La vérité est un peu plus triste.

— J'ai pas mal trafiqué, me confie-t-il *sotto voce*; racolage et tout le reste... C'était après que j'ai été réformé. Mais je ne pouvais pas rester en Angleterre, mon vieux. C'était trop dur pour moi. Toutes les semaines je m'attendais à voir un titre dans le *News of the World ;* « Encore une jeune victime des marchands de plaisirs. » Mes gars connaissaient la musique. De vrais petits Etoniens je les appelais. Mais le rabatteur qui m'avait précédé avait récolté vingt ans. C'est assez pour vous donner des doutes. Ces choses-là vous font réfléchir. Non, vraiment je ne pouvais pas continuer. Remarquez, j'ai un peu passé l'âge de tout ça maintenant, j'aime bien avoir ma tranquillité d'esprit, on ne sait jamais. Et puis en Angleterre on ne se sent plus tellement libre. Regardez comme ils arrêtent les pasteurs, les honorables ecclésiastiques et tout le reste. Je n'en dormais plus. À la fin, je suis parti à l'étranger en qualité de clairon particulier — Toby Mannering, son père, était membre du parlement — il fallait un prétexte pour voyager. Ils disaient qu'il avait besoin d'un clairon. Il voulait s'engager dans la marine. C'est comme ça que je suis arrivé ici. J'ai tout de suite vu que c'était bien ici, qu'on était à l'aise. Je suis entré dans la brigade des mœurs, sous la direction de Nimrod Pasha. Et voilà, mon garçon. Et je n'ai pas eu à m'en plaindre, vous voyez. Si je regarde de l'est à l'ouest sur toute l'étendue de ce fertile delta, qu'est-ce que je vois ? Des kilomètres et des kilomètres d'angéliques petites fesses noires.

Le gouvernement égyptien, avec une générosité, ce donquichottisme typique que prodigue le Levant à tous les étrangers qui montrent des dispositions amicales, lui avait offert un moyen de subsister à Alexandrie. Il paraît qu'après sa nomination à la brigade des mœurs le vice prit de telles proportions qu'on dut le faire monter en grade et lui donner un nouveau poste ; mais il a toujours soutenu que son affectation à un bureau de la police secrète avait été largement méritée et, pour ma part, je ne me suis jamais senti le courage de le taquiner sur ce point. Son travail n'est pas fatigant. Il passe deux heures tous les matins dans un bureau délabré situé dans la partie haute de la ville en compagnie des puces qui logent dans les tiroirs de son antique bureau. Il déjeune légèrement au *Lutetia* et, s'il est en fonds, agrémente son dîner d'une pomme et d'une bouteille d'eau-de-vie. En été, il passe les terribles après-midi à dormir et à feuilleter les journaux que lui prête un brave marchand de journaux grec. (Quand il lit on voit battre doucement une grosse veine sur le sommet de son crâne.)

L'ameublement de sa petite chambre trahit un esprit hautement éclectique ; les quelques objets qui ornent sa vie d'anachorète dégagent un parfum strictement personnel, comme si leur réunion composait la personnalité de leur propriétaire. C'est pour cela que le portrait de Clea donne l'impression d'une telle perfection : elle a reconstitué à l'arrière-plan la somme de tous les biens du vieillard. Le petit crucifix de bazar accroché au mur au-dessus du lit, par exemple ; depuis quelques années déjà Scobie a accepté les consolations de la Sainte Église catholique romaine contre la vieillesse et ces imperfections du caractère qui étaient devenues à cette époque une seconde nature. À côté est épinglée une petite reproduction en couleur de Monna Lisa, dont le sourire énigmatique lui avait toujours fait penser à sa mère. (Pour ma part, le fameux sourire m'a toujours fait penser au sourire d'une femme qui vient d'empoisonner son mari.) Quoi qu'il en soit, cela aussi s'est intégré à l'existence de Scobie, a créé un lien spécial et intime. Comme si sa Monna Lisa ne ressemblait à aucune autre, comme si elle avait échappé à Léonard.

Il y a aussi, naturellement, l'antique volette à gâteaux qui lui sert tout à la fois de commode, de bibliothèque et d'écritoire. Clea l'a traitée dans le style généreux qui lui convient, en fixant tous les détails avec une fidélité microscopique. Elle est à trois étages, chacun bordé d'un biseau étroit et élégant. Elle lui a coûté neuf pence un quart à Euston Road en 1911, et elle a fait deux fois le tour du monde avec lui. Il vous la fait admirer sans la moindre trace d'humour ou de gêne. « Vous vous y connaissez en bibelots, hein ? », dit-il d'un ton dégagé, et il prend un chiffon pour l'essuyer. La partie supérieure, vous explique-t-il soigneusement, était destinée aux toasts beurrés, la partie du milieu aux sablés, la partie inférieure à « deux sortes de gâteaux ». Pour l'instant, toutefois, elle remplit un tout autre office : sur le rayon du haut se trouvent son télescope, sa boussole et une Bible ; au milieu sa correspondance qui consiste uniquement en ses enveloppes de salaires ; en bas, trône avec une imposante gravité, un pot de chambre qu'il appelle « le meuble de famille », auquel se rattache une mystérieuse histoire dont il me révélera un jour le secret.

La pièce est éclairée par une faible ampoule électrique et par quelques mèches de roseau dans une niche, à côté d'une cruche en terre remplie d'eau glacée. L'unique fenêtre sans rideaux donne sur un vieux mur écorché. Quand il est couché dans son lit et que les pâles lueurs des veilleuses se reflètent dans le verre de sa boussole, passé minuit, le crâne palpitant d'alcool, il me fait penser à un vieux gâteau d'anniversaire qui attend qu'on se penche sur lui pour souffler les bougies !

Une fois bien bordé dans son lit, il vous lance un vulgaire : « Embrasse-moi, fiston ! » accompagné d'un regard concupiscent et d'un horrible bruit de succion, puis, d'un air plus sérieux, il vous demande : « Dites-moi sincèrement, est-ce que je fais mon âge ? »

À franchement parler, on peut donner à Scobie n'importe quel âge ; plus vieux que la naissance de la tragédie, plus jeune que la mort d'Athènes. Conçu dans l'Arche, de l'accouplement fortuit d'un ours et d'une autruche, né avant terme lorsque la quille racla le sommet du mont Ararat, Scobie naquit dans un fauteuil à roulettes avec un chapeau de chasse et une ceinture de flanelle rouge. Sur ces orteils préhensiles la plus luisante paire de bottines à élastiques. À la main, la Bible de famille délabrée qui porte sur sa page de garde les mots « Joshua Samuel Scobie, 1870. Honore ton père et ta mère. » À ces biens furent adjoints des yeux comme des nouvelles lunes, une courbure particulière de la colonne vertébrale, une prédilection pour les quinquérèmes. Ce n'est pas du sang qui coule dans les veines de Scobie, mais de l'eau verte et salée, substance des grands fonds. Sa démarche est celle, lente, douloureuse, d'un saint en route pour la Galilée. Son langage est un jargon puisé aux vagues de cinq océans — un magasin d'antiquités hérissé de sextants, d'astrolabes, de portulans et d'isobares. Quand il chante, ce qu'il fait souvent, on croirait entendre le vieux Neptune en personne. Tel un saint, il a laissé des petits morceaux de sa chair un peu partout dans le monde, à

Zanzibar, à Colombo, au Togo, à Wu Fu : tous les petits morceaux caducs qu'il a perdus depuis si longtemps déjà, vieux andouillers, boutons de manchettes, dents, cheveux... Et maintenant la marée, en se retirant, l'a laissé au sec au-dessus des courants du temps, Joshua l'insolvable, l'insulaire, l'anachorète, vivant défi au temps.

*

Clea, la douce, l'aimable, l'insaisissable Clea est la plus grande amie de Scobie et passe une bonne partie de son temps en compagnie du vieux pirate. Elle descend de sa toile pour aller lui faire du thé et l'entendre dévider ses interminables monologues sur une existence depuis longtemps révolue, qui a perdu son élan vital et qui ne survit que dans le ténébreux labyrinthe de sa mémoire.

Quant à Clea elle-même : est-ce seulement mon imagination qui fait que j'ai tant de peine à esquisser son portrait ? Je pense tellement à elle, et pourtant je vois bien que tout ce travail d'écriture est impuissant à la saisir dans sa réalité. La difficulté vient peut-être de ce qu'il ne paraît pas y avoir de rapport immédiat entre ses habitudes et sa véritable nature. Si je décrivais la structure extérieure de sa vie — d'une simplicité, d'une grâce, d'une réserve désarmantes — je risquerais d'en faire une nonne pour qui toute la gamme des passions humaines aurait fait place à une recherche absorbante de son moi sublimal, ou bien une vierge aigrie et refoulée qui se serait refusée au monde à cause de quelque instabilité psychique ou de quelque blessure précoce, inguérissable.

Tout ce qui touche à sa personne prend des tons chauds et dorés. Les beaux cheveux blonds et frisés qu'elle porte simplement noués en un chignon lâche au bas de la nuque mettent en valeur son visage de muse candide et le sourire de ses yeux gris vert. Les mains aux doigts purs ont une habileté et un galbe qui ne se remarquent que lorsqu'on les voit à l'œuvre, lorsqu'ils tiennent un pinceau, par exemple, ou bien lorsqu'ils serrent entre trois bouts d'allumette la patte brisée d'un moineau pour en faire une attelle.

Je pourrais dire quelque chose comme ceci : qu'elle a été coulée toute chaude dans le corps d'une jeune Grâce, c'est-à-dire dans un corps né sans instincts et sans désirs.

Avoir une grande beauté ; avoir assez d'argent pour se créer une vie indépendante ; avoir du talent... autant de crimes aux yeux des envieux, des ratés qui prétendent qu'elle n'a pas mérité son bonheur. Mais pourquoi, se demandent ceux qui l'observent et la critiquent, n'a-t-elle jamais voulu se marier ?

Elle vit simplement dans un confortable grenier aménagé en studio avec, pour tout mobilier, un lit de fer et quelques chaises longues déchirées qu'en été elle emmène dans sa hutte, sur la plage de Sidi-Bishr. Son seul luxe est une salle de bain aux carreaux étincelants, dans un coin de laquelle elle a installé un minuscule poêle où elle se fait cuire quelques mets de sa façon, quand l'envie lui en prend, et une bibliothèque dont les rayons surchargés prouvent qu'elle ne lui refuse rien.

Elle vit sans amants ni liens familiaux, sans malice, sans chat ni chien, se concentrant avec sincérité sur sa peinture qu'elle prend sérieusement, mais pas trop au sérieux. Son œuvre aussi est une œuvre heureuse, et ses toiles audacieuses mais toujours de bon goût rayonnent d'indulgence et d'humour. Elles sont pleines d'un sens du jeu, comme des enfants adorés.

Je vois combien j'ai été stupide en disant qu'elle « n'a jamais voulu se marier ». Comme cela la fâcherait : je me rappelle qu'elle me dit un jour : « Si nous devons être amis ne pensez jamais ou ne dites jamais que je suis de ceux qui se refusent à quelque chose dans la vie. Ma solitude ne m'isole et ne me prive de rien, et je ne puis pas être autre que ce que je suis. Je veux que vous voyiez à quel point ma vie est une réussite, je ne voudrais pas que vous imaginiez je ne sais quels échecs intérieurs. Pour ce qui est de l'amour — *cher ami** — je vous ai déjà dit que l'amour ne m'intéresse que très brièvement, et les hommes encore plus brièvement ; les quelques expériences, la seule expérience en fait qui m'ait marquée, fut une expérience avec une femme. Je vis encore dans le bonheur de cette union parfaitement *accomplie* : tout autre rapport physique aujourd'hui me semblerait horriblement vulgaire et vide. N'allez pas imaginer que je souffre de quelque élégant chagrin d'amour. Non. D'une certaine façon je sens que notre amour a vraiment gagné dans la perte de l'objet aimé ; c'est comme si la présence physique de l'autre empêchait la véritable existence de l'amour, sa réalisation. Cela vous paraît-il désastreux ? » Et elle se mit à rire.

Je me souviens, nous nous promenions sur la Corniche, balayée par une fine pluie d'automne, sous un ciel pâlissant. Tout en parlant, elle avait glissé son bras sous le mien, affectueusement. Elle me souriait avec une telle tendresse qu'un passant aurait pu s'y tromper et nous prendre pour des amoureux.

— Et puis, poursuivit-elle, il y a autre chose que vous découvrirez peut-être par vous-même. Il y a quelque chose dans l'amour — je ne dirai pas d'imparfait car c'est de nous que vient l'imperfection — mais quelque chose dont nous n'avons pas compris la nature. Par exemple, l'amour que vous éprouvez pour Justine n'est pas un amour différent pour un objet différent, mais le même amour que celui que vous éprouvez pour Melissa qui essaie de se manifester par le truchement de Justine. L'amour est terriblement permanent, et chacun de

166

nous n'a droit qu'à une petite ration. Il peut apparaître sous une infinité de formes et s'attacher à une infinité de personnes. Mais il est limité en quantité, et il ne peut s'épuiser ou disparaître avant d'atteindre son véritable objet. Sa destination réside quelque part au plus profond de l'âme où il finira par se reconnaître comme l'amour de soi, le terrain sur lequel nous bâtissons une sorte de santé nécessaire à l'âme. Et il ne s'agit pas d'égoïsme ou de narcissisme.

Ce furent des conversations comme celle-ci, des conversations qui se prolongeaient fort avant dans la nuit, qui me rapprochèrent d'abord de Clea, qui m'apprirent que je pouvais m'appuyer sur la force qu'elle avait puisée dans la réflexion et la connaissance de soi. Notre amitié nous permettait de partager nos idées et nos pensées les plus intimes, de les comparer d'une manière qui aurait été impossible si nous avions été unis par ces liens plus étroits qui, pour paradoxal que cela paraisse, éloignent plus qu'ils ne rapprochent, ce que l'illusion humaine refuse de croire. Je me souviens qu'elle me dit un jour, après que je lui en eus fait la remarque :

— C'est vrai qu'en un sens, je suis plus près de vous que Melissa ou Justine. Voyez-vous, l'amour de Melissa est trop confiant; il l'empêche d'ouvrir les yeux. Tandis que la lâche monomanie de Justine ne vous voit qu'à travers une image de vous inventée de toutes pièces, ce qui vous oblige d'agir de façon démoniaque, comme elle. Ne soyez pas fâché. C'est sans malice que je vous dis cela.

À part sa peinture, je ne dois pas oublier de mentionner le travail que fait Clea pour Balthazar. Elle est le peintre clinique. Pour je ne sais quelle raison, mon ami ne se contente pas de la méthode ordinaire consistant à enregistrer les anomalies médicales au moyen de la photographie. Sa théorie personnelle fait qu'il attache une grande importance à la pigmentation de la peau à certains stades de l'évolution de la maladie chez ses protégés. Les ravages de la syphilis, par exemple, dans toutes ses manifestations anormales. Clea les a fixés pour lui en de grandes planches en couleurs d'une terrible lucidité et d'une grande tendresse. En un sens, ce sont de véritables œuvres d'art; l'objet purement utilitaire a libéré le peintre de la recherche contraignante d'une expression personnelle; elle se contente d'enregistrer; et ces membres humains torturés et impuissants que Balthazar repère tous les jours dans les longues et tristes queues de la salle d'attente (comme on retire les pommes pourries d'un tonneau) sont aussi éloquents que des portraits de faces humaines, abdomens rongés comme des fusibles, peaux ratatinées et pelées comme des murs de plâtre, carcinomes tendant à rompre les membranes de caoutchouc qui les contiennent... Je me rappelle la première fois que je la vis à l'œuvre; j'étais allé voir Balthazar à la clinique pour me faire faire un quelconque certificat que me réclamait l'école où j'enseignais. Par la porte vitrée de la salle de consultations j'aperçus Clea, que je ne connaissais pas encore à cette époque; elle était assise sous le poirier desséché du maigre jardin, dans une blouse d'infirmière; ses couleurs étaient disposées méthodiquement à côté d'elle sur une plaque de marbre. Devant elle, sur une chaise en osier, une paysanne aux fortes mamelles et au visage de sphinx était accroupie, la chemise remontée sur le ventre, pour exposer la partie de son corps que mon ami avait élue. C'était une belle journée de printemps et l'on percevait le lointain chuintement de la mer. Les doigts innocents et intelligents de Clea s'approchaient et se reculaient de la surface blanche du papier avec une sûreté, une dextérité et une sage préméditation. Son visage exprimait le ravissement, la concentration heureuse d'une miniaturiste peignant des tulipes aux teintes rares.

Lorsque Melissa fut à l'agonie, c'est Clea qu'elle fit demander ; et c'est Clea qui passa des nuits entières à son chevet, à la soigner et lui raconter des histoires. Quant à Scobie, je n'ose dire que leur inversion constituait un lien caché, immergé, comme un câble sous-marin reliant deux continents, car ce serait leur faire une injustice à tous deux. Le vieux n'a certainement pas conscience de rien de semblable ; quant à elle, elle a assez de tact pour ne pas lui montrer à quel point la façon dont il se vante de ses prouesses amoureuses est futile. Ils s'entendent à la perfection, comme un père et sa fille. La seule fois que j'aie entendu Scobie taquiner Clea et la traiter de vieille fille, elle prit l'air ingénu d'une petite fille et, avec un sérieux que démentait la lueur malicieuse qui couvait dans ses beaux yeux gris, elle répondit qu'elle attendait l'homme de sa vie ; sur quoi Scobie hocha gravement la tête et convint que c'était en effet la meilleure ligne de conduite à adopter.

C'est dans un tas de vieux dessins empilés dans un coin de son atelier que j'exhumai un jour un portrait de Justine — de trois quarts — traité à la manière impressionniste et manifestement inachevé. Clea retint son souffle, le regarda avec l'air de compassion d'une mère pour un enfant disgracié qu'elle est la seule à trouver beau.

— Oh ! c'est vieux déjà cela, dit-elle ; puis, après de longues semaines de réflexion, elle me l'offrit pour mon anniversaire.

Il est maintenant fixé au-dessus de la vieille cheminée, pour me rappeler la beauté mordante, haletante, de cette tête sombre et adorée. Elle vient d'ôter une cigarette de ses lèvres, elle est sur le point de dire quelque chose que son esprit a déjà formulé et qui n'a pas été plus loin que ses yeux. Les lèvres sont écartées, prêtes à l'exprimer par des mots.

*

La manie de la justification est commune à ceux qui n'ont pas la conscience tranquille comme à ceux qui cherchent des raisons philosophiques à leurs actes; dans les deux cas cela mène à une étrange forme de pensée. L'idée n'est pas spontanée, mais *voulue**. Dans le cas de Justine, cette manie entraînait un perpétuel flot d'idées, de spéculations sur les actions passées ou présentes qui faisaient pression sur son esprit comme le poids des énormes masses d'eau font pression contre les parois d'un barrage. Et pour toute cette misérable dépense d'énergie, pour toute l'ingéniosité passionnée qu'elle déployait à scruter les replis de son moi, on ne pouvait s'empêcher de trouver suspectes ses conclusions; elles changeaient sans cesse, jamais en repos, toujours inquiètes. Elle répandait les théories comme des pétales autour d'elle. « Ne crois-tu pas que l'amour consiste essentiellement en paradoxe? » demanda-t-elle un jour à Arnauti. Je me souviens qu'elle me posa un jour la même question, de cette voix trouble où perçait la tendresse aussi bien que la menace.

— Et si je te disais que je ne me suis approchée de toi que pour échapper au danger de tomber follement amoureuse de toi? Chaque baiser que je te donnais était comme la pierre d'un rempart que je dressais autour de Nessim pour le sauver.

Comment ceci aurait-il pu constituer, par exemple, le véritable motif de cette extraordinaire scène sur la plage? Le doute, l'aiguillon permanent du doute. Une autre fois, elle traita le problème sous un angle différent, avec peut-être autant de sincérité :

— La morale est... qu'est-ce que la morale? Ce n'était pas par simple avidité, n'est-ce pas? Et cet amour n'a-t-il pas tenu toutes les promesses qu'il contenait — du moins pour moi? Nous nous sommes rencontrés et il nous est arrivé le pire, mais sans atteindre ce qu'il y a de meilleur en nous,

Nessim et Melissa. Oh! je t'en prie, ne te moque pas de moi.

Pour ma part, j'ai toujours été stupéfait de voir toutes les perspectives qu'ouvraient ces pensées; et effrayé, tant il me paraissait étrange de parler de cette expérience que nous étions en train de vivre en des termes aussi nécrologiques. Dans ces cas-là j'étais parfois tenté de m'écrier, comme Arnauti : « Pour l'amour de Dieu, cesse de te torturer ainsi, sinon ce sera la faillite pour nous deux. Tu épuises notre vie avant que nous n'ayons eu l'occasion de vivre. » Naturellement je savais l'inutilité de semblables exhortations. Il y a des natures dans ce monde qui sont vouées à l'autodestruction, et pour celles-là il est inutile d'en appeler à des arguments rationnels. Justine m'a toujours fait penser à une somnambule surprise en train de marcher sur un fil tendu au sommet d'une haute tour; si l'on criait pour l'éveiller, ce serait la catastrophe. On ne pouvait que la suivre en silence dans l'espoir de l'éloigner petit à petit du bord des précipices sans fond qui la guettaient.

Par une sorte de curieux paradoxe, c'étaient ces vices de caractère — ces vulgarités de la psyché — qui constituaient pour moi le plus puissant attrait de ce personnage inquiétant et sans cesse en mouvement. Je suppose qu'ils correspondaient d'une certaine façon aux faiblesses de mon propre caractère que j'avais la chance de pouvoir maîtriser plus efficacement qu'elle. Je sais que pour nous, faire l'amour ne représentait qu'une petite partie de l'image projetée par une intimité mentale qui proliférait et se ramifiait de jour en jour autour de nous. Comme nous parlions! Nuits après nuits dans les petits cafés minables de l'Esplanade (dans l'espoir bien vain de cacher à Nessim et à d'autres amis communs un attachement dont nous nous sentions coupables). Tout en parlant nous nous rapprochions insensiblement l'un de l'autre, jusqu'à ce que nos mains se touchent, jusqu'à ce que nous soyons presque dans les bras l'un de l'autre : non par l'effet de cette sensualité qui afflige d'ordinaire les amoureux, mais comme si le contact physique pouvait soulager la douleur que nous causait cette exploration de notre moi.

Certes c'est là la forme d'amour la plus triste que puisse connaître un être humain, accablé par cette chose déchirante qu'est la tristesse post-coïtum qui hante toutes les caresses, qui se dépose comme une impalpable boue dans l'eau claire d'un baiser. « Il est facile d'écrire sur les baisers, dit Arnauti, mais alors que la passion devrait être pleine de signes et de clés elle ne sert qu'à étancher nos pensées, sans amener aucune connaissance nouvelle. Beaucoup d'autres choses se passaient. » En effet, en faisant l'amour avec elle, je commençais moi aussi à comprendre vraiment ce qu'il entendait lorsqu'il décrivait le frein comme « le sentiment desséchant de coucher avec une adorable statue incapable de répondre aux baisers de la chair qui la touche. Il y avait quelque chose d'épuisant et de malsain dans cette façon d'aimer si bien et pourtant d'aimer si peu ».

La chambre par exemple, avec sa lumière cuivrée, phosphorescente, et son grand brûle-parfum thibétain qui diffusait dans toute la pièce un parfum de rose. Près du lit l'odeur riche et entêtante de sa poudre qui flottait sous les courtines. Une coiffeuse avec ses pots de crèmes et d'onguents. Au-dessus du lit l'*Univers de Ptolémée*! Elle l'a fait peindre sur parchemin et richement encadrer. Il veillera à jamais sur son lit, sur les icônes dans leur gaine de cuir, sur la martiale rangée de philosophes. Kant, en bonnet de nuit, montant l'escalier à tâtons. *Jupiter Tonans*. Il y a quelque chose de futile dans cette rangée de grands bonshommes — où elle a accordé à Pursewarden de figurer. On peut y voir quatre de ses romans, mais je ne puis affirmer si elle ne les a pas placés là pour la circonstance (nous dînons tous ensemble). Justine entourée de ses philosophes me fait penser à une invalide entourée de ses médecins — tubes vides, capsules et seringues. « Si vous l'embrassez, dit Arnauti, vous sentez qu'elle ne ferme pas les yeux, qu'elle les ouvre le plus grand possible au contraire, saisie d'un doute, d'un affolement croissants. L'esprit est si éveillé que le don du corps n'est jamais que partiel — un sentiment de panique qui ne correspond à rien de moins qu'à un curetage. La nuit on entend le tic-tac de son cerveau comme celui d'un réveil de Prisunic. »

Sur le mur du fond il y a une idole dont les yeux sont éclairés de l'intérieur par une ampoule électrique, et c'est devant ce mentor sculpté que Justine joue son rôle en privé. Imaginez une lampe placée au fond de la gorge d'un squelette de telle sorte qu'elle éclaire la voûte du crâne où méditent les cavités aveugles. Des ombres palpitent dans leur prison d'os. Lorsque l'électricité est détraquée, l'ampoule est remplacée par un morceau de bougie planté dans l'applique : Justine se dressant sur la pointe des pieds, nue, pour introduire une allumette enflammée dans l'œil du dieu. Aussitôt les sillons de la mâchoire prennent relief, l'os frontal fait saillie sur l'arête parfaitement rectiligne du nez. Elle n'est pas tranquille tant que ce visiteur d'une lointaine mythologie ne veille pas sur ses cauchemars. Sous le dieu gisent quelques petits jouets de pacotille, une poupée de Celluloïd, un marin, sur lesquels je n'ai jamais eu le courage de l'interroger. C'est pour cette idole que ses plus merveilleux dialogues sont composés. Elle dit qu'elle peut lui parler dans son sommeil, et ce masque tutélaire a fini par représenter ce qu'elle appelle son Noble Moi — ajoutant tristement, avec un sourire sans conviction : « Il existe, tu sais. »

Les pages d'Arnauti hantent mon esprit quand je la regarde et que je lui parle. « Un visage affamé par la lumière intérieure de ses erreurs. La nuit, quand je suis endormi depuis longtemps, elle réfléchit encore à telle ou telle chose que j'ai pu dire sur notre amour. Toujours, quand je me réveille, je la trouve agitée par quelque problème, préoccupée, assise nue devant le miroir, fumant une cigarette et tapotant de son pied nu sur le riche tapis persan. » Il est étrange que je voie toujours Justine dans le contexte de cette chambre qu'elle ne pouvait pas avoir connue avant que Nessim la lui donne. C'est toujours là que je la vois se livrer à ces terribles intimités dont il parle dans son livre. « Il n'y a pas de souffrance plus atroce que celle d'aimer une femme qui vous donne son corps et qui pourtant est incapable de livrer son être véritable — parce qu'elle ne sait pas où le trouver. » Combien de fois, allongé auprès d'elle, ai-je débattu ces remarques qui peuvent passer inaperçues aux yeux du lecteur ordinaire dans le flux et le reflux d'idées qui parcourt *Mœurs*.

Elle ne glisse pas des baisers au sommeil — une porte dans un jardin particulier — comme le fait Melissa. Dans la lumière chaude et cuivrée sa peau paraît encore plus pâle, tandis que de savoureuses fleurs rouges montent à ses joues, s'y épanouissent, absorbent la lumière et la gardent toute. Elle relèvera sa robe pour défaire ses bas et vous montrera la cicatrice brune logée entre les deux marques jumelles de la jarretelle. Je ne puis décrire ce que je ressens à la vue de cette blessure — comme un personnage qui ne fait pas partie du livre — et au souvenir de sa terrible origine. Dans le miroir la tête brune, plus jeune et plus gracieuse que l'original qu'elle remplace maintenant, restitue l'image enfuie d'une Justine jeune — telles les empreintes de fougères fossiles dans une roche calcaire : la jeunesse qu'elle croit avoir perdue.

Je ne peux pas croire qu'elle ait existé aussi totalement dans une autre chambre; que l'idole ait pu être suspendue ailleurs, dans un cadre différent. Je la vois toujours gravissant l'interminable escalier, traversant la galerie avec ses *putti* [1] et ses fougères, puis ouvrant la porte basse et pénétrant dans cette chambre la plus privée qui soit. Fatma, la domestique noire, une Éthiopienne, la suit. Invariablement Justine se laisse choir sur le lit et tend ses mains couvertes de bagues ; comme une somnambule, la négresse les fait glisser le long de ses doigts et les dépose dans une petite cassette sur la coiffeuse. Le soir où Pursewarden et moi dînâmes seuls avec elle, elle nous invita ensuite dans la grande maison et, après avoir inspecté les grands salons froids et solennels, Justine se retourna brusquement et nous fit monter en haut en quête d'une ambiance qui déciderait mon ami, qu'elle admirait et craignait beaucoup, à se détendre.

Pursewarden s'était montré bourru toute la soirée, comme cela lui arrive souvent, et il n'avait paru s'intéresser qu'à son verre. Le petit rituel avec Fatma parut libérer Justine de toute contrainte ; elle pouvait être enfin naturelle, se mouvoir de « cette démarche inégale et insolente, maudire sa robe qui s'était prise dans la porte du buffet », ou s'arrêter devant le miroir en forme de pique pour se tirer la langue. Elle nous parla du masque, ajoutant avec tristesse : « Cela fait vulgaire et un peu théâtral, je sais. Je me tourne contre le mur et je lui parle. Je me pardonne mes offenses comme je pardonne à ceux qui m'ont offensée. Parfois je divague et je me frappe contre le mur au souvenir de folies qui peuvent paraître insignifiantes aux autres ou à Dieu — s'il y a un Dieu. Je parle à la personne que j'ai toujours imaginée vivant dans un endroit paisible et verdoyant comme le psaume 23 [2]. » Puis,

---

1. Au singulier *putto* — jeune garçon nu représentant l'Amour, dans la peinture italienne.
2. « Le Bon Pasteur » : « Yahvé est mon berger, rien ne me manque. Sur des prés d'herbe fraîche, il me fait reposer... »

venant poser sa tête sur mon épaule et m'entourant de ses bras : « C'est pour cela que je te demande si souvent d'être un petit peu tendre avec moi. C'est ici que la maison a craqué on dirait. J'ai besoin de petits coups et de petites caresses comme tu en donnes à Melissa; je sais que c'est elle que tu aimes. Qui pourrait m'aimer? »

Pursewarden n'était pas, je pense, inaccessible au naturel et au charme des accents qu'elle avait pour dire cela, car il alla contempler son rayon de livres dans le coin de la chambre. La vue de ses romans le fit d'abord pâlir, puis rougir, encore que je ne puisse dire si c'était de confusion ou de colère. Se retournant, il fut sur le point de dire quelque chose, puis changea d'avis. Il se retourna de nouveau d'un air coupable et chagriné pour examiner plus à fond le terrible rayon. Justine dit :

— Si vous ne preniez pas cela pour une impertinence, je serais heureuse que vous m'en dédicaciez un.

Mais il ne répondit pas. Il resta immobile, regardant le rayon, son verre à la main. Puis, brusquement, il fit demi-tour, et je m'aperçus alors qu'il était complètement ivre; il dit d'une voix claironnante et féroce :

— Le roman moderne! Le *grumus merdae* que laissent derrière eux des criminels sur le théâtre de leurs méfaits.

Et, se laissant tranquillement tomber sur le tapis, en prenant bien soin de ne pas renverser son verre et de le déposer à côté de lui, il sombra immédiatement dans un magistral sommeil.

Le long colloque qui suivit eut lieu au-dessus de ce corps prostré. Je croyais qu'il dormait, en fait il devait être éveillé car par la suite il reproduisit presque toute la conversation de Justine dans une cruelle nouvelle satirique qui, je ne sais pourquoi, amusa Justine, alors qu'elle me fit beaucoup de peine. Il décrivait ses yeux noirs brillants de toutes les larmes qu'elle n'avait pas versées, comme elle disait (assise devant le miroir, le peigne labourant ses cheveux en crépitant et grésillant comme sa voix) : « La première fois que j'ai rencontré Nessim et que j'ai su que je tombais amoureuse de lui, j'ai essayé de nous sauver tous les deux. J'ai délibérément pris un amant — une sombre brute de Suédois — espérant ainsi le blesser et le détacher de son sentiment pour moi. La femme du Suédois l'avait quitté et je lui dis (tout plutôt que de l'entendre pleurnicher) : "Dites-moi comment elle se comporte et je l'imiterai. Dans le noir, nous sommes tous faits de la même viande, même si nos cheveux se tortillent et si notre peau sent mauvais. Dites-moi, et je vous ferai un sourire de noces et je tomberai dans vos bras comme une montagne de soie." Et je pensais sans arrêt : Nessim. Nessim. »

Je me rappelle aussi, dans ce même contexte, une remarque de Pursewarden qui résumait son attitude envers nos amis. « Alexandrie ! dit-il (c'était au cours d'une de ces longues promenades au clair de lune), ces Juifs avec leur mysticisme de cafétéria ! Comment peut-on mettre cela dans des mots ? Un endroit et des gens ? » Peut-être songeait-il déjà à sa cruelle nouvelle et cherchait-il à mieux nous saisir. « Justine et sa ville se ressemblent en cela qu'elles ont toutes deux une forte saveur sans avoir aucun caractère réel. »

Je me rappelle maintenant ce dernier printemps (le dernier) où nous marchions tous les deux sous la pleine lune, accablés par l'air étourdissant de la ville, les tranquilles ablutions d'eau et le clair de lune qui la polissait comme une grande cassette. Une démence aérienne parmi les arbres déserts des places obscures, et les longues routes poussiéreuses qui menaient d'un minuit à l'autre, d'un bleu plus pur que l'oxygène. Les visages rencontrés devenaient semblables à des pierres précieuses, des visages d'extase : le boulanger à son pétrin préparant la vie du lendemain, l'amant qui se hâtait vers son logis, pris dans le casque d'argent de la panique, les affiches de cinéma à qui la lune donnait une splendeur blême, la lune qui semblait glisser sur les nerfs comme un archet...

Nous tournons l'angle d'une rue : le monde devient un réseau d'artères éclaboussées d'argent et frangées d'ombres. Pas une âme en ce bout du monde de Kom El Dick, à part la silhouette obsédante d'un policier, errant comme un désir honteux dans l'esprit de la ville. Nos pas battent régulièrement comme un métronome sur les trottoirs déserts : deux hommes marchent dans le temps de leur ville, loin de tout, comme s'ils arpentaient les lugubres canaux de la lune. Pursewarden parle du livre qu'il a toujours envie d'écrire et des difficultés qui assaillent un citadin lorsqu'il affronte une œuvre d'art.

— Si vous vous voyez comme une ville endormie, par exemple... hein ? Vous pouvez rester tranquillement assis et regarder les choses se dérouler d'elles-mêmes : volition, désir, volonté, perception, passion, volition de nouveau. Comme une scolopendre sur le dos, agitant vainement ses innombrables pattes, incapable de se redresser. On s'épuise à circumnaviguer sur ces immenses champs d'expérience. Nous ne sommes jamais libres, nous qui faisons métier d'écrire. Je pourrais expliquer cela bien mieux s'il faisait jour. J'aspire à être musical de corps et d'esprit. Non pas ces petits jets mentaux qui sortent de l'esprit comme des bandes de téléscripteur. C'est le mal du siècle, n'est-ce pas ? Cela explique les énormes vagues d'occultisme qui déferlent autour de nous. La Cabale maintenant, et Balthazar. Il ne comprendra jamais que c'est avec Dieu que nous devons être le plus prudents ; car c'est Lui qui crée un attrait si puissant pour tout ce qu'il y a de plus *bas* dans la nature humaine — le sentiment de notre insuffisance, notre peur de l'inconnu, nos petits échecs personnels; et surtout notre monstrueux égoïsme qui voit dans la couronne du martyre le prix d'une performance athlétique difficile à réaliser. La véritable et subtile nature de Dieu n'admet pas les distinctions : un verre d'eau de source, inodore, sans saveur, un pur rafraîchissement; et certes cela ne peut attirer qu'un petit, très petit nombre de vrais contemplatifs. Pour ce qui est de la masse, il est déjà inclus dans cette partie de leur nature qu'ils désirent le moins admettre ou examiner. Je ne crois pas qu'il puisse exister aucun système qui ne dénature l'idée essentielle. Aussi, toutes ces tentatives pour circonscrire Dieu dans des mots ou des idées... Il n'est rien qui puisse tout expliquer, encore que tout puisse éclairer quelque chose. Dieu, je dois être soûl. Si Dieu était quelque chose il serait un art. La sculpture ou la médecine. Le considérable accroissement des connaissances aujourd'hui, le développement de nouvelles sciences font que nous sommes presque dans l'impossibilité d'assimiler et d'utiliser les essences nécessaires à notre vie.

« En tenant une bougie dans votre main, vous pouvez projeter l'ombre de votre rétine sur le mur. Ce n'est pas assez silencieux. Ce n'est jamais complètement immobile ici : jamais assez tranquille pour nourrir le trismégiste [1]. Toute la nuit vous entendez la course précipitée du sang dans les artères cérébrales. Les lombes de la pensée. Et voilà que vous remontez la chaîne des actions historiques, cause et effet. Jamais de repos, vous êtes

---

1. Trois fois très grand — surnom donné par les Grecs au dieu Thôt des Égyptiens, inventeur des arts — dont ils firent Hermès Trismégiste, ancien roi ou sage d'Égypte, fondateur de la doctrine alchimiste, déposée dans les écrits hermétiques.

incapable de vous arrêter et de vous mettre à interroger l'avenir dans une boule de cristal. Vous partez à l'assaut du corps physique, en vous introduisant doucement entre les muscles. Vous examinez l'allumage des boyaux dans l'abdomen, le pancréas, le foie bouché comme un siphon d'évier, la poche d'urine, la ceinture rouge et débouclée des intestins, le doux corridor orné de l'œsophage, la glotte et son mucilage plus doux que la poche d'un kangourou. Qu'est-ce que je veux dire ? Vous recherchez une combinaison qui coordonne le tout, une syntaxe de la Volonté qui stabiliserait tout et expulserait la tragédie. Une sueur glacée perle à votre visage, vous êtes pris de panique quand vous sentez les douces contractions et décontractions des viscères en plein travail, insouciants de l'homme qui les observe et qui est vous-même. Toute une cité de processus, une usine à excréments, seigneur, un sacrifice quotidien. Une offrande à la cuvette pour chaque offrande à l'autel. Où se rencontrent-elles ? Où est la correspondance ? Dehors, dans la nuit, près du pont de chemin de fer, une femme attend son amoureux avec le même grouillement dans son corps et son sang ; le vin s'écoule dans les conduits, le pylore dégorge comme un tuyau, l'incommensurable univers bactériologique se multiplie dans chaque goûte de semence, de salive, de crachat, de mucus. Il prend une colonne vertébrale dans ses bras, les conduits charrient leur ammoniaque, les méninges exsudent leur pollen, la cornée luit dans son petit creuset...

Et il se met à rire de son rire enfantin qui détonne, renversant la tête jusqu'à ce que la lune brille sur ses dents d'une blancheur immaculée, sous la triste petite moustache blonde.

C'est au cours d'une de ces nuits que nos pas nous conduisirent à la porte de Balthazar et, voyant de la lumière, nous frappâmes. Cette même nuit, sur un vieux phonographe à cornet (avec une émotion si intense que c'en était presque de l'horreur) j'entendis l'enregistrement réalisé par quelque amateur du vieux poète, récitant le morceau qui commence par ces vers :

Voix idéales et chères
De ceux qui sont morts ou de ceux qui sont
Pour nous perdus, pareils aux morts;
Parfois elles parlent dans nos rêves
Et parfois dans nos pensées notre esprit les
[entend [1].

Ces souvenirs fugitifs n'expliquent rien, n'éclairent rien; pourtant ils reviennent et reviennent sans cesse quand je pense à mes amis, comme si les moindres particularités de nos habitudes s'étaient imprégnées de ce qu'ils ressentaient alors, des rôles que nous jouions. Le crissement des pneus dans les vagues du désert sous un ciel bleu prisonnier de l'hiver; un effrayant bombardement lunaire qui changeait la mer en une nappe de phosphore — corps brillants comme des boîtes de ferblanc, comme des éclats d'ampoules électriques; nous marchons vers la dernière langue de sable près de Montaza, nous nous glissons sous les ténèbres glauques des jardins du Roi, à la barbe de la sentinelle assoupie, là où la force de la mer était brusquement paralysée et où les vagues venaient mourir en clopinant sur le sable. Ou bien nous nous donnons le bras et traversons la longue galerie déjà assombrie par un brouillard jaunâtre inhabituel. Sa main est froide et elle l'a glissée dans ma poche. Aujourd'hui, comme elle n'éprouve pas la moindre émotion, elle me dit qu'elle m'aime, chose qu'elle avait toujours refusé de me dire auparavant. Soudain la pluie frappe et chuinte sur les longues fenêtres. Ses yeux noirs sont froids et amusés. Un

1. Deux premières strophes du poème de Cavafy « Voix ».

centre de noirceur, et les choses tremblent et changent de forme autour de lui.

— Nessim me fait peur en ce moment. Il a changé.

Nous nous arrêtons devant les peintures chinoises du Louvre.

— Le sens de l'espace, dit-elle avec dégoût.

Il n'y a plus ni formes, ni pigment, ni lentilles, plus rien qu'un trou béant par où l'infini s'écoule lentement dans la pièce : un golfe bleu là où il y avait le corps d'un tigre, et qui se vide dans l'atmosphère lourde et sévère des ateliers. Un peu plus tard nous gravissons l'escalier sombre et nous allons voir Sveva, nous mettons un disque sur le phonographe et nous dansons. Le petit modèle dit qu'elle a le cœur brisé parce que Pombal l'a abandonnée après un « tourbillon d'amour » qui a duré presque un mois.

Mon ami lui-même est tout étonné d'avoir pu s'attacher à une femme pendant si longtemps. Il s'est coupé en se rasant et son visage est grotesque avec ce pansement rose qui a momentanément remplacé sa moustache.

— C'est une ville aberrante, répète-t-il d'un air furieux. J'ai bien failli l'épouser. C'est invraisemblable. Heureusement que le voile s'est levé au bon moment. Je la regardais à ce moment-là ; elle était nue devant son miroir. Et tout à coup j'ai été dégoûté, tout en reconnaissant objectivement une sorte de dignité Renaissance dans les seins tombants, la peau cireuse, le ventre affaissé et les petites pattes de paysanne. Je me suis levé de mon lit d'un bond et je me suis dit : « Bon Dieu ! C'est un éléphant qui a besoin d'un bon coup de badigeon ! »

Maintenant Sveva renifle doucement dans son mouchoir en racontant les extravagantes promesses que lui a faites Pombal, et qui ne seront jamais tenues.

— Ce fut un curieux et dangereux attachement pour un homme qui ne prend pas les choses au sérieux (j'entends la voix de Pombal expliquant la chose). On aurait dit que sa charité froide et assassine avait dévoré tous mes centres moteurs, paralysé mon système nerveux. Dieu merci, me voilà de nouveau libre de me concentrer sur mon travail.

Il a des ennuis au bureau. Des rumeurs sur ses habitudes et ses opinions ont commencé à revenir aux oreilles du consul. Allongé sur son lit, il fait des plans de campagne pour s'amender et obtenir un poste qui lui donne les coudées plus franches.

— J'ai décidé d'avoir ma croix. Je vais m'arranger pour donner quelques soirées. Et je compte sur vous : j'aurai besoin au début de quelques personnes modestes pour que mon patron ait l'impression qu'il peut me pousser dans le monde. Naturellement il est tout ce qu'il y a de plus parvenu ; il est arrivé grâce à la fortune de sa femme et pas mal de lèche. Le pis c'est qu'il a un complexe d'infériorité par rapport à ma naissance et ma famille. Il n'a pas encore décidé s'il allait me saquer ou non ; mais il a déjà tâté le Quai d'Orsay pour savoir si j'ai la cote là-bas. Évidemment, depuis que mon oncle est mort et que mon parrain l'évêque a trempé dans le grand scandale des bordels de Reims, je n'ai plus les reins aussi solides. Il faudra que je donne à ce vieux con l'impression qu'il me protège, l'impression que j'ai besoin d'être encouragé et soutenu. Pouah ! Pour commencer, une soirée un peu minable avec une seule célébrité. Oh ! pourquoi suis-je entré dans la carrière ? Pourquoi n'ai-je pas une petite fortune personnelle ?

J'entendais tout cela à travers les larmes artificielles de Sveva, puis, nous donnant toujours le bras, nous redescendîmes l'escalier plein de courants d'air, et je ne pensais ni à Sveva ni à Pombal mais au passage où Arnauti dit de Justine : « Comme les femmes qui pensent par préceptes biologiques et sans l'appui de la raison. Quelle erreur fatale de se donner à des femmes ainsi faites ; tout ce qu'on entend c'est un petit bruit de mastication, comme un chat lorsqu'il broie l'échine d'une souris. »

Les trottoirs luisent après la pluie et les pavés sont gras ; l'air est poisseux d'une humidité ardemment désirée par les arbres des jardins publics, les statues et autres apparitions. Justine a viré de bord et marche lentement dans sa splendide robe de soie et sa cape à bordure sombre. Elle penche la tête. Elle s'arrête devant la vitrine illuminée d'un magasin et me prend par le bras pour que je me tourne vers elle. Elle me regarde dans les yeux : « Je crois que je vais partir, dit-elle d'une voix tranquille et énigmatique. Je ne sais pas ce qui arrive à Nessim, mais il y a quelque chose qui ne va pas. » Et soudain les larmes lui montent aux yeux et elle dit : « Pour la première fois j'ai peur, et je ne sais pas pourquoi. »

TROISIÈME PARTIE

Au cours de ce second printemps le khamsin [1] fut le plus terrible de tous ceux que j'aie jamais connus. Avant le coucher du soleil le ciel du désert devenait marron, puis lentement s'obscurcissait, enflait comme une joue meurtrie et faisait éclater les contours des nuages, géantes octaves d'ocre qui s'amassaient sur le Delta comme des pluies de cendres sous un volcan. La ville s'est repliée sur elle-même, comme à l'approche d'une tempête. Quelques bouffées d'air et une pluie aigrelette sont les avant-coureurs de l'obscurité qui efface la lumière dans le ciel. Et maintenant, impalpable, invisible dans l'obscurité des chambres aux volets clos, le sable envahit tout, apparaît comme par magie sur les vêtements serrés depuis longtemps dans les armoires, s'insinue entre les pages des livres, se dépose sur les tableaux et sur les cuillers. Dans les serrures et sous les ongles. L'air sanglote, vibre, dessèche les muqueuses et injecte les yeux de sang. Des nuages de sang séché parcourent les rues comme des prophéties; le sable s'enfonce dans la mer comme de la poudre dans les boucles d'une vieille perruque sale. Les stylos sont bouchés, les

1. Ou chamsin, vent du désert brûlant et chargé de sable, qui souffle sur l'Égypte pendant de longues périodes.

lèvres se crevassent et les lattes des persiennes se recouvrent d'une fine pellicule blanche comme de la neige fraîche. Les felouques lugubres qui passent sur le canal sont habitées par des goules, la tête enveloppée de chiffons. De temps en temps un coup de vent claque comme un fouet, fond à la verticale, fait tournoyer toute la ville, et l'on a l'impression que les arbres, les minarets, les monuments et les gens sont emportés dans l'ultime tourbillon de quelque tornade géante, emportés dans les sables du désert d'où ils étaient sortis, retournant à l'immense néant sculpté des plaines infinies des dunes...

Je ne puis nier qu'à ce moment nous étions tous deux la proie d'un épuisement de l'esprit qui nous désespérait, nous rendait inquiets, avides de découverte. La culpabilité se hâte toujours vers son double complémentaire, le châtiment : c'est là seulement qu'elle trouve l'apaisement. Un désir secret d'expiation dictait la folie de Justine qui était plus grande que la mienne ; ou peut-être sentions-nous obscurément que, enchaînés comme nous l'étions l'un à l'autre, seul un bouleversement profond, une catastrophe, pourrait nous rendre à nous-mêmes. Chaque jour apportait son lot de présages et d'avertissements dont notre anxiété s'emparait et se nourrissait avidement.

Hamid le borgne me dit un jour qu'un mystérieux visiteur lui avait dit de veiller soigneusement sur son maître, menacé d'un grand danger de la part d'un personnage haut placé. D'après la description qu'il m'en fit cela pouvait être Selim, le secrétaire de Nessim ; mais ce pouvait être aussi bien n'importe lequel des cinquante mille habitants de la province. L'attitude de Nessim à mon égard avait changé et s'était transformée en une sorte de gentillesse et de sollicitude écœurantes. Il s'était départi de sa réserve première. Quand il me parlait, il employait des termes d'une grande familiarité et souvent il posait affectueusement sa main sur mon bras. Parfois il se mettait à rougir, ou bien des larmes brillaient tout à coup dans ses yeux et il détournait alors la tête pour me les cacher. Justine observait tout cela avec une inquiétude qui faisait peine à voir. L'humiliation que nous éprouvions et les reproches que nous nous faisions chacun de notre côté d'être la cause de son chagrin ne faisaient que nous rapprocher davantage, comme des complices. Périodiquement elle parlait de s'en aller. Mais ni l'un ni l'autre n'avions la force de bouger. Nous étions contraints d'attendre l'issue de tout cela avec un sentiment de fatalité et de lassitude vraiment effrayant.

Malgré ces avertissements, nos folies ne faisaient que se multiplier. Nous étions terriblement imprudents, et tous nos actes étaient marqués par une effroyable insouciance. Nous n'espérions même pas nous soustraire à ce que le destin pouvait nous tenir en réserve (et je réalise maintenant à quel point j'avais perdu tout ressort). La seule chose qui nous inquiétait était la perspective de ne pas partager le même châtiment, d'être séparés dans l'expiation! Et je me rends compte que dans cette soif du martyre notre amour se montrait sous son jour le plus vide, le plus pauvre.

— Comme cela doit te paraître répugnant, me dit un jour Justine, ce mélange obscène d'idées contradictoires qui m'habitent; cette maladive inquiétude de Dieu et mon incapacité totale à obéir aux plus faibles injonctions morales de ma nature, comme d'être fidèle à l'homme que j'adore. Je tremble pour moi-même, mon chéri, je tremble. Si seulement je pouvais échapper à la Juive ennuyeuse et hystérique... Si seulement je pouvais m'arracher cette vieille peau.

Durant ces mois, tandis que Melissa était partie faire une cure en Palestine (j'avais emprunté l'argent à Justine), nous connûmes plusieurs chaudes alertes. Par exemple, un jour que nous bavardions, Justine et moi, dans la grande chambre à coucher de la maison. Nous revenions de nous baigner et nous avions pris une douche froide pour ôter le sel de notre peau. Justine s'était assise sur le lit, nue sous la serviette dont elle s'était drapée. Nessim était parti au Caire où il était censé faire une émission à la radio au profit de je ne sais quelle œuvre de charité. Sous la fenêtre les arbres agitaient leur feuillage poussiéreux dans l'air humide de l'été, et nous percevions le lointain bourdonnement de la circulation dans la rue Fouad.

La voix de Nessim nous parvint par le petit poste de radio noir près du lit, et c'était la voix d'un homme prématurément vieilli que le haut-parleur nous diffusait. Les phrases creuses éclataient dans le silence et bientôt l'air de la chambre parut saturé de lieux communs. Mais la voix était belle; c'était la voix d'un homme qui s'était délibérément dépouillé de tout sentiment. Dans le dos de Justine la porte de la salle de bains était ouverte. Et au fond de celle-ci, au milieu d'un panneau d'une blancheur de clinique, une autre porte débouchait sur une échelle d'incendie — la maison était bâtie autour d'un puits central en sorte que ses salles de bains et ses cuisines étaient reliées par un réseau d'échelles de fer comme on en voit autour de la chambre des machines d'un navire. Soudain, alors que la voix parlait toujours et que nous l'écoutions, nous entendîmes un léger bruit de pas sur les marches de fer à l'extérieur de la salle de bains; un pas qui ne pouvait être que celui de Nessim — ou de l'un des cinquante mille habitants de la province. Regardant par-dessus l'épaule de Justine je vis apparaître derrière la vitre dépolie la tête et les épaules d'un homme grand et mince, portant un chapeau de feutre mou rabattu sur les yeux. Il apparut comme on voit apparaître une photographie dans le bac du photographe. La silhouette s'arrêta, la main tendue vers le bouton de la porte. Justine, suivant la direction de mon regard, tourna la tête. Elle mit son bras nu sur mon épaule et nous demeurâmes ainsi, envahis par un calme intérieur extraordinaire, un état d'excitation sexuelle fébrile et impuissante, regardant tous deux la silhouette noire qui se tenait là, entre deux mondes, se profilant comme sur l'écran d'un appareil de radioscopie. Il nous aurait trouvés absurdement figés, comme si nous avions posé devant le photographe, avec une expression non de peur, mais d'innocence et de soulagement.

La silhouette demeura immobile un bon moment, comme si elle réfléchissait intensément, écoutant peut-être. Puis elle hocha la tête, lentement, s'écarta d'un air perplexe et fondit graduellement sur la vitre. Quand elle se retourna j'eus l'impression qu'elle glissait quelque chose dans la poche droite de sa veste. Nous entendîmes les pas diminuer lentement, comme une triste gamme descendante, sur les degrés de fer jusqu'au fond du puits d'aération. Nous ne prononçâmes pas un mot mais nous nous retournâmes et considérâmes avec attention le petit poste noir d'où la voix de Nessim s'échappait toujours en un flot ininterrompu de gentillesses et de courtoisie. Il semblait impossible qu'il fût en deux endroits à la fois. Ce n'est que lorsque le speaker nous informa que la causerie avait été enregistrée que nous comprîmes. Pourquoi n'avait-il donc pas ouvert la porte ?

La vérité est qu'il avait été saisi par la vertigineuse incertitude qui, chez les natures pacifiques, suit la décision d'agir. Quelque chose s'était accumulé en lui, grain après grain, jusqu'à ce que son poids devînt intolérable. Il avait conscience du profond changement qui s'était opéré dans sa nature et qui avait fini par secouer la longue et impuissante torpeur d'amour qui avait jusque-là commandé ses actes. L'idée d'agir tout à coup d'une manière précise, avec ses conséquences inéluctablement bonnes ou mauvaises, s'était présentée à lui sous un jour de nouveauté excitante. Il se sentait (il me le dit plus tard) comme un joueur qui va engager tout ce qui lui reste d'une fortune perdue sur un seul coup désespéré. Quelle forme cela prendrait-il? Une foule de possibilités plus folles les unes que les autres s'étaient présentées à lui.

Deux courants majeurs — imaginons-le — avaient atteint leur confluent dans ce désir d'agir; d'une part le dossier que ses agents avaient réuni sur Justine avait atteint de telles proportions qu'il ne pouvait plus l'ignorer; d'autre part il était hanté par cette idée effrayante et toute nouvelle qui, pour je ne sais quelle raison, ne l'avait jamais effleuré auparavant, à savoir que Justine était enfin réellement amoureuse. Toute sa personnalité semblait changée; pour la première fois elle était devenue réfléchie, pensive et pleine des échos d'une douceur qu'une femme peut toujours se permettre d'accorder à l'homme qu'elle n'aime pas. Voyez-vous, lui aussi avait exploré les pages d'Arnauti.

« Au début je crus qu'il fallait la laisser se débattre dans sa jungle intérieure pour lui permettre de venir jusqu'à moi. Toutes les fois que j'étais torturé à l'idée de son infidélité je me ressaisissais en me disant qu'elle n'était pas femme à rechercher le plaisir pour lui-même, qu'au contraire elle recherchait la souffrance pour se trouver elle-même — et me trouver aussi. Je croyais que s'il se trouvait un homme capable de la libérer d'elle-même elle deviendrait alors accessible à tous les hommes, et à moi qui désirais plus que tout autre la posséder. Mais quand je commençai à la voir fondre comme un glacier au soleil, l'horrible pensée me vint que celui qui parviendrait à débloquer le frein devrait la garder toujours, car la paix qu'il lui aurait donnée était précisément celle qu'elle pourchassait si frénétiquement à travers nos corps et les hasards de notre vie. Pour la première fois la jalousie, décuplée par la peur, eut raison de moi. »

Il m'a toujours paru fantastique que, même alors, il soupçonnât tout le monde sauf le seul à qui Justine s'intéressait à ce moment-là : moi-même. En dépit du nombre écrasant d'évidences l'idée ne lui venait pas de me soupçonner. Ce n'est pas l'amour qui est aveugle, mais bien la jalousie. Il mit très longtemps à accorder la moindre créance à l'énorme documentation que ses agents avaient réunie sur nous, nos rendez-vous, tous nos gestes. Maintenant les faits s'imposaient avec une telle évidence qu'aucun risque d'erreur n'était plus possible. Le problème était de savoir comment se débarrasser de moi. « Je ne veux pas dire dans la chair seulement : vous n'étiez qu'une image qui s'interposait entre moi et ma lumière. Parfois je vous imaginais mort, ou bien parti très loin. Je ne savais pas. C'était cette incertitude même qui était enivrante. »

Conjointement à ces préoccupations, il y avait ces problèmes posthumes qu'Arnauti avait été incapable de résoudre et que Nessim avait étudiés pendant des années avec une curiosité tout orientale. Il était maintenant tout près de l'homme au bandeau noir, plus près qu'aucun de nous ne l'avait jamais été. C'était encore une évidence dont il ne pouvait décider quel parti tirer. Si Justine était réellement en train de se détacher de lui, à quoi bon se venger sur la personne de l'être mystérieux ? D'un autre côté, si j'allais prendre la place laissée vacante par l'image ?...

Je demandai à Selim à brûle-pourpoint si c'était lui qui était venu chez moi pour avertir Hamid. Il ne répondit pas mais il baissa la tête et murmura :

— Mon maître n'est pas dans son état normal en ce moment.

Entre-temps mes affaires avaient pris un tour absurde et inattendu. Une nuit j'entendis heurter violemment à ma porte ; j'allai ouvrir et me trouvai en présence d'un élégant officier de l'armée égyptienne, bottes étincelantes, tarbouche impeccable, tenant sous son bras un impressionnant chasse-mouches à manche d'ivoire. Youssouf Bey s'exprimait en un anglais presque parfait, laissant tomber négligemment les mots de ses lèvres qui découvraient des dents minuscules et d'une blancheur de perle. Il avait l'air solennel et caressant d'une pastèque diplômée de Cambridge. Hamid lui offrit le traditionnel café et une liqueur forte, et bientôt il se décida à m'annoncer qu'un ami très haut placé désirait beaucoup me voir. Je songeai aussitôt à Nessim ; mais cet ami, m'assura la pastèque, était un Anglais, un fonctionnaire. Sa mission était confidentielle. Accepterais-je de le suivre et de rendre visite à mon ami ?

J'étais quelque peu inquiet. Alexandrie, si paisible en apparence, n'était pas un endroit sûr pour les chrétiens. La semaine précédente encore, Pombal avait conté la tragique aventure du vice-consul de Suède dont la voiture avait eu une panne sur la route de Matrugh. Laissant sa femme seule dans la voiture il était parti téléphoner au plus proche village pour demander au consulat qu'on lui envoie une autre voiture. En revenant il avait trouvé sa femme assise à la place où il l'avait laissée... décapitée. La police fut alertée et toute la région passée au peigne fin. Quelques Bédouins qui campaient dans les parages furent tout particulièrement interrogés. Tandis qu'ils protestaient de leur innocence et affirmaient ne rien savoir de l'accident, une des femmes laissa glisser un des coins de son tablier, d'où la tête disparue s'échappa et roula à terre. Ils avaient essayé d'extraire les dents en or qui déparaient si fort le sourire de commande de la dame. Ce genre d'incidents n'était malheureusement pas assez rare pour que l'on ait le courage de s'aventurer la nuit dans certains quartiers louches de la ville, et ce ne fut pas de gaieté de cœur que je suivis le soldat dans une voiture militaire au volant de laquelle était assis un soldat en uniforme, et que je vis que nous prenions le chemin des quartiers les plus mal famés de la ville. Je savais qu'il était inutile de poser plus de questions, et je ne tenais pas à trahir l'inquiétude que j'éprouvais. Je capitulai donc, allumai une cigarette et regardai défiler le long ruban de la Corniche qui se refermait dans le noir sur notre passage.

La voiture s'arrêta, et le soldat me conduisit à pied à travers un dédale de ruelles et de corridors dans le voisinage de la rue des Sœurs. Si cette promenade avait pour objet de m'égarer, elle y réussit presque tout de suite. Il marchait d'un pas assuré, en chantonnant à voix basse. Finalement nous débouchâmes dans une rue de faubourg bordée de boutiques et nous nous arrêtâmes devant une grande porte sculptée qu'il poussa après avoir tiré une sonnette. Une cour avec un palmier rabougri, traversée par un sentier jalonné par un couple de lanternes sourdes posées à même le gravier. Nous gravîmes un escalier au sommet duquel brillait une ampoule électrique suspendue au-dessus d'une grande porte blanche. Il frappa, entra et salua presque simultanément. Je le suivis dans une grande pièce assez confortable et bien éclairée dont le plancher bien ciré était recouvert d'un magnifique tapis d'Arabie. Dans un coin, sur un bureau richement incrusté, l'air d'un homme à cheval sur un sou, était assis Scobie, l'air grave et pénétré d'importance. Il m'accueillit avec un sourire qui ne parvint pas tout à fait à effacer son digne froncement de sourcils.

— Seigneur! m'écriai-je.

Le vieux pirate gloussa d'un air très distingué :

— Enfin, cher ami, enfin !

Toutefois il ne se leva pas, mais s'assit sur son inconfortable siège à haut dossier, le tarbouche sur la tête, le chasse-mouches sur les genoux, l'air assez impressionnant. Je remarquai la présence d'une étoile supplémentaire sur son épaule, preuve de Dieu sait quel surcroît de prestige et de puissance.

— Asseyez-vous, cher ami, me dit-il en faisant un geste gauche de la main.

Le soldat fut congédié et tourna les talons en grimaçant. J'avais l'impression que Scobie ne se sentait pas très à l'aise dans ce décor opulent. On aurait dit qu'il était sur la défensive.

— Je leur ai demandé de mettre la main sur vous, me dit-il en baissant le ton d'un air théâtral, pour une raison très spéciale.

Il y avait une pile de dossiers verts sur son bureau et un chauffe-théière l'air curieusement privé d'âme. Je m'assis.

Il se leva vivement et ouvrit la porte. Personne. Il ouvrit la fenêtre : personne ne se tenait sur le rebord. Il plaça le chauffe-théière à côté du téléphone et se rassit. Alors, se penchant en avant et parlant avec précaution, il roula vers moi son œil de verre d'un air de conspirateur et dit :

— Pas un mot à personne, mon ami. Jurez-moi que vous ne direz pas un mot.

Je jurai.

— *On m'a nommé chef du Service secret.*

Les mots sifflaient entre ses dents. Je hochai la tête de stupéfaction. Il poussa un profond soupir comme s'il avait été soulagé d'un grand poids et poursuivit :

— Mon cher, il va y avoir la guerre. Informations secrètes. Il pointa son long index contre sa tempe. Il va y avoir la guerre. L'ennemi travaille jour et nuit, vous savez, il est là, parmi nous.

Il n'y avait rien à répondre à cela. Je ne pouvais que m'émerveiller de ce nouveau Scobie qui semblait sorti tout à coup d'un mauvais magazine.

— Vous pouvez nous aider à les démasquer, poursuivit-il d'un ton péremptoire. Nous avons besoin de vous, il faut vous joindre à nous.

Cela sonnait déjà mieux. Je demandai des détails.

— L'organisation la plus dangereuse est ici, à Alexandrie, lança le vieillard d'un air de triomphe, et vous êtes au centre. Tous des amis à vous.

Devant les sourcils froncés et l'œil de verre qui tressautait d'excitation, la vision de Nessim s'interposa tout à coup, en un bref éclair d'intuition ; je le voyais assis derrière son immense bureau, dans la pièce aux meubles tubulaires et glacés, regardant sonner le téléphone tandis que des gouttes de sueur perlaient à son front. Il attendait un message concernant Justine — un nouveau coup de poignard. Scobie hocha la tête.

— Ce n'est pas tellement lui, dit-il. Il en fait partie, naturellement. Le chef s'appelle Balthazar. Regardez ce que la censure a trouvé.

Il tira une carte d'un de ses dossiers et me la tendit. Balthazar a une très belle écriture, et ceci était manifestement de sa main ; mais je ne pus m'empêcher de sourire en voyant qu'il ne s'agissait que d'un petit message en *boustrophédon,* une grille dont les cases étaient remplies de lettres grecques.

— Et il a l'aplomb de les envoyer par la poste.

J'examinai le diagramme et j'essayai de me rappeler le peu que mon ami m'avait appris sur l'écriture secrète.

— C'est un système basé sur la neuvième puissance. Je ne peux pas déchiffrer celui-là, ai-je dit. Scobie ajouta dans un souffle : « Ils se réunissent régulièrement pour confronter leurs informations. Nous savons cela de source sûre. »

Je tenais délicatement la carte entre mes doigts et je croyais entendre la voix de Balthazar me disant : « Le penseur a pour tâche de faire penser ; celle du saint est de taire ce qu'il a découvert. »

Scobie s'était renversé sur sa chaise et ne cachait pas sa satisfaction. Il se rengorgeait comme un pigeon. Il ôta son tarbouche, le considéra un instant avec complaisance, puis en coiffa le chauffe-théière. Et, grattant son crâne fissuré de ses doigts de squelette, il poursuivit :

— Nous avons été incapables de déchiffrer le code. Nous en avons des douzaines comme celle-là, dit-il en indiquant une chemise pleine de reproductions photographiques de cartes semblables à celle-là. Tous les spécialistes s'y sont cassé le nez, même les mathématiciens les plus calés de l'Université. Rien à faire, mon vieux.

Cela n'était pas pour me surprendre. Je reposai la carte sur la pile de clichés et me remis à observer Scobie.

— C'est là que vous intervenez, dit-il, avec une grimace, si vous le voulez bien ; il faut que vous déchiffriez le code pour nous, vous y mettrez tout le temps qu'il faudra. Et naturellement nous saurons nous montrer généreux. Qu'en dites-vous ?

Que pouvais-je dire ? C'était trop drôle ! En outre, mon travail à l'école s'était tellement relâché depuis quelques mois que j'étais à peu près sûr qu'on ne renouvellerait pas mon contrat à la fin de l'année. J'arrivais toujours en retard de quelque rendez-vous avec Justine, je ne corrigeais presque plus de devoirs et je me montrais de plus en plus irritable avec mes collègues et mes supérieurs. C'était l'occasion inespérée de retrouver mon indépendance. Je croyais entendre Justine déclarer : « Notre amour ressemble à une citation terriblement inexacte de quelque dicton populaire », au moment où je me penchai une fois de plus en avant et fis un signe d'assentiment. Scobie poussa un soupir de soulagement et rentra avec un plaisir manifeste dans sa peau de pirate. Il confia son bureau à un anonyme Mustapha qui apparemment se tenait quelque part dans le téléphone noir —

tout en parlant Scobie regardait sans cesse dans le microphone comme au fond d'un œil humain. Ensemble nous quittâmes le bâtiment et une voiture de la police nous emmena vers la mer. Les détails de mon nouvel emploi pourraient être réglés devant la petite bouteille de cognac cachée dans la volette à gâteaux, près de son lit.

Nous nous fîmes déposer sur la Corniche et fîmes le reste du trajet à pied, sous la lumière crue de la pleine lune, regardant la vieille cité se dissoudre et se recomposer à travers les traînées d'une brume paresseuse, chargée de toute l'inertie du désert proche et des riches eaux verdâtres du Delta qui l'imbibaient jusqu'à l'os et mettaient ses formes en relief. Scobie bavardait comme une pie ; je me souviens qu'il déplorait le fait de s'être trouvé orphelin de bonne heure. Ses parents s'étaient tués tous les deux dans des circonstances tragiques qui lui donnaient matière à d'amples réflexions.

— Mon père fut un pionnier de l'automobile, mon cher. Les premières courses sur route, à fond de train à vingt milles à l'heure, vous voyez le genre. Il avait son coupé à lui. Je le vois assis derrière le volant avec sa grosse moustache. Colonel Scobie, croix de guerre. Il était dans les lanciers. Ma mère assise à côté de lui. Elle ne le quittait jamais, même pendant les courses. Elle était son mécanicien. Les journaux les avaient toujours photographiés ensemble au départ, la tête emmitouflée dans leurs énormes pare-poussière — on aurait dit deux apiculteurs... Tous les pionniers en portaient à l'époque.

Mais les pare-poussière s'étaient dénoués. Dans un tournant, au cours de la bonne vieille course Londres-Brighton, l'écharpe de son père s'était prise dans l'essieu de la voiture qu'il conduisait. Il avait été traîné sur la route tandis que sa compagne était allée se fracasser contre un arbre.

— La seule consolation est de penser que c'est

exactement de cette façon qu'il aurait aimé s'en aller. Ils avaient quatre cents mètres d'avance sur le plus proche concurrent.

J'ai toujours eu une prédilection pour les morts grotesques, et j'avais toutes les peines du monde à ne pas éclater de rire pendant que Scobie me faisait le récit de cette tragédie en roulant son œil de verre d'un air sinistre. Mais tout en l'écoutant, je poursuivais d'autres pensées, réfléchissant au nouveau travail que j'allais entreprendre, envisageant surtout la liberté qu'il allait me donner. Un peu plus tard, cette nuit-là, Justine devait me rencontrer près de Montaza — la grande voiture bourdonnant comme une phalène sous la fraîcheur des palmiers qui bordaient la route noire. Qu'en dirait-elle? Naturellement elle se réjouirait à l'idée que j'allais être dégagé des obligations de mon travail actuel. Mais une partie d'elle-même se raidirait à l'idée que cette liberté signifiait pour nous de nouvelles occasions de nous rencontrer, de ramener chez nous nos infidélités, de nous livrer plus entièrement que jamais à nos juges. C'était encore un autre paradoxe de l'amour : cette chose qui précisément nous avait rapprochés — le *boustrophédon* — nous aurait séparés à tout jamais (du moins dans cette partie de nous-mêmes qui se nourrissait des images passionnées conçues dans l'esprit de l'autre) si nous avions maîtrisé les vertus qu'elle représentait.

« En attendant, comme disait Nessim de cette voix douce tout embuée de cette sagesse, de cette mesure, de ce bon sens qui perce dans la voix de ceux qui ont sincèrement aimé et qui n'ont pas été payés de retour, en attendant j'étais saisi d'une fièvre, d'un vertige qui ne pouvaient être apaisés que par un acte dont je ne pouvais pas deviner la nature. D'extraordinaires accès de confiance étaient suivis de si profondes dépressions que je pensais ne jamais pouvoir remonter à la surface.

Avec le vague sentiment que j'avais une rude partie à jouer — comme un athlète qui s'entraîne en vue d'une épreuve capitale — je me mis à prendre des leçons d'escrime et j'appris à tirer avec un automatique de poche. J'étudiai la composition et les effets des poisons dans un manuel de toxicologie que j'empruntai au docteur Fouad Bey. »

Nessim avait commencé à nourrir des sentiments qui auraient défié toute analyse. Les périodes d'ivresse étaient suivies de longs moments où il sentait peser sur lui, comme si c'était pour la première fois, tout le poids de sa solitude : une angoisse intérieure que rien ne pouvait distraire, ni la peinture ni le travail. Il ruminait sans cesse des souvenirs de son enfance, riche de merveilleuses promesses : la paisible maison de sa mère à l'ombre des palmiers et des poinsetties d'Aboukir; les reflets changeants des eaux sur l'emplacement des anciennes fortifications, tout un édifice d'émotions bâti sur des reliques d'images mortes. Il se raccrochait à ces souvenirs avec une terreur et une lucidité dont il n'avait encore jamais fait l'expérience. Et tout le temps, derrière l'écran de la dépression nerveuse — car l'action incomplète qu'il méditait lui donnait la même sensation qu'un *coïtus interruptus* — se dissimulait le germe d'une exaltation têtue et incontrôlée. C'était comme s'il se sentait poussé, de plus en plus près... à quoi au juste? Il n'aurait su le dire; mais là son ancienne terreur de la folie le reprenait, ébranlait son équilibre physique, à tel point qu'il était parfois pris de vertiges qui l'obligeaient à tâtonner autour de lui comme un aveugle en quête de quelque objet sur lequel il pût s'asseoir, chaise ou sofa. Il s'asseyait alors, haletant, sentant la sueur ruisseler de son front; mais en même temps il éprouvait une sorte de soulagement à la pensée que ceux qui pouvaient le voir ne devinaient rien de sa lutte intérieure. Il se surprit aussi à répéter à haute voix des phrases que son esprit conscient se refusait à entendre. « Bon ! l'entendit-elle un jour dire au miroir, voilà que tu deviens neurasthénique ! » Et plus tard, comme il sortait sous un ciel resplendissant d'étoiles, dans son habit de soirée de coupe parfaite, Selim, au volant de la voiture, l'entendit ajouter : « Je crois que cette renarde juive m'a dévoré l'âme. »

D'autres fois, aussi, il s'alarmait au point de rechercher, sinon l'aide, du moins le sursis que pouvait lui accorder le contact des humains : un docteur qui lui ordonnait un tonique et un régime qu'il se moquait bien de suivre. La vue d'une troupe de carmélites, tonsurées comme des mandrills, traversant la rue Nebi-Daniel, l'incita à renouer avec le père Paul qu'il avait cessé de voir et qui semblait autrefois si parfaitement heureux, bien à l'abri dans sa religion comme un rasoir dans son étui. Maintenant les consolations verbales que pouvait lui offrir cette brute heureuse et dénuée de toute imagination lui donnaient la nausée.

Un soir il s'agenouilla au pied de son lit — chose qu'il n'avait jamais faite depuis l'âge de douze ans — avec l'intention de prier. Il demeura longtemps dans cette posture, l'esprit vide, incapable de former un seul mot, une seule pensée dans son esprit. Il était comme paralysé, atteint d'une effroyable inhibition mentale. Il resta ainsi jusqu'à ce qu'il se sentît sur le point d'étouffer. Alors il bondit dans son lit et remonta le drap sur sa tête en proférant à mi-voix des jurons et des supplications, tout en s'étonnant que les profondeurs de son être aient pu receler de telles horreurs.

Aucun signe de ces luttes ne perçait à l'extérieur cependant ; ses paroles étaient toujours aussi sèches et mesurées, en dépit de la fièvre de pensée qui bouillonnait par-dessous. Son docteur lui faisait compliment sur l'excellence de ses réflexes et lui assurait que son urine ne contenait pas trace d'albumine. Seuls quelques maux de tête trahissaient qu'il était victime du *petit mal* * 1 — ou de quelqu'une de ces indispositions que seuls les riches et les oisifs peuvent s'offrir.

Il acceptait de souffrir ainsi tant que la souffrance restait sous le contrôle de sa conscience. Mais ce qui l'épouvantait était la sensation de totale solitude — et il savait qu'il ne pourrait jamais faire part de cela à ses amis ou aux docteurs qui ne verraient dans les anomalies de son comportement que les symptômes d'une affection organique.

Il essaya fiévreusement de se remettre à la peinture, sans succès. Sa lucidité agissait comme un acide qui semblait ronger la substance même de la peinture, et ses toiles n'étaient plus que de pauvres choses sans vie. Dès qu'il tenait un pinceau il avait l'impression qu'une main invisible le tirait par la manche, lui ôtant toute liberté, toute fluidité de mouvement.

Assiégé de toutes parts par ce menaçant crépuscule des sentiments il se tourna une fois encore, dans une vaine tentative pour retrouver son équilibre et son sang-froid, vers la perfection du Palais d'Été — comme on appelait par jeu le petit groupe de bâtiments à l'arabe d'Abou El Suir. Un jour, il y avait longtemps de cela, au cours d'une randonnée à cheval à Benghazi, le long de la côte déserte, il avait découvert dans un repli de terrain à moins d'un mille de la mer une source qui jaillissait toute fraîche de l'épaisse croûte de sable et qui allait se perdre un peu plus loin du côté de la mer, absorbée par les dunes. Là les Bédouins, saisis par la soif innée de verdure qui sommeille au cœur de tous les amoureux du désert, avaient planté un palmier et un figuier qui s'étaient fortement enracinés dans la mollasse du sous-sol d'où surgissait le filet d'eau

1. Le haut mal étant le nom donné à l'épilepsie, le petit mal en est une forme d'attaque mineure, de courte durée.

pure. Arrêtant son cheval à l'ombre de ces jeunes arbres, Nessim était resté longtemps à contempler le vieux fort arabe dont on apercevait au loin les créneaux et la longue cicatrice blanche de la plage déserte où les vagues venaient mourir sans relâche nuit et jour. Les dunes s'étaient creusées non loin de là et formaient une longue vallée que son imagination peuplait déjà de palmiers bruissants et de figuiers verts offrant, comme toujours près des eaux courantes, une ombre si épaisse qu'elle vous enserre le crâne comme un linge humide. Il avait laissé mûrir ce rêve pendant toute une année, revenant souvent à ce site pour l'étudier par tous les temps, jusqu'au jour où il s'en rendit acquéreur. Il n'avait fait part de ce projet à personne ; il se proposait d'y faire construire une maison de plaisance pour Justine — une oasis en miniature — où elle pourrait loger ses trois chevaux arabes et passer le plus chaud de l'été à se baigner et à courir le désert.

On avait creusé et canalisé la source, et l'eau arrivait maintenant dans une citerne de marbre qui formait le centre du patio pavé de grès rouge autour duquel s'ordonnaient la maison et les écuries. Avec l'eau naquit la verdure ; l'ombre engendra les formes abstraites et hérissées des cactus et l'exubérance touffue des maïs. On réalisa même une planche de melons, qui étaient là comme des exilés de Perse. Une seule écurie dans le sévère style arabe tournait le dos aux vents du large, tandis que se développaient en L un ensemble de magasins et de petits salons aux fenêtres grillagées et aux volets de fer.

Deux ou trois petites chambres, pas plus grandes que des cellules de moines, donnaient directement dans une belle salle centrale oblongue au plafond bas, qui était à la fois le salon et la salle à manger ; au fond, une cheminée massive, blanche, aux linteaux décorés de motifs et de céramiques arabes, et, à l'opposé, une table et des bancs de pierre rappelaient les réfectoires des anciens moines du désert. De riches tapis de Perse et des coffres merveilleusement ouvragés démentaient toutefois la sévérité de la pièce. Tout était de cette simplicité contrôlée où se reconnaît le plus haut raffinement du goût. Sur les murs blancs et sévères, entre les fenêtres grillagées où apparaissaient quelques magnifiques vues de la plage et du désert, quelques antiques trophées de chasse ou de méditation : un pennon de lance arabe, un *mandala* bouddhique [1], des sagaies en exil, un arc pouvant encore faire son office pour chasser le lièvre, une cornette de yacht. Point de livres, à part un vieux Coran à couverture d'ivoire et aux fermoirs de métal terni, mais plusieurs jeux de cartes sur les appuis des fenêtres ainsi qu'un grand tarot pour jouer les pythonisses, et un Jeu des familles. Dans un coin, aussi, un vieux samovar pour s'adonner au penchant qui leur était commun à tous deux : le thé.

Les travaux avancèrent lentement et avec bien des hésitations lorsque, à la fin, incapable de garder plus longtemps son secret, il avait emmené Justine visiter la maison. Celle-ci n'avait pu contenir ses larmes en courant d'une pièce à l'autre, s'arrêtant à chaque fenêtre pour contempler, ici l'image d'une mer d'émeraude roulant ses vagues sur le sable, là un paysage tourmenté de dunes qui, vers l'est, s'estompaient dans la brume du ciel. Puis elle s'était assise brusquement devant le feu d'épines, comme elle le faisait toujours, et elle avait écouté le doux battement de la mer sur le rivage, le piaffement des chevaux dans leurs nouvelles écuries de l'autre côté de la cour. C'était alors la fin de l'automne, et, dans l'ombre moite qui tombait, des lucioles avaient commencé leur danse, et ils s'étaient réjouis de voir que leur oasis abritait déjà d'autres vies que la leur.

---

1. Représentation de l'univers selon la cosmogonie indienne.

Ce que Nessim avait commencé, c'était maintenant à Justine de l'achever. La petite terrasse sous les palmiers fut prolongée vers l'est et entourée de murs pour l'abriter des tempêtes de sable qui, malgré cela, la recouvraient en hiver d'une couche atteignant parfois vingt centimètres d'épaisseur. Une bordure de genévriers fournit une première couche d'humus qui nourrirait plus tard les premiers buissons, qui s'étendraient à leur tour et permettraient ensuite à de plus grands arbres de subsister.

Pour remercier son mari de tant d'attentions, elle fit aménager dans l'angle des bâtiments un petit observatoire renfermant un télescope grossissant trente fois où Nessim pourrait se livrer à son passe-temps favori, l'astronomie. Nessim passait là des nuits entières en hiver, vêtu de sa vieille *abba* couleur de rouille, à contempler gravement Bételgeuse ou à compulser des tables de calcul tel un astrologue du Moyen Âge. Leurs amis venaient aussi y regarder la lune, ou même, en abaissant la lunette, les nuages de perles que la ville, de loin, semblait toujours exhaler.

Il fallut bientôt songer à prendre un gardien, et c'est sans surprise qu'ils virent un jour arriver Panayotis. Ils l'installèrent dans une pièce minuscule près des écuries. Ce vieillard à la barbe de pope et aux petits yeux en vrille avait été pendant vingt ans professeur à Damanhur. Puis il avait pris les ordres et avait passé neuf ans au monastère de Sainte-Catherine dans le Sinaï. Ce qui l'amenait à cette oasis, il ne pouvait le dire car, à un certain moment de sa vie apparemment sans histoire, il avait eu la langue coupée. D'après les signes qu'il fit en réponse aux questions qu'on lui posa, on comprit qu'il effectuait un pèlerinage à pied au petit sanctuaire de Saint-Menas, situé à l'ouest, lorsqu'il avait découvert l'oasis. En tout cas sa décision d'y demeurer ne semblait pas fortuite. C'était exactement ce dont Nessim avait besoin, et pour un modeste salaire il séjourna là toute une année en qualité de gardien et de jardinier. C'était un petit vieillard alerte, actif comme une araignée, terriblement jaloux de toutes les choses vertes qui devaient leur vie à ses soins et à son ingéniosité. C'est lui qui fit naître les melons et finit par persuader une vigne de grimper de part et d'autre de la porte principale. Son rire était un gloussement inarticulé, et quand on lui parlait il se cachait le visage, par timidité, derrière la manche rapiécée de sa vieille soutane de bedeau. Sa loquacité grecque, ne pouvant s'épancher par la voie ordinaire, refluait tout entière dans ses yeux qui se mettaient en mouvement et brillaient de petites flammes rapides à la moindre remarque ou question. Que pouvait-on demander de plus à la vie, semblait-il dire, que cette oasis au bord de la mer ?

Quoi de plus, en effet ? C'est la question que Nessim se posait inlassablement tandis que la voiture gémissait sur la piste du désert, conduite d'une main sûre par Selim, impassible comme un oiseau de proie derrière son volant. Quelques milles avant le fort arabe la route s'écarte de la côte et s'enfonce à l'intérieur. Pour atteindre l'oasis il faut longer une ligne de dunes mousseuses, semblables à des œufs battus en neige, scintillantes de mille petites pointes de mica. Chaque fois que la voiture menace de s'enliser, elle rencontre l'appui d'une plaque de grès friable qui forme l'épine dorsale de tout le promontoire, et c'était une joie enivrante de tailler dans cette mer de blancheur crissante comme un traîneau chassé par le vent sur une banquise.

Depuis longtemps Nessim songeait — la suggestion lui en avait été faite par Pursewarden — à s'acquitter envers la dévotion du vieux Panayotis par le seul cadeau que le vieillard aurait pu comprendre et accepter : ce jour-là il apportait dans sa serviette une dispense du Patriarche d'Alexandrie pour la construction d'une petite chapelle dans sa maison qui serait consacrée à saint Arsène. Le choix du saint, comme presque toujours en pareil cas, avait été tout à fait fortuit. Clea avait découvert une icône du xviiie siècle fort jolie de ce saint dans une boutique de vieilleries au Caire. Elle l'avait offerte à Justine comme cadeau d'anniversaire.

Ce furent donc là les trésors qu'ils déballèrent sous les yeux du vieillard. Il fallut un certain temps pour lui faire comprendre de quoi il s'agissait : il comprenait très mal l'arabe et Nessim ne savait pas le grec. À la fin, après avoir lu la dispense du Patriarche, il releva la tête et joignit les mains en souriant d'un air d'extase ; son émotion était si forte que ses jambes semblaient ne plus pouvoir le soutenir. Il comprenait tout. Il savait maintenant que Nessim avait consacré un temps considérable pour obtenir la dispense. Il lui prit les mains et les garda un long moment dans les siennes en proférant des gloussements inarticulés. Nessim observait cette manifestation de gratitude avec une curiosité attendrie mêlée d'envie. Du plus profond de la chambre noire de ses pensées il étudiait le vieux bedeau, s'étonnant qu'un événement aussi simple pût emplir le cœur d'un homme de tant de bonheur, d'une telle paix de l'esprit.

Ici au moins, se disait Nessim, bâtir quelque chose de mes mains m'apaisera, me distraira de mon angoisse, et il considérait les mains calleuses du vieux Grec avec admiration et envie en songeant à tous les travaux qu'elles avaient accomplis, aux pensées qu'elles lui avaient épargnées. Il lisait dans ces mains des années de saine activité physique qui avaient tenu l'imagination en lisière, avaient neutralisé la réflexion. Et pourtant... qui sait ? Ces longues années d'enseignement ; les années de monastère ; et maintenant la longue solitude de l'hiver qui se refermait sur l'oasis, lorsqu'il n'y a pour accompagner vos pensées que l'inlassable pulsation de la mer et le gémissement des palmes... Il y a toujours place pour les crises spirituelles, se disait-il, tout en broyant obstinément le ciment et le sable sec dans un mortier de bois.

Toutefois, même ici il ne devait pas connaître la paix. Justine, avec cette exaspérante sollicitude coupable qu'elle éprouvait maintenant pour l'homme qu'elle aimait et qu'elle essayait pourtant de détruire, fit son apparition avec son trio de chevaux arabes et prit ses quartiers d'été à l'oasis. Démon fantasque, plein de vie, perpétuellement en mouvement. Et moi, torturé par son absence, je ne tardai pas à lui envoyer un billet pour lui demander de revenir ou de persuader Nessim de m'inviter au Palais d'Été. Selim vint bientôt me prendre et me conduire à l'oasis, muré dans un silence compréhensif où il ne se permit pas de laisser percer la moindre trace de mépris.

Quant à Nessim, il me reçut avec des marques de tendresse étudiée; en fait il était heureux de nous voir réunis de nouveau, de se détacher de l'édifice imaginaire des rapports de ses espions et de juger par lui-même si nous... que dire? Puis-je employer le mot « amour »? Ce mot implique une plénitude qui faisait défaut à ma maîtresse; elle ressemblait à une déesse antique en cela que ses attributs proliféraient et se multipliaient au cours de sa vie sans jamais se condenser en aucune qualité de cœur aimable ou haïssable. « Possession » au contraire est trop fort : nous étions des êtres humains, et non des caricatures à la Brontë. L'anglais manque de distinctions qui pourraient nous donner (comme le fait le grec moderne) un mot pour l'amour-passion.

Outre cela, et comme j'ignorais le tour que prenaient les pensées de Nessim, j'étais incapable d'apaiser ses craintes les plus intimes : en lui disant que Justine essayait simplement de poursuivre avec moi la même obsession qu'elle poursuivait dans les pages d'Arnauti. Elle se créait un désir de la volonté qui, comme il se nourrissait secrètement de lui-même, ne pouvait que s'épuiser et s'éteindre. Je n'avais qu'à moitié conscience de cela : j'entrevis là la véritable faiblesse de ce lien. Il n'était pas fondé sur un repos de la volonté. Et pourtant elle semblait vivre comme par enchantement, elle était une maîtresse si pleine d'esprit et de charme qu'on se demandait comment on avait pu aimer avant elle.

En même temps j'étais étonné de constater que la partie de moi qui restait fidèle à Melissa vivait d'une existence autonome, lui appartenait tranquillement et sûrement, et pourtant ne souhaitait pas son retour. Les lettres qu'elle m'écrivait étaient gaies, sans l'ombre d'un reproche ou d'une plainte; je voyais, d'après tout ce qu'elle écrivait, qu'elle avait davantage confiance en elle. Elle me décrivait le petit sanatorium avec humour et intelligence, parlant des docteurs et des autres malades comme s'il ne s'agissait que des pensionnaires d'un hôtel de vacances. Sur le papier on aurait dit qu'elle avait grandi, qu'elle était devenue une autre femme. Je lui répondais du mieux que je pouvais, mais il m'était difficile de lui cacher la confusion qui régnait dans ma vie; je ne pouvais pas non plus lui parler de quelque façon que ce fût de mon obsession de Justine : nous vivions dans un monde différent de fleurs, de livres et d'idées, un monde entièrement étranger à Melissa. Ce n'était pas un manque de sensibilité, mais il n'y avait pas de porte par où elle eût pu accéder à notre univers. « La pauvreté exclut, disait un jour Justine, et la richesse isole. » Cependant elle avait obtenu l'accès des deux mondes, le monde du désir et celui de la plénitude, ce qui lui donnait la possibilité de vivre naturellement.

Ici du moins, dans l'oasis, on avait l'illusion d'un bonheur que la ville nous refusait. Nous nous levions tôt le matin et nous travaillions à la chapelle jusqu'à la grosse chaleur; Nessim se retirait dans le petit observatoire pour travailler à ses affaires tandis que Justine et moi partions à travers les dunes et allions nous baigner. À environ un mille de l'oasis s'était formée une petite lagune peu profonde séparée de la mer par une longue dune incurvée; une petite hutte de roseaux recouverte de feuillages permettait de se reposer à l'ombre et servait de cabine de bain. C'est là que nous passions ensemble la plus grande partie du jour. Nous avions appris récemment la mort de Pursewarden et nous parlions de lui, je me rappelle, avec chaleur et une sorte d'effroi, comme si nous avions essayé, pour la première fois, d'évaluer un personnage dont les qualités et les défauts avaient masqué la nature véritable. On aurait dit qu'en mourant il avait abandonné son personnage terrestre pour prendre la forme et les proportions grandioses de ses récits, qui prenaient de plus en plus de relief à mesure que l'homme lui-même s'estompait. La mort fournissait un nouveau critère et donnait une nouvelle grandeur intellectuelle à l'homme ennuyeux, brillant, velléitaire et souvent fastidieux que nous avions connu. Il ne pouvait plus être vu maintenant qu'au travers du miroir déformant de l'anecdote et du prisme trouble des souvenirs. Plus tard je devais entendre des gens demander si Pursewarden était grand ou petit, s'il portait une moustache ou non : c'étaient ces souvenirs banals qui étaient les plus difficiles à retrouver, et je n'étais jamais certain que la réponse correspondît à la réalité. Parmi ceux qui l'avaient bien connu certains affirmaient qu'il avait les yeux verts, d'autres qu'il les avait marron... Il était très étonnant de voir avec quelle rapidité l'image humaine se dissolvait et faisait place à l'image mythique qu'il s'était forgée de toute pièce dans sa trilogie *Dieu est un humoriste*.

Là, durant ces journées éblouissantes de soleil, nous parlions de lui comme si nous avions hâte de saisir et de fixer l'image de l'homme avant qu'il ne soit définitivement englouti dans les ténèbres du mythe ; nous parlions de lui, comparant nos souvenirs, confirmant ceci, rejetant cela, tels des agents secrets confrontant leurs documents, car après tout, si le mythe appartenait au monde, cet être humain, donc faillible, *nous* avait appartenu. Et c'est là aussi que j'appris qu'il avait dit à Justine, un soir qu'ils regardaient danser Melissa : « Si je pensais avoir la moindre chance, je lui proposerais de l'épouser dès demain. Mais elle est si ignorante et son esprit est si déformé par la pauvreté et la malchance qu'elle ne me prendrait pas au sérieux et qu'elle refuserait. »

Pas à pas, derrière nous, Nessim se laissait entraîner par ses craintes. Un jour je trouvai le mot « Attention » (Προσοχή) tracé avec un bâton sur le sable près de notre hutte. Le mot grec me fit tout d'abord penser qu'il était de la main de Panayotis, mais Selim aussi connaissait bien le grec.

Peu après, un autre incident se produisit, qui ne fit que donner plus de poids à cet avertissement ; un jour que je cherchais une feuille de papier pour écrire à Melissa, j'entrai dans le petit observatoire de Nessim et je fouillai sur son bureau pour y trouver ce que je cherchais. Je m'aperçus alors que le télescope n'était pas braqué vers le ciel mais droit sur les dunes dans cette direction où l'on pouvait apercevoir le soir l'étrange brouillard que la ville exhalait. Cela n'avait en soi rien d'extraordinaire car il nous arrivait souvent de venir ainsi contempler les minarets et les vapeurs d'Alexandrie. Je m'installai sur le petit trépied et, collant mon œil à l'oculaire, je m'efforçai de mettre au point l'image floue et tremblotante. Quelle ne fut pas ma surprise de voir bientôt apparaître, non pas les pointes et la haute atmosphère de la ville comme je m'y attendais, mais la petite hutte de roseau où, moins d'une heure auparavant, Justine et moi, dans les bras l'un de l'autre, parlions de Pursewarden! Sur le sable, une petite tache brillante : la couverte glacée d'une édition de poche du *Roi Lear* que j'avais emportée avec moi et que j'avais oubliée là-bas; si l'image n'avait tremblé si fort, je suis sûr que j'aurais pu lire le titre d'ici. Je restai un long moment à contempler cette image en retenant mon souffle, et je commençai à sentir la peur me gagner. C'était comme si tout à coup, dans une chambre obscure mais familière et que l'on croyait vide, une main s'abattait sur votre épaule. Je trouvai le papier à lettres et le crayon et je quittai l'observatoire sur la pointe des pieds. J'allai m'asseoir dans un fauteuil sur la terrasse, devant la mer, cherchant ce que j'allais écrire à Melissa.

*

Cet automne, quand nous levâmes le camp et revînmes prendre nos quartiers d'hiver en ville, rien n'avait été décidé; le sentiment de crise imminente avait même diminué. Nous étions tous en suspens, pour ainsi dire, dans la solution trouble de la vie quotidienne où le futur finissait par se cristalliser, quel que soit le drame qui nous attendait. Je fus convoqué pour inaugurer mes nouvelles activités avec Scobie et je me mis désespérément au *boustrophédon*, auquel Balthazar continuait à m'initier entre deux parties d'échecs. Je dois reconnaître que j'endormis mes remords de conscience en essayant d'abord de dire la vérité aux services de Scobie — à savoir que la Cabale était une secte inoffensive qui s'adonnait à la philosophie hermétique — et que ses activités n'avaient rien à voir avec l'espionnage. À cela on me répondit sèchement que ce n'était là qu'une façade et que je devais essayer de trouver le chiffre du code. On me

213

demanda des rapports détaillés sur les réunions et je leur donnai tout au long, non sans une certaine satisfaction, le compte rendu des discours de Balthazar sur Ammon [1] et Hermès Trismégiste, imaginant les fonctionnaires égyptiens harassés, pataugeant dans les sous-sols humides à mille milles de là. J'étais payé, et bien payé; pour la première fois je pus envoyer un peu d'argent à Melissa et faire quelques tentatives pour rembourser à Justine ce qu'elle m'avait prêté.

Il était intéressant aussi de découvrir, parmi mes connaissances, lesquelles s'adonnaient réellement à l'espionnage. Mnemjian, par exemple; sa boutique était le centre de triage de toutes les informations concernant la ville, et le choix était particulièrement judicieux. Il remplissait ses fonctions avec une prudence et une discrétion prodigieuses, et il insista dès lors pour me raser gratis; beaucoup plus tard je devais apprendre qu'il copiait patiemment ses rapports en trois exemplaires, qu'il vendait à divers autres services d'espionnage!

Un autre aspect intéressant de ce travail était la faculté que l'on avait de faire des perquisitions au domicile de ses amis. Par exemple, je fus l'instigateur d'une perquisition chez Pombal qui me divertit fort. Le cher homme avait la désastreuse habitude d'apporter chez lui des papiers officiels pour travailler le soir. Nous raflâmes toute une pile de documents qui ravirent Scobie car ils contenaient, entre autres, plusieurs mémorandums détaillés sur l'influence française en Syrie, et une liste des agents de la France dans la ville. Je remarquai sur l'une de ces listes le nom du vieux fourreur Cohen.

Pombal fut très affecté par cette perquisition et, pendant presque un mois, il marcha en rasant les murs et en regardant sans cesse derrière lui, per-

1. Ou Amon, dieu égyptien identifié au dieu soleil Rê (Amon-Rê).

suadé qu'on le filait. Il finit aussi par être convaincu qu'on avait payé Hamid le borgne pour l'empoisonner, et s'il dînait à la maison, il ne mangeait que les plats auxquels j'avais d'abord goûté. Il attendait toujours sa croix et son transfert ; il avait très peur que la perte des documents ne portât préjudice à l'une et à l'autre, mais comme nous avions pris la précaution de lui laisser les chemises des dossiers il put les remettre en place et dire qu'ils avaient été brûlés « conformément aux instructions ».

Ses récentes cocktail-parties, soigneusement graduées selon son plan — invitant à l'occasion des personnes des plus humbles sphères de la ville, telles que la prostitution et les arts — avaient obtenu le succès escompté. Mais les dépenses et l'ennui que lui causaient ces soirées le désolaient, et je me souviens qu'un jour il m'expliqua, d'un ton pitoyable, l'origine de ces manifestations.

Les cocktail-parties, comme leur nom l'indique, furent inventées par les chiens [1]. Ce n'est rien de plus que l'habitude de se renifler le derrière élevée au rang d'institution mondaine.

Il n'en persévéra pas moins, et fut récompensé par les faveurs du Consul général que, malgré son mépris, il considérait toujours avec une certaine crainte enfantine. Il persuada même Justine, après maintes supplications sur le ton humoristique, de paraître à l'une de ses soirées afin d'aider au succès de sa crucifixion. Cela nous donna l'occasion d'observer Pordre et le petit cercle diplomatique d'Alexandrie — des gens qui pour la plupart donnaient l'impression d'être peints au pistolet, tant leurs personnalités officielles me semblaient ternes et floues.

Pordre lui-même était un fantoche, une vraie

---

1. Darley joue ici sur le sens des mots anglais *cock*, *relever* et *tail*, *queue*.

caricature d'homme. Il avait une longue face pâle et ravagée surmontée d'une splendide chevelure d'argent dont il faisait parade. C'était là une affectation de laquais. La fausseté de ses gestes (sa sollicitude et les démonstrations d'amitié exagérées qu'il distribuait à n'importe qui) me faisait grincer des dents, et je compris tout le sel de la devise que mon ami avait composée pour le Ministère français des Affaires étrangères, l'épitaphe qu'il faudrait, m'avait-il dit, placer sur la tombe de son représentant. (« Sa médiocrité fut son salut. ») Tout cela, naturellement, se passait quelques années avant que Pordre n'acquît la célébrité que lui valurent ses négociations en faveur de la flotte française. Je ne peux pas croire cependant que l'homme, tel que je le vis, ait pu changer : sa personnalité était aussi mince qu'une feuille d'or — ce vernis de culture que les diplomates sont plus à même d'acquérir que quiconque.

La soirée fut des plus réussies, et une invitation à dîner de la part de Nessim fut accueillie par le vieux diplomate avec des transports de joie absolument sincères. Il était notoire que le roi était fréquemment l'hôte de Nessim, et le vieillard rédigeait déjà en esprit une dépêche commençant par ces mots : « Soupant avec le roi la semaine dernière, j'amenai la conversation sur le sujet de... Il dit... Je répondis... » Ses lèvres se mirent à trembler, ses yeux à loucher, et il entra dans une de ses fameuses transes publiques, dont il s'éveillait en sursaut, au grand étonnement de ses interlocuteurs, avec un sourire de poisson frit en guise d'excuse.

Pour ma part je trouvais drôle de retrouver le minuscule appartement où j'avais passé presque deux années de ma vie ; de me rappeler que c'était là, dans cette pièce même, que j'avais rencontré Melissa pour la première fois. Il y avait eu bien des transformations, à l'instigation de la dernière maîtresse de Pombal. Elle avait insisté pour faire placer des panneaux de bois, peints en blanc avec des lisérés marron. Les vieux fauteuils aux ressorts avachis et qui perdaient leur rembourrage aux endroits de plus grand frottement avaient été complètement refaits et recouverts d'un cuir épais orné de motifs repoussés en forme de fleurs de lis, tandis que les trois sofas avaient été bannis pour dégager l'espace. Ils avaient certainement été vendus ou abîmés. « Quelque part, me disais-je en citant un poème du vieux barde, quelque part ces vieilles choses abandonnées doivent encore bourlinguer. Comme la mémoire est jalouse, et comme elle s'attache cruellement à la matière première de son travail quotidien ! »

La lugubre chambre de Pombal avait pris une vague allure *fin de siècle* * et brillait comme un sou neuf. Oscar Wilde aurait pu y situer le premier acte d'une de ses pièces. Ma chambre avait de nouveau retrouvé son office de débarras, mais le lit était toujours là, debout contre le mur près de l'évier d'étain. Le rideau jaune avait bien entendu disparu et avait été remplacé par un drap sale. Je touchai le montant rouillé du lit et je fus frappé au cœur par le souvenir de Melissa tournant vers moi ses yeux limpides dans la pénombre de la petite pièce. Je fus surpris d'éprouver un tel chagrin et j'en eus presque honte. Lorsque Justine entra derrière moi dans la chambre je claquai la porte d'un coup de pied et me mis à lui baiser les lèvres, les cheveux, le front et la serrai à l'étouffer dans mes bras jusqu'à ce qu'elle s'aperçût que j'avais les yeux pleins de larmes. Elle comprit tout de suite et, me rendant mes baisers avec cette ardeur que seule l'amitié pouvait donner à nos actes, elle murmura : « Je sais, oui, je sais. »

Puis, se dégageant doucement de mon étreinte, elle me conduisit hors de la chambre et ferma la porte derrière nous.

— Il faut que je te parle de Nessim, dit-elle à voix

basse. Écoute-moi. Mercredi, la veille du jour où nous avons quitté le Palais d'Été, je suis allée faire une promenade à cheval, seule, le long de la mer. Il y avait un gros essaim de mouettes qui tournaient au ras des vagues tout près de la côte et je regardais leur manège quand tout à coup je vis venir la voiture qui cahotait sur les dunes, en direction de la mer. Selim était au volant. Je ne comprenais pas ce qu'ils faisaient. Nessim était assis à l'arrière. Je me disais qu'ils allaient sûrement s'enliser, mais non; ils arrivèrent tout près de l'eau, là où le sable était plus ferme et ils se mirent à suivre la côte dans ma direction. Je n'étais pas sur la plage, mais dans un creux à une cinquantaine de mètres du rivage. Quand ils arrivèrent à ma hauteur et que les mouettes s'envolèrent je vis que Nessim avait à la main sa vieille carabine à répétition. Il leva son arme et fit feu à plusieurs reprises dans le nuage d'oiseaux affolés, jusqu'à épuisement du chargeur. Trois ou quatre mouettes tombèrent à l'eau, mais la voiture poursuivit sa route sans s'arrêter. Quand je revins une demi-heure plus tard, la voiture était déjà rentrée. Nessim était dans son observatoire. La porte était fermée à clef, et il me dit qu'il était occupé. Je demandai à Selim ce que signifiait tout cela; il haussa les épaules et, montrant la porte de Nessim, se contenta de répondre : « J'exécute les ordres. » Mais, mon chéri, si tu avais vu le visage de Nessim quand il a levé sa carabine... En y repensant elle leva involontairement ses longs doigts vers ses joues, comme pour prendre l'expression qu'avait Nessim à ce moment. « Il avait l'air fou. »

Dans l'autre pièce on parlait fort civilement de la politique mondiale et de la situation en Allemagne. Nessim s'était juché avec grâce sur la chaise de Pordre. Pombal ravalait ses bâillements qui ressortaient très malencontreusement sous forme de renvois. J'avais l'esprit encore tout plein de Melissa. Je lui avais envoyé un peu d'argent dans l'après-midi, et la pensée qu'elle allait pouvoir s'offrir quelques belles étoffes — ou même le dépenser stupidement — me réconfortait.

« L'argent, disait Pombal à une vieille dame qui faisait penser à un chameau constipé, on devrait toujours être sûr d'en avoir. Il n'y a qu'avec de l'argent qu'on peut faire de l'argent. Madame connaît certainement le proverbe arabe qui dit : "La richesse peut acheter la richesse, mais la pauvreté peut tout juste s'acheter un baiser de lépreux." »

— Nous devons partir, dit Justine.

Et quand je la regardai au fond de ses yeux sombres en lui disant au revoir je sus qu'elle avait compris comme j'étais plein de Melissa ce soir; sa poignée de main ne m'en parut que plus chaleureuse et réconfortante.

Je suppose que ce fut ce soir-là, comme elle s'habillait pour dîner, que Nessim entra dans sa chambre et s'adressa à son reflet dans le miroir en forme de pique.

— Justine, dit-il avec fermeté, n'allez pas vous imaginer que je deviens fou ou quelque chose comme cela : Balthazar a-t-il jamais été plus qu'un ami pour vous ?

Justine était en train de fixer une cigale d'or au lobe de son oreille gauche; elle releva la tête et le considéra un long moment avant de répondre, du même ton égal :

— Non, mon ami.

— Je vous remercie.

Nessim contempla longuement son propre reflet dans le miroir, sans la moindre complaisance. Puis il poussa un soupir et tira de la poche de sa robe de chambre une petite clef d'or, en forme d'ankh.

— Je ne comprends pas comment ceci a pu venir en ma possession, dit-il en rougissant et en lui tendant l'objet pour qu'elle puisse l'examiner.

C'était la petite clef de montre dont la perte avait

tant troublé Balthazar. Justine la regarda, puis regarda son mari d'un air légèrement surpris.

— Où était-elle ? demanda-t-elle.

— Dans mon coffret à bijoux.

Justine poursuivit sa toilette avec plus de lenteur, regardant curieusement son mari qui, pour sa part, continuait à s'examiner dans le miroir avec une attention excessive.

— Il faut que je trouve le moyen de la lui restituer. Peut-être l'a-t-il laissée tomber pendant une réunion. Mais ce qui est étrange... (Il soupira de nouveau.) Je ne me rappelle pas.

Il était évident pour l'un comme pour l'autre qu'il l'avait volée. Nessim se détourna de sa contemplation et dit :

— Je vous attendrai en bas.

Quand la porte se fut doucement refermée sur lui, Justine examina la petite clef avec curiosité.

*

À cette époque il avait déjà commencé à parcourir ce grand cycle de rêves historiques qui avaient remplacé ses rêves-souvenirs d'enfance, et où la ville venait se jeter, comme si elle avait enfin trouvé un sujet sensible à travers lequel elle pouvait exprimer ses rêves collectifs, ses désirs collectifs, qui formaient l'essentiel de sa culture. Il restait éveillé et regardait les tours et les minarets plaqués sur le ciel bas, alourdis de poussière, et il voyait en surimpression les empreintes géantes des pas de la mémoire historique qui sommeille au fond des souvenirs de la personnalité individuelle, son mentor et son guide : en fait son inventeur, car l'homme n'est rien d'autre qu'une extension de l'esprit du lieu.

Ces visions le troublaient : ce n'étaient pas du tout les rêves qu'engendre le sommeil. Elles se superposaient à la réalité et violaient sa pensée comme si la membrane de sa conscience s'était tout à coup déchirée pour leur livrer passage.

Parallèlement à ces constructions géantes — galeries palladiennes d'images extraites de ses lectures et de ses méditations sur son passé et celui de la ville — il succombait à des attaques de plus en plus aiguës d'une haine irraisonnée pour la vraie Justine, celle qu'il avait si rarement connue, l'amie sincère et l'amante fidèle. Elles étaient de très courte durée, mais d'une telle violence que, les considérant à juste titre comme l'autre face de l'amour qu'il éprouvait pour elle, il commença à craindre, non pour sa sécurité à elle, mais pour la sienne. Il avait peur, chaque matin, dans la petite salle de bain, blanche et stérile, lorsque le petit barbier venait le raser. Et souvent celui-ci apercevait des larmes dans les yeux de son patient lorsqu'il lui attachait la serviette blanche autour du cou.

Tandis que la galerie des rêves historiques occupait l'avant-scène de son esprit, les silhouettes de ses amis et connaissances, palpables et réelles, allaient et venaient parmi eux, parmi les ruines de l'antique Alexandrie, peuplant un stupéfiant espace-temps historique comme des personnages vivants. Laborieusement, tel un clerc d'actuaire, il dictait tout ce qu'il voyait et éprouvait à l'impassible Selim qui tenait son journal.

Il vit le Mouseion, par exemple, avec ses artistes boudeurs, grassement subventionnés, travaillant à une gravure mentale de ses fondateurs; plus tard, parmi les solitaires et les sages, le philosophe, donnant patiemment au monde une forme particulière et inutile à tout autre qu'à lui-même — car à chaque stade de son développement l'homme résume tout l'univers et l'adapte à sa propre nature intérieure, tandis que chaque penseur, chaque pensée féconde à nouveau l'univers tout entier.

Les inscriptions des marbres du Muséum murmuraient à ses oreilles quand il passait près d'elles, vivantes lèvres. Balthazar et Justine étaient là qui l'attendaient. Il était venu les rencontrer, ébloui par la clarté de la lune et les cascades d'ombres qui tombaient des colonnades. Il distinguait leurs voix dans l'obscurité et il songeait, en sifflant doucement le signal qui avertirait Justine : « Quelle vulgarité d'esprit que de passer son temps à être tellement sûr des principes premiers comme le fait Balthazar ! » Il entend le vieillard déclarer : « Et la moralité n'est rien si elle n'est qu'une forme de la bonne conduite. »

Il avançait lentement sous les cintres à leur rencontre. Les blocs de marbre étaient zébrés d'ombres et de lumières. Ils étaient assis sur le couvercle d'un sarcophage de marbre, tandis que là-bas, dans l'ombre inexorable d'un jardin, quelqu'un arpentait le gazon élastique en sifflant une phrase d'une aria de Donizetti. Les cigales d'or aux oreilles de Justine la transformèrent aussitôt en une projection de l'un de ses rêves, et il les vit tous deux vêtus de vagues et amples robes taillées dans du cristal de lune. Balthazar, d'une voix torturée par le paradoxe qui gît au cœur de toute religion, disait : « Naturellement, en un sens, même prêcher l'évangile est un mal. C'est une des absurdités de la logique humaine. Du moins n'est-ce pas l'évangile mais la prédication qui nous met en contact avec les puissances des ténèbres. C'est pour cela que la Cabale a pour nous tant de vertu ; elle ne pose en principe rien de plus qu'une science de l'Attention Juste. »

Ils lui avaient fait une place sur leur siège de marbre mais ici encore, avant qu'il pût les atteindre, le point d'appui de sa vision chancela et d'autres scènes s'interposèrent lourdement, sans égards pour la bienséance et la période, sans considération pour le temps historique ou pour la vraisemblance.

Il vit distinctement le temple que l'infanterie

éleva à l'Aphrodite aux Pigeons sur cette côte alluvionnaire déserte. Ils avaient faim. La marche les avait exténués, aiguisant la vision de la mort qui habite au cœur de tout soldat jusqu'à la voir briller devant eux avec une précision de traits et une splendeur insoutenables. Les bêtes mourant par manque de fourrage et les hommes par manque d'eau. Ils n'osaient pas s'arrêter aux sources et aux puits empoisonnés. Les ânes sauvages, rôdant hors de portée des flèches, les rendaient fous par la promesse d'une viande qu'ils ne pourraient jamais manger, tandis que la colonne avançait à travers la végétation rabougrie de cette côte épineuse. Ils étaient censés marcher sur la ville en dépit des augures. L'infanterie marchait en petite tenue, bien qu'elle n'ignorât pas que c'était une folie. Leurs armes les suivaient dans des chariots qui étaient sans cesse retardés. La colonne laissait flotter derrière elle l'odeur fauve des corps suants et crasseux des hommes et des bœufs ; frondeurs macédoniens pétant comme des boucs.

Leurs ennemis étaient d'une élégance étourdissante : cavaliers en armure blanche qui apparaissaient et s'évanouissaient comme des nuées sur leur chemin. De près on voyait que les hommes étaient vêtus de manteaux pourpres, de tuniques brodées et de pantalons de soie collants. Ils portaient des chaînes d'or autour de leurs cous noirs, et des bracelets ornaient le bras qui lançait le javelot. Ils étaient désirables comme une troupe de femmes. Leurs voix étaient aiguës et fraîches. Quel contraste ils formaient avec les vétérans à la peau tannée, qui n'avaient conscience que des hivers qui gelaient leurs sandales sous leurs pieds ou des étés dont la sueur durcissait leurs semelles qui devenaient plus dures que le marbre ! Ce n'était pas la passion mais l'or qui les avait entraînés dans cette aventure qu'ils supportaient avec le stoïcisme de tous les mercenaires. La vie n'était plus pour eux qu'une lanière sans sexe qui s'enfonçait chaque jour un peu plus profondément dans leur chair. Le soleil les avait séchés et fumés et la poussière leur avait ôté la voix. Les pimpants casques à plumet dont on les avait munis étaient brûlants sous le soleil de midi et ils étaient forcés de les ôter. L'Afrique, qu'ils s'étaient imaginée comme un prolongement de l'Europe — un prolongement de termes, de références à un passé définitif — s'était déjà manifestée bien différente : une terre lugubre, ténébreuse, où le croassement des corbeaux se mêlait aux exclamations sauvages d'hommes insensés, où le rire s'étranglait dans la gorge et mourait sur les lèvres en un gazouillis de babouin.

Parfois ils en capturaient un — quelque chasseur de lièvre solitaire et apeuré — et ils étaient surpris de voir qu'il était humain comme eux. Ils lui arrachaient son pagne et considéraient attentivement ses organes génitaux avec un intérêt mêlé d'incrédulité. Parfois ils pillaient un village ou le domaine de quelque riche au pied des collines, et faisaient un festin de chair de dauphin mise en conserve dans des jarres (soldats ivres ripaillant dans une étable au milieu des bœufs, titubant, portant de grotesques guirlandes d'orties sauvages, buvant dans des coupes d'or ou dans des cornes). Tout cela c'était encore avant d'atteindre le désert...

À la croisée des routes ils avaient sacrifié à Héraklès (et pendant qu'ils y étaient, massacré les deux guides, histoire de se faire bien voir du dieu) ; mais à partir de ce moment tout avait mal marché. Au fond d'eux-mêmes ils savaient qu'ils n'atteindraient jamais la ville pour l'assiéger. Et plût au ciel qu'on ne recommençât jamais ce bivouac d'hiver dans les montagnes ! Les doigts et les nez gelés ! Les razzias ! Dans sa mémoire il entendait encore le bruit des pas de la sentinelle écrasant la neige molle tout au long de l'hiver. Dans ce pays l'ennemi portait des bonnets en poil de renard à longues visières, et ils avaient les jambes protégées par de longues tuniques. Ils se taisaient, ils faisaient partie de ce paysage de ravines abruptes, de sentes impossibles et de cols vertigineux, comme la végétation chétive qui subsistait là par une sorte de miracle.

Avec une colonne en marche la mémoire devient une industrie, fabriquant des rêves que les malheurs communs unissent en une communauté fondée sur la privation. Il savait que cet homme calme pensait à la rose trouvée dans *son* lit le jour des Jeux. Un autre ne pouvait oublier l'homme à l'oreille arrachée. L'historiographe tout perclus d'affreuses douleurs se sentait aussi inspiré par la bataille qu'un pot de chambre par une séance de l'Académie. Et cet homme grassouillet qui sentait curieusement le bébé, le bouffon dont les farces soutenaient le moral de l'avant-garde ? Il pensait à un nouveau dépilatoire d'Égypte, à un lit moelleux portant l'estampille d'Héraklès, à de blanches colombes tournoyant dans un cliquetis d'ailes au-dessus d'une table de banquet. Toute sa vie il avait été accueilli à la porte des bordels par des éclats de rire et une grêle de coups de babouches. Il y en avait d'autres qui rêvaient de plaisirs moins communs — cheveux blancs de céruse, ou bien des écoliers nus, marchant deux par deux, se rendant à l'aube à l'école du Maître de Harpe, sous la neige qui tombait dru comme farine. Aux grossières lupercales [1] de campagne ils portaient sous les rugissements de la foule le gigantesque phallus de cuir, mais, une fois initiés, ils prenaient le sel consacré et le phallus, en tremblant dans un silence recueilli. Leurs rêves proliféraient en lui, et en les entendant il ouvrait sa conscience à sa mémoire, royalement, prodigalement, comme on s'ouvre une artère.

---

1. Fête romaine en l'honneur de Lupercus (le « dieu-loup »), dieu de la fécondité.

Il était étrange de marcher à côté de Justine dans ce crépuscule d'automne tacheté de lune, parmi ce morbide grouillement de souvenirs : il sentait son corps les déplacer par le seul effet de son poids et de sa densité. Balthazar s'était écarté pour lui faire place et il continuait à parler à sa femme à voix basse. (Ils buvaient le vin d'un air solennel et répandaient la lie sur leurs vêtements. Les généraux leur avaient simplement dit qu'ils n'y arriveraient jamais, qu'ils ne trouveraient jamais la ville.) Et il se rappelait si nettement comment Justine, après avoir fait l'amour, s'asseyait sur le lit en croisant les jambes et se mettait à disposer les cartes du petit jeu de tarot qui était toujours sur le rayon à côté des livres, comme si elle voulait mesurer le degré de chance qui leur restait après cette dernière plongée dans la rivière souterraine et glacée qu'elle ne pouvait dominer ni assouvir. « Les esprits écartelés par le sexe, avait un jour dit Balthazar, ne trouveront la paix que lorsque la vieillesse et l'impuissance les persuaderont que le silence et la quiétude n'ont rien d'hostile. »

Toute la discordance de leurs vies était-elle à la mesure de l'angoisse qu'ils avaient héritée de la ville et du siècle ? « Oh ! mon Dieu, disait-il presque, pourquoi ne quittons-nous pas cette ville, Justine ? pourquoi n'allons-nous pas chercher un air moins imprégné du sentiment de l'exil et de l'échec ? » Les vers du vieux poète [1] lui revenaient en mémoire, amplifiés comme sous la pression de la pédale du piano, faisant vibrer le fragile espoir que cette idée avait éveillé de son ténébreux sommeil.

« Mon problème, se dit-il tranquillement en se touchant le front pour voir s'il avait de la fièvre, c'est que la femme que j'aimais m'a donné un contentement parfait qui n'a jamais touché son

---

1. Il s'agit de Cavafy, « La ville » (voir texte en appendice).

propre bonheur » ; et il réfléchit à toutes les erreurs qui trouvaient maintenant leur confirmation dans certains signes physiques. À savoir : qu'il avait battu Justine, battu jusqu'à ce que son bras lui fasse mal et que le bâton se fût brisé dans ses mains. Tout cela n'était qu'un rêve naturellement. Mais il s'était réveillé avec une douleur au bras et la main enflée. Que pouvait-on croire lorsque la réalité tournait l'imagination en dérision ?

En même temps, naturellement, il se rendait compte que la souffrance, comme toute maladie, était une forme aiguë de la présomption, et tout l'enseignement de la Cabale déferlait ensuite sur lui et l'inondait de mépris pour soi-même. Il entendait, comme les lointains échos de la mémoire de la ville, la voix de Plotin parlant, non de fuir les intolérables contingences temporelles, mais vers une nouvelle lumière, une nouvelle cité de Lumière. « Ce n'est pas un voyage dans l'espace. Regarde en toi-même, retire-toi en toi-même et regarde. » C'était pourtant le seul acte dont il se savait à jamais incapable.

Je m'étonne encore en rapportant ces phantasmes ; je me souviens que tous les bouleversements intérieurs ne laissaient presque aucune trace visible à la surface de sa vie — même pour ceux qui le connaissaient intimement. Rien de vraiment tangible, tout au plus l'imperceptible sensation de quelque chose de faux dans son entourage, comme un air bien connu joué un quart de ton trop haut. Il est vrai qu'à cette époque il avait déjà commencé à donner des fêtes avec une prodigalité encore inconnue de la ville, même chez les plus riches. La grande maison n'était plus jamais vide maintenant. La grande cuisine alors déserte et poussiéreuse, où nous étions si souvent venus nous faire cuire un œuf ou boire un verre de lait après le concert ou le théâtre, était maintenant en permanence le domaine d'une armée de cuisiniers en blouses et bonnets immaculés : on se serait cru dans quelque hôpital ou dans les coulisses d'un théâtre. Les chambres du haut, les escaliers, les corridors et les salons où ne battaient jadis que les cœurs endeuillés des pendules étaient maintenant patrouillés par des esclaves noirs, majestueux comme des cygnes, mystérieux et affairés. Leur robe d'une blancheur immaculée fleurant une légère odeur d'amidon était serrée à la taille par une ceinture rouge que fermaient des agrafes d'or en forme de têtes de tortue, l'emblème que Nessim s'était choisi. Leurs doux yeux de marsouins étaient surmontés par le traditionnel pot de fleurs écarlate, leurs mains de gorilles comprimées dans des gants blancs. Et silencieux comme la mort.

S'il n'avait surpassé en prodigalité les grandes figures de la haute société égyptienne, on aurait pu croire qu'il voulait se pousser en avant. La maison résonnait perpétuellement des échos d'un quatuor aux enroulements de fougères glacées ou des plongeons désespérés des saxophones bramant à la nuit comme des cerfs.

Les longues et magnifiques pièces de réception avaient été percées d'alcôves et de recoins inattendus pour augmenter leur capacité déjà considérable et permettre aux quelque deux ou trois cents invités qui s'y pressaient parfois de pouvoir prendre part à des dîners raffinés et dépourvus de sens, tandis que leur hôte était perdu dans la contemplation d'une rose posée sur une assiette vide devant lui. Ce n'était pourtant pas là une distraction remarquable de sa part : il pouvait opposer aux platitudes de la conversation un sourire... aussi surprenant que si l'on avait soulevé un verre retourné pour découvrir quelque rare créature entomologique dont on ne connaît pas le nom scientifique.

Que pourrait-on ajouter d'autre ? Les petites extravagances de son habillement étaient à peine perceptibles chez un homme dont la fortune avait toujours semblé curieusement en opposition avec un goût marqué pour les vieux pantalons de flanelle et les vestes de tweed. Maintenant, dans son impeccable smoking qui laissait entrevoir une large ceinture de soie écarlate, il ne ressemblait qu'à ce qu'il aurait dû toujours être, le banquier le plus riche et le plus élégant de la ville. Les gens sentaient qu'il était enfin rentré dans sa peau. C'était comme cela qu'un homme de sa condition devait vivre. Seulement le corps diplomatique flairait sous cette nouvelle prodigalité toutes sortes de motifs cachés, un complot peut-être pour s'emparer du roi, et il se mit à fréquenter son salon avec une assiduité distinguée. Sous les visages nonchalants et raffinés on devinait une curiosité sans cesse en éveil, une volonté de découvrir les intentions secrètes de Nessim : le roi était maintenant fréquemment l'hôte de la grande maison.

Tout cela ne faisait pas progresser d'un pas l'intrigue principale. C'était comme si l'action que Nessim méditait se fût développée avec une telle lenteur, à la façon dont se forment les stalactites, qu'il était sûr d'avoir tout le temps nécessaire pour se consacrer, dans l'intervalle, à ces fastidieuses futilités, tandis que les fusées traçaient leurs sillons d'étincelles sur le ciel de velours, pénétrant de plus en plus profondément dans la nuit où nous nous engourdissions, Justine et moi, dans les bras et l'esprit l'un de l'autre. Dans l'eau tranquille des fontaines on voyait l'éclaboussure des faces humaines, allumées par ces étoiles d'écarlate et d'or qui fusaient en sifflant vers les cieux comme des cygnes altérés. Dans l'obscurité, sa main tiède posée sur mon bras, je regardais le ciel d'automne en ses convulsions de couleurs et de flammes avec le calme de celui pour qui toute la souffrance imméritée de l'univers humain s'est retirée et diffractée — comme le fait toujours la souffrance lorsqu'elle a duré trop longtemps — jaillie d'un membre spécifique et submergeant toute une région du corps ou de l'esprit. Les merveilleuses traînées des fusées sur le ciel sombre nous remplissaient d'un sentiment d'accord extraordinaire avec toute la nature du monde de l'amour qui devait bientôt nous abandonner.

Cette nuit-là fut prodigue en éclairs, de beaux éclairs comme l'été sait en produire; et à peine le spectacle achevé, un léger roulement de tonnerre s'éleva du désert, formant une mince croûte ininterrompue à la surface mélodieuse du silence. Puis une fraîche ondée survint, pure, bienfaisante, et l'ombre aussitôt se peupla de silhouettes se hâtant à l'abri des salons illuminés, robes et pantalons relevés au-dessus des chevilles, parmi le brouhaha des voix et des exclamations de plaisir. Les lampes imprimaient un court instant la nudité des corps sur les étoffes transparentes qui les recouvraient. Quant à nous, nous nous dirigeâmes sans un mot vers la tonnelle, derrière les rangées de fleurs en pots, et nous nous assîmes sur un banc de pierre sculpté en forme de cygne. La foule bruissante et riante se pressait là aussi à l'entrée de la tonnelle vivement éclairée; nous étions dans notre berceau d'ombre, buvant avec délices les petites flèches de la pluie qui ruisselait sur notre visage. Les dernières fusées furent allumées en manière de défi par des messieurs en jaquette de soirée, et je contemplai à travers les ondes de ses cheveux les dernières et pâles comètes briller et s'éteindre dans la nuit. Je goûtai, l'esprit encore enflammé par les rougeoiements de beauté nocturne, la tiède et innocente pression de sa langue sur la mienne, de ses bras sur les miens. L'immensité de ce bonheur... nous ne pouvions parler, nos regards s'engloutissaient dans nos yeux pleins de larmes contenues.

Des bruits nous parvenaient de la maison : bouchons de champagne qui sautaient, rires d'êtres humains.

— C'est tous les soirs pareil, maintenant. Il n'est plus jamais seul.

— Qu'arrive-t-il à Nessim?

— Je ne sais plus. Quand on a quelque chose à cacher, on se met à jouer un rôle. Cela oblige tout le monde autour de vous à se transformer en acteur.

Oui, c'était le même homme qui s'agitait à la surface de leur vie commune, le même homme doux, affable, ponctuel; mais d'une certaine façon, tout avait changé, et il n'était plus là.

— Nous nous sommes quittés, dit-elle en un petit murmure expirant.

Et nous serrant plus près, jusqu'à la garde même des sens, nous écrasions nos baisers qui étaient comme la somme de tout ce que nous avions partagé, que nous tenions un éphémère instant dans nos mains, avant qu'ils ne se répandent à nouveau dans le cours du monde et ne nous abandonnent. Pourtant, c'était comme si dans chaque étreinte elle se disait : « Peut-être qu'à travers cela même, qui fait tant de mal et dont je voudrais que cela n'ait point de fin, peut-être qu'à travers cela je retrouverai le chemin qui me conduira jusqu'à Nessim. » Je me sentais tout à coup en proie à un intolérable découragement.

Plus tard, en traversant le quartier indigène avec ses lumières crues et ses odeurs de chair et de sueur, je me demandai, comme souvent, où nous conduisait le temps. Et comme pour mettre à l'épreuve la validité des émotions sur lesquelles tant d'amour et d'angoisse pouvaient se fonder, j'entrai dans une baraque éclairée, décorée par un morceau d'affiche de cinéma — la moitié d'un énorme visage de femme aussi vide de sens que le corps d'une baleine morte, le ventre en l'air — et je pris place sur le siège réservé au client, comme chez le coiffeur, pour attendre mon tour. Un rideau crasseux me séparait d'une pièce d'où me parvenaient des sons étouffés, comme d'une réunion de créatures inconnues de la science, pas particulièrement révoltantes, simplement intéressantes comme le sont les sciences naturelles pour ceux qui ont abandonné toute prétention à la sensibilité. Naturellement j'étais ivre à ce moment-là, et épuisé — ivre de Justine autant que de *Pol Roget* [1] au corps de papier de soie.

Il y avait un tarbouche sur la chaise à côté de moi; distraitement je le mis sur ma tête. Il était tiède et raide, et l'épaisse coiffe de cuir collait à mon front. « Je veux savoir ce que tout cela signifie », me dis-je en me regardant dans un miroir fendu et recollé avec des bordures de timbres. Je songeais naturellement à toute cette monstrueuse mêlée du sexe, à cet acte de pénétration qui peut conduire un homme au désespoir pour une de ces créatures dotées de deux mamelles et d'un *croissant*, pour employer le pittoresque terme d'argot en usage au Levant. Derrière le rideau, c'était maintenant un duo croassant et glapissant, une voix humaine surexcitée s'ajoutant aux soubresauts d'un vieux lit de bois aux lattes disjointes. C'était probablement là le même acte non différencié que celui que Justine et moi accomplissions de la même façon que tout le reste de l'humanité. Où était la différence ? En quoi nos sentiments se distinguaient-ils de la vérité de ces deux-là, accouplés comme des bêtes, derrière le rideau ? Et quelle était la part de l'esprit, tout en grimaces, avec son interminable *catalogue raisonné* du cœur ? J'aurais voulu répondre à une question qui resterait éternellement sans réponse; mais j'avais une telle soif de certitude qu'il me semblait que si je pouvais surprendre l'acte à l'état naturel, motivé par un agent scientifique et non par l'amour, pas encore abîmé par l'idée, je découvrirais la vérité de mes senti-

1. Erreur de l'auteur; il s'agit du champagne Pol Roger.

ments et de mes désirs. Impatient de me délivrer de cette question je soulevai le rideau et m'avançai sans bruit dans le réduit que la flamme basse d'une petite lampe à paraffine éclairait d'une lueur vacillante.

Le lit était occupé par une masse indistincte de chair mouvante en plusieurs endroits à la fois, frémissant vaguement comme une fourmilière. Il me fallut un moment pour distinguer les membres pâles et poilus d'un vieillard de ceux de sa partenaire, convexité blanc verdâtre d'une femme à tête de boa constrictor, tête d'où pendaient, sur le bord d'un ignoble matelas, des mèches noires, broussaille hirsute et frétillante. Ma brusque apparition dut suggérer d'abord une descente de police car elle fut suivie par un halètement et un silence complet. La fourmilière semblait avoir été tout à coup désertée. L'homme poussa un grognement et esquissa un regard dans ma direction, puis se ravisa, comme pour échapper à toute identification, et enfouit sa tête entre les énormes mamelles de la femme. Il était impossible de leur expliquer que ma curiosité n'avait d'autre objet que l'acte qu'ils étaient en train d'accomplir. Je m'approchai du lit délibérément, en manière d'excuse, et d'un air détaché qui aurait pu passer pour vaguement scientifique, je m'appuyai à la barre toute rouillée du lit et je regardai, non pas ces deux-là, car j'avais à peine conscience de leur existence, mais moi et Melissa, moi et Justine. La femme tourna vers moi une paire de grands yeux de braise et dit quelque chose en arabe.

Ils restaient là, comme les victimes d'une terrible catastrophe, gauchement emboîtés, comme si, dans le cours d'une expérience incohérente, ils étaient le premier couple dans l'histoire humaine à prendre conscience de ce moyen particulier de communication. Leur posture, tellement grotesque et malhabile, semblait être le résultat de quelque tentative antérieure qui pourrait, après des siècles d'expérience, donner une disposition des corps aussi parfaitement harmonieuse qu'une figure de ballet. Je reconnus néanmoins que cela avait été immuablement fixé, depuis toujours et pour jusqu'à la fin des temps, cet emboîtement éternellement tragique et grotesque. C'est de là que découlèrent tous les aspects de l'amour que l'esprit des poètes et des fous ont utilisés pour élaborer leur philosophie, leur esthétique et leur mystique. C'est à partir de là que toutes les folies et toutes les maladies ont proliféré. Là est aussi l'origine des visages lugubres et désabusés des vieux époux, liés dos à dos pour ainsi dire, comme des chiens incapables de se détacher après l'accouplement.

Le bref éclat de rire que j'émis me surprit, mais il rassura mes comparses. L'homme releva la tête de quelques centimètres et écouta attentivement comme pour s'assurer qu'aucun policier n'aurait pu émettre un tel rire. La femme essaya de nouveau de se justifier et me sourit.

— Attendez un moment, cria-t-elle en agitant une main blême et pustuleuse en direction du rideau, ce ne sera pas long.

Et l'homme, comme s'il prenait cela pour un reproche, fit quelques mouvements convulsifs, comme un paralytique qui essaie de marcher, poussé non par les exigences du plaisir mais par la plus pure des courtoisies. Son expression était celle de l'homme qui se sent pris tout à coup d'un accès de politesse et qui, dans un tram bondé, se lève pour céder sa place à un mutilé de guerre. La femme grogna et crispa les doigts.

Les laissant là, à leur harmonie et leur emboîtement, je ressortis dans la rue en riant et me mis de nouveau à faire le tour du quartier toujours aussi bruissant des activités concrètes et dérisoires des hommes et des femmes. La pluie avait cessé et le sol exhalait son odeur délicieuse et torturante d'argile, de corps et de jasmin rance. Je marchai lentement, totalement hébété, et je me mis à me décrire pour moi seul, avec des mots, tout ce quartier d'Alexandrie, car je savais que bientôt il serait oublié et ne serait plus revisité que par ceux dont les souvenirs auraient été modelés par la ville enfiévrée, s'accrochant à l'esprit des vieillards comme des traces de parfum sur une manche : Alexandrie, capitale de la Mémoire.

La rue étroite était de terre cuite et odorante, douce après la pluie mais pas humide. Elle était bordée sur toute sa longueur des loges colorées des prostituées dont les corps au marbre émouvant se tenaient modestement chacun devant sa petite maison de poupée, comme sur le seuil d'un sanctuaire. Elles étaient assises sur des tabourets à trois pieds, telles des pythies, les pieds dans des pantoufles de couleur vive, en pleine rue. L'originalité de l'éclairage donnait à toute la scène les teintes d'une fable éternelle : au lieu d'être éclairée par le haut, toute la rue était éclairée par une série de lampes à carbure à la flamme aveuglante, posées à même le sol, qui jetaient d'irréelles ombres violettes dans les coins et sur les pignons de ces maisons de poupées, dans les yeux et les narines de leurs occupantes, dans la douceur docile de ces ténèbres de fourrure. Je marchai lentement parmi ces extraordinaires fleurs humaines en songeant qu'une ville, tout comme un être humain, rassemble ses prédispositions, ses appétits et ses craintes. Elle atteint la maturité, produit ses prophètes et tombe dans l'hébétude, la vieillesse ou, pis encore, la solitude. N'ayant pas conscience que leur mère se mourait, les habitantes de la ville étaient assises là, en pleine rue, telles des cariatides soutenant les ténèbres, les souffrances de l'avenir peintes à même leurs paupières ; veillant, attendant l'immortalité, tout au long du temps fatidique.

Il y avait une loge entièrement décorée de fleurs

de lis soigneusement et correctement dessinées sur un sol d'un bleu royal. Sur le pas de la porte était assise une négresse aux yeux bleus, une géante qui pouvait avoir dix-huit ans, vêtue d'une chemise de nuit de flanelle rouge qui la faisait vaguement ressembler à une élève d'une école des sœurs. Sur sa tête noire et crépue elle avait posé une couronne de narcisses éblouissants. Ses mains étaient humblement posées dans le creux de son tablier. On aurait dit un gros lapin noir assis au bord de son terrier. À côté, une femme fragile comme une feuille, et plus loin une autre comme une formule chimique rincée par l'anémie et la fumée de cigarette. Et partout sur les murs de ces loges, le même talisman commun à toute la contrée, l'empreinte bleue d'une main d'enfant, les doigts écartés, pour éloigner les terreurs qui peuplaient les ténèbres extérieures à la ville. J'étais salué sur mon chemin non par des cris humains et vénaux mais par de douces et roucoulantes propositions de colombes, et leurs voix paisibles emplissaient la rue d'une paix de cloître. Ce n'était pas le sexe qu'elles offraient dans leur monotone réclusion parmi les flamboyances jaunâtres, mais en véritables filles d'Alexandrie, le profond oubli de la parturition, mêlé de plaisirs physiques pris sans répugnance.

Les maisons de poupées frissonnèrent et vacillèrent un moment sous la brusque poussée du vent de la mer venu se glisser là, faisant voltiger les vêtements épars, tentant de dénouer ce qui était noué. L'une des maisons était entièrement dépourvue de toile de fond et, en regardant par la porte, on pouvait apercevoir une courette avec un palmier rabougri. À la lumière d'un seau où brûlaient des copeaux, trois filles étaient assises sur des tabourets, enveloppées dans des kimonos déchirés, parlant à voix basse et tendant les mains vers le feu follet. Elles semblaient aussi absorbées, aussi loin que si elles avaient été autour d'un feu de camp dans les steppes.

(Je voyais tout au fond de moi les grandes banquises, les congères pleines des bouteilles de champagne de Nessim aux reflets bleu-vert, comme de vieilles carpes au fond d'un étang familier. Et comme pour raviver mon souvenir j'approchai de mes narines mes manches où le parfum de Justine s'était déposé.)

À la fin j'entrai dans un café vide, bus une tasse de café que me servit un Saidi dont le grotesque strabisme semblait dédoubler tous les objets sur lesquels se posait son regard. Dans un coin de la salle, recroquevillée sur un coffre et si immobile qu'elle était invisible au premier abord, une vieille femme fumait un narguilé qui émettait de temps en temps un petit gargouillis léger comme un gloussement de pigeon. Là je repensai à toute l'histoire depuis le commencement jusqu'à la fin, depuis l'époque où je ne connaissais pas encore Melissa jusqu'en un point maintenant proche d'une mort pour rien, une mort officieuse dans une ville à laquelle je n'appartenais pas ; je dis que je repensai à tout cela, d'une manière curieusement impersonnelle, comme fondue dans la trame de l'étoffe historique de ce lieu. Je voyais cela comme faisant partie du comportement de la ville, de tout ce qui avait été et de tout ce qui suivrait. C'était comme si mon imagination était devenue subtilement empoisonnée par l'ambiance de ce lieu et ne pouvait plus répondre aux évaluations personnelles, individuelles. J'avais perdu jusqu'à la faculté de percevoir le frisson du danger. Mon plus vif regret, et c'était assez caractéristique, se portait sur le fouillis de notes manuscrites qui pourraient rester derrière moi. J'avais toujours eu horreur de l'inachevé, du fragmentaire. Je décidai alors de les détruire avant de faire un pas plus avant. Je me levai, et tout à coup je ressentis un choc : je venais de comprendre que l'homme que j'avais vu dans la petite baraque n'était autre que Mnemjian. Comment avais-je pu ne pas reconnaître tout de suite ce dos difforme? Cette idée m'obséda tandis que je retraversais le quartier, me dirigeant vers les grandes avenues qui conduisent à la mer. Je traversai ce mirage de ruelles enchevêtrées comme on traverse le champ de bataille où sont tombés tous vos amis; et pourtant je ne pouvais m'empêcher de jouir de la moindre odeur, du moindre son — jouissance de survivant. Au coin d'une rue, un mangeur de feu levait la tête vers le ciel, crachant une colonne de flamme qui lui noircissait la bouche et déchirait l'obscurité. De temps en temps il trempait une baguette dans une bouteille de pétrole puis, à nouveau, renversait la tête et soufflait des flammes de deux mètres de haut. À tous les coins de rues des ombres violettes coulaient et s'effondraient, zébrées d'expérience humaine — sauvages et tendrement lyriques à la fois. Je considérai comme une preuve de maturité le fait que je ne m'apitoyais plus sur mon désespoir, que je n'avais plus d'autre désir que celui d'être revendiqué par la ville, d'être inscrit parmi tous ses souvenirs banals ou tragiques — si telle était sa volonté.

Il était également symptomatique qu'au moment où j'atteignis le petit appartement et où je déterrai le petit cahier gris où j'avais griffonné mes notes je ne songeai plus à le détruire. Je m'assis au contraire sous la lampe et j'en ajoutai d'autres tandis que Pombal, dans l'autre fauteuil, discourait sur la vie.

« De retour dans ma chambre, je m'assieds en silence, en écoutant les lourds accords de son parfum; odeur de chair peut-être, odeur de fèces et de plantes, toutes brodées dans l'épais brocart de son être. C'est une espèce particulière d'amour car je n'ai pas le sentiment de la posséder — et je ne pense pas que je puisse en avoir le désir. C'est comme si nous ne nous unissions que dans la possession de nous-mêmes, comme si nous devenions associés à un stade commun de croissance. En fait nous outrageons l'amour, car les liens de l'amitié se sont révélés plus forts. Ces notes, en quelques mains qu'elles tombent, n'ont d'autre prétention qu'à un commentaire douloureusement affectueux d'un monde où je naquis pour partager mes instants de plus grande solitude — ceux du coït — avec Justine. Je ne puis m'approcher plus près de la vérité.

« Ces temps derniers, lorsque j'étais empêché de la voir pour une raison ou pour une autre, je me languissais d'elle au point de me rendre jusqu'à Pietrantoni pour essayer d'acheter un flacon de son parfum. Vainement. L'aimable vendeuse avait beau me tamponner les mains avec les bouchons des flacons de toutes les marques qu'elle avait en magasin, je ne pus jamais le découvrir. Une fois ou deux je crus avoir trouvé, mais non, ce n'était pas tout à fait cela. Il y avait toujours quelque chose qui manquait — je suppose que c'était l'odeur de la peau elle-même, que le parfum ne faisait qu'habiller. Tous les parfums qu'on me proposait étaient sans corps. Ce n'est que lorsque, désespéré, je mentionnai le nom de Justine, que la jeune fille revint au premier des parfums que nous avions essayés.

— Que ne le disiez-vous plus tôt ! dit-elle d'un air de reproche professionnel.

« Tout le monde, semblait-elle insinuer, connaissait le parfum de Justine, sauf moi. C'était impardonnable. J'eus néanmoins la surprise de constater que *Jamais de la vie* n'était pas un parfum des plus chers ni des plus exotiques.

« (Quand je rapportai chez moi le petit flacon de parfum qu'on avait trouvé dans la poche de Cohen, le double spectral de Melissa y était encore emprisonné. On pouvait encore le déceler.) »

Pombal lisait à haute voix le long et terrible passage de *Mœurs* intitulé « Le Mort parle ». « Dans toutes ces collisions fortuites avec l'animal mâle je

n'avais jamais éprouvé le soulagement de la délivrance, quelles que fussent les expériences auxquelles j'avais livré mon corps. Je vois toujours
dans le miroir l'image d'une furie vieillissante
s'écriant : *"J'ai raté mon propre amour — mon
amour à moi. Mon amour-propre, mon propre
amour. Je l'ai raté. Je n'ai jamais souffert, jamais eu
de joie simple et candide*."* »

Il s'arrêta et dit :

— Si cela est vrai, vous ne gagnerez qu'à vous
rendre malade à l'aimer.

Et cette remarque me frappa comme le tranchant d'une hache maniée par quelque entité douée
d'une force prodigieuse et inconsciente.

*

Quand arrivèrent les grandes parties de chasse
annuelles sur le lac Mareotis, Nessim commença à
éprouver un sentiment quasi magique de soulagement. Il se rendait compte que c'était maintenant
ou jamais que ce qui devait se décider se déciderait. Il avait l'air d'un homme qui vient de
combattre avec succès une grave maladie. Son
jugement aurait-il été aussi faible s'il n'avait pas été
conscient ? Pendant sept longues années de
mariage il s'était répété tous les jours ces mots :
« Que je suis heureux ! », mots fatals comme la sonnerie d'une horloge de campagne sur laquelle le
silence empiète sans cesse. Maintenant il ne pouvait plus dire cela. Leur vie commune ressemblait à
un câble enterré sous le sable, qui, d'une manière
inexplicable, s'était rompu en un point impossible
à déterminer, les plongeant tous les deux dans une
obscurité inhabituelle et impénétrable.

La folie elle-même, naturellement, ne tenait
aucun compte des circonstances. Elle apparaissait
comme en surimpression, non sur les personnalités
torturées au-delà du supportable, mais uniquement

sur une situation donnée. En fait nous la partagions tous, quoique Nessim en fût le seul acteur visible et qu'il l'illustrât dans la chair, comme un être distinct. La brève période qui précéda les grandes parties de chasse sur le lac Mareotis dura environ un mois, certainement pas beaucoup plus. Là encore ceux qui ne le connaissaient pas ne pouvaient rien soupçonner. Cependant les illusions s'amplifiaient à un point tel qu'à lire ses Mémoires on avait l'impression d'observer des bactéries au microscope — les cellules saines étaient tombées en démence, proliféraient comme dans le cancer et étaient incapables de retrouver le contrôle d'elles-mêmes.

Les mystérieuses séries de messages chiffrés transmis par les noms des rues qu'il rencontrait en chemin manifestaient les signes précis et irréfutables d'une action surnaturelle en cours, chargée de la menace d'un invisible châtiment — encore qu'il n'eût pas su dire s'il était destiné à lui-même ou aux autres. Le traité de Balthazar tout jauni à la devanture d'un libraire et, *le même jour,* la tombe de son père dans le cimetière juif — avec ces noms distinctifs gravés sur la pierre évoquant toute la mélancolie de la juiverie européenne en exil.

Puis la question des bruits dans la chambre voisine : une sorte de respiration lourde et, tout à coup, le jeu simultané de trois pianos. Cela, il en était sûr, n'était pas des illusions, mais les maillons d'une chaîne occulte que seul un esprit ayant dépassé le cadre de la causalité pouvait trouver logiques et persuasifs. Il était de plus en plus difficile de feindre la santé d'esprit en s'appuyant sur les normes du comportement ordinaire. Il passait par cette *Devastatio* décrite par Swedenborg [1].

---

1. Emmanuel Swedenborg (1688-1772), savant suédois, docteur en philosophie, dont les visions mystiques (un monde invisible d'anges et de démons influencerait tout le monde visible), ont suscité la création de nombreuses sectes.

Les feux de charbon prenaient en brûlant des formes extraordinaires. Il les allumait et les rallumait sans cesse pour vérifier ses découvertes — visages et paysages terrifiants. Le grain de beauté sur le poignet de Justine était également un grand sujet de trouble. À table il devait lutter si fébrilement contre son désir de le toucher qu'il en pâlissait et se sentait sur le point de défaillir.

Une après-midi un drap froissé se mit à respirer, pendant près d'une demi-heure, en prenant la forme du corps qu'il devait recouvrir. Une nuit il fut éveillé par un gémissement d'ailes immenses et il vit une créature aux ailes de chauve-souris et dont la tête en forme de violon reposait sur la barre du lit.

Puis la puissance contraire des forces du bien : un message apporté par une bête à bon Dieu venue se poser sur la feuille de papier où il écrivait ; l'air de *Pan* de Weber qu'un piano dans la maison voisine jouait *tous les jours* entre trois et quatre. Son esprit était devenu un champ de bataille où les forces du bien et celles du mal se livraient un combat acharné, et il sentait qu'il avait le devoir de tendre tous ses nerfs pour distinguer entre elles, mais ce n'était pas facile. Le monde phénoménal commençait à lui jouer de tels tours que ses sens se mettaient à accuser la réalité elle-même d'inconsistance. Tout son édifice mental était en passe de se scinder en deux parties, qu'un souffle alors suffirait à abattre.

Un jour sa veste, posée sur le dossier d'une chaise, se mit à battre comme si elle avait été occupée tout à coup par une colonie de cœurs étrangers. Lorsqu'il voulut les voir elle s'arrêta et refusa de continuer devant Selim qu'il avait fait venir dans la chambre. Le même jour il vit ses initiales tracées en lettres d'or sur un nuage qui se réfléchissait dans une vitrine de la rue Saint-Saba. *Cela était une preuve suffisante pour tout.*

Le même jour un étranger était assis dans le coin habituellement réservé à Balthazar au Café Al Aktar, et buvait un *arak* — l'*arak* qu'il avait précisément l'intention de commander. Le personnage lui ressemblait étrangement, encore que cette ressemblance fût déformée dans le miroir par un rictus qui découvrait ses dents d'une blancheur insoutenable. Il ne voulut pas en voir davantage et se précipita dehors.

Dans la rue Fouad, il sentit tout à coup le trottoir devenir mou comme de l'éponge sous ses pieds; il enfonçait déjà jusqu'à la ceinture quand l'illusion s'évanouit. À deux heures et demie, cet après-midi-là, il s'éveilla d'un sommeil fiévreux, s'habilla et sortit pour confirmer l'intuition irrésistible que Pastroudi et le Café Dordali étaient vides. Ils l'étaient tous les deux, et cette constatation le remplit d'un sentiment de soulagement et de triomphe; ce fut de courte durée: en rentrant dans sa chambre il eut brusquement le sentiment qu'on lui arrachait à petits coups le cœur de la poitrine à l'aide d'une pompe. Il en était arrivé à haïr et à redouter sa chambre. Il restait longtemps sans faire un mouvement, écoutant, jusqu'à ce que le bruit revienne: un glissement de fils que l'on déroulait sur le plancher, et le bruit d'une petite bête, ses cris perçants qui s'étouffaient au moment où on l'enfermait dans un sac. Puis, distinctement, le bruit d'un couvercle de valise qu'on rabattait, des fermoirs qui claquaient, et la respiration de quelqu'un qui se tenait derrière le mur de la pièce voisine, écoutant le moindre bruit. Nessim ôtait alors ses chaussures et s'approchait de la fenêtre sur la pointe des pieds pour essayer de voir dans la chambre voisine. Son agresseur, lui semblait-il, était un vieillard décharné, au nez et au regard d'aigle, avec des yeux rouges et enfoncés, des yeux d'ours. Mais il ne parvenait pas à avoir confirmation de cela. Alors, s'éveillant tôt le matin du jour où il devait envoyer les invitations pour les grandes chasses, il vit avec horreur, par la fenêtre de sa chambre, deux hommes à la mine suspecte, vêtus à l'arabe, qui fixaient une corde à un treuil sur le toit. Ils le montrèrent du doigt et se mirent à échanger des propos à voix basse. Puis ils se mirent à faire descendre dans la rue quelque chose de lourd, enveloppé dans un manteau de fourrure. Ses mains tremblaient tandis qu'il remplissait les grands cartons blancs, de sa grande écriture aisée, en choisissant les noms sur l'immense liste tapée à la machine, que Selim avait déposée sur son bureau. Il sourit néanmoins en songeant à la place que la presse locale consacrait tous les ans à cet événement mémorable : les grandes chasses sur le lac Mareotis. Alors que tant de choses le préoccupaient, il voulait cependant ne rien laisser au hasard, et, refusant les bons offices de Selim, tint à rédiger lui-même toutes les invitations. La mienne, lourde de tous les présages d'un désastre, était maintenant debout sur la cheminée. Je la contemplais, l'attention légèrement dispersée par la nicotine et le vin, en me disant que là, d'une manière encore indéfinissable, se trouvait la solution vers laquelle nous avions tous tendu. « Quand la science fait défaut, les nerfs prennent le dessus. *Mœurs.* »

— Naturellement tu vas refuser. Tu n'iras pas ?

Justine dit cela d'un ton si tranchant que je compris qu'elle avait surpris mon regard. Elle se penchait sur moi dans la lumière blême de l'aube, et, entre deux phrases, tendait l'oreille vers le fantôme d'Hamid qui respirait bruyamment derrière la porte.

— Tu ne vas pas tenter le diable. Dis, réponds-moi ?

Et comme pour donner plus de poids à sa prière, elle ôta sa robe et ses chaussures et se coula doucement dans le lit contre moi, cheveux et bouche tièdes, mouvements nerveux et trompeurs d'un corps qui se pressait contre un autre corps comme s'il souffrait d'une blessure inguérissable. J'eus alors le sentiment que je ne pouvais pas priver Nessim plus longtemps de la satisfaction qu'il attendait de moi, ni des conséquences que cela entraînerait pour lui. Il y avait aussi, par-dessous tout cela, la sensation fluide et feutrée d'un soulagement imminent et je me sentais presque heureux lorsque je vis le visage de celle qui était dans mes bras. Ses yeux noirs, merveilleusement expressifs, semblaient plonger au fond de sa mémoire comme du haut d'une fenêtre élevée. Elle regardait, je le savais, dans les yeux de Melissa — dans les yeux purs et inquiets de celle qui, à mesure que le danger se faisait plus pressant, se rapprochait chaque jour davantage de nous. Après tout, c'était elle qui serait la plus atteinte par l'acte que méditait Nessim — qui d'autre? Et mes pensées remontaient le long de cette chaîne ineffaçable de baisers que Justine avait forgée, remontaient le cours de la mémoire, en haletant, tel un marin qui descend le long de la chaîne d'ancre jusqu'aux profondeurs les plus obscures de quelque grand port stagnant de la mémoire.

D'entre toutes les sortes d'échecs, chacun choisit celui qui compromet le moins son orgueil, celui qui le déçoit le moins. J'avais échoué en art, en religion et dans mes relations avec les gens. Mon échec artistique (cela m'apparut tout à coup à ce moment) avait pour origine mon manque de foi en la discrète personnalité humaine. « Les gens, écrit Pursewarden, sont-ils continûment eux-mêmes, ou bien se perdent-ils et se retrouvent-ils à une cadence si rapide qu'ils ont l'illusion d'une continuité, comme le tremblotement des images dans les vieux films muets? » Je ne croyais pas à la réalité authentique des gens, je ne pensais pas qu'il fût possible de les dépeindre avec quelque chance de vérité. En religion? Eh bien, je n'avais découvert dans aucune religion valable la plus petite graine d'apaisement, le plus petit espoir de soulagement. *Pace* Balthazar, il me semblait que toutes les Églises, toutes les sectes n'étaient au mieux que des écoles pour vous aider à vaincre la peur. Mais le dernier, le plus grand échec (j'enfouis mes lèvres dans la vivante chair noire des cheveux de Justine), l'échec devant les gens : il était dû à un détachement de l'esprit de plus en plus grand qui, s'il me permettait de sympathiser, m'interdisait toute possession. Graduellement, inexplicablement, je devenais de plus en plus déficient en amour, encore que je fisse incontestablement des progrès dans le don de soi, la meilleure part de l'amour. C'était là, je m'en rendais compte avec horreur, ce qui me liait à Justine. En tant que femme, elle était naturellement possessive et devait tenter de s'emparer de cette partie de moi-même qui était à jamais hors d'atteinte, dont l'ultime et douloureux refuge était pour moi le rire et l'amitié. Cette sorte d'amour l'avait rendue, en un sens, désespérée : je n'étais pas sous sa dépendance; et le désir de posséder peut, s'il n'est assouvi, posséder l'esprit tout entier. Comme il est difficile d'analyser ces liens qui se cachent sous la peau même de nos actions : l'amour n'est rien de plus qu'une sorte de langage de la peau, et le sexe pure terminologie.

Et s'il me faut rendre un compte plus précis de ce triste lien qui m'avait fait tant souffrir, je vis que la souffrance elle-même constituait le seul aliment de la mémoire; car le plaisir trouve sa fin en lui-même, et tout ce que le plaisir répété m'avait laissé était un fonds permanent de santé, un détachement où je puisais la vie. J'étais comme une batterie de piles. Sans attaches, j'avais la liberté de circuler dans le monde des hommes et des femmes comme un gardien des vrais droits de l'amour — qui n'est ni la passion ni l'habitude (elles ne font que le qualifier) — mais le divin péché d'un immortel parmi les mortels : Aphrodite sœur d'armes... Cerné de toutes parts, je me définissais néanmoins et me réalisais par cette qualité qui précisément, naturellement, me faisait souffrir le plus : le désintéressement. C'était *cela* que Justine aimait en moi, et non ma personnalité. Les femmes sont des voleuses sexuelles, et c'était ce trésor de détachement qu'elle espérait me ravir — le diamant dans la tête du crapaud. C'était la signature de ce détachement qu'elle voyait écrit en travers de ma vie, avec tous ses hasards, ses dissonances, ses désordres. Elle ne mesurait pas ma valeur à l'aune de mes réalisations ou de mes biens. Justine m'aimait parce que je lui offrais quelque chose qui était indestructible — un être déjà formé et qui ne pouvait être brisé. Elle était hantée par l'idée que même au moment où je l'aimais je n'avais d'autre désir que de mourir ! Et c'était là une idée qui lui était intolérable.

Et Melissa ? Elle manquait naturellement de la pénétration qu'avait Justine à mon endroit. Elle savait seulement que ma force la soutenait en son point le plus faible : ses rapports avec le monde. Elle gardait précieusement tous les signes de ma faiblesse humaine — mes habitudes de désordre, mon incompétence dans les questions d'argent, et ainsi de suite. Elle aimait mes faiblesses parce que là elle sentait qu'elle m'était utile ; pour Justine toutes ces petites choses n'avaient pas le moindre intérêt. Elle avait découvert une autre espèce de force. Ce qui l'intéressait en moi était précisément cela dont je ne pouvais lui faire don et qu'elle ne pouvait me dérober. C'est cela que signifie la possession : être passionnément en guerre contre ses qualités mutuelles ; disputer les trésors que recèle la personnalité de l'autre. Comment une telle guerre pourrait-elle ne pas être destructrice et sans espoir ?

Pourtant, comme les mobiles humains sont enchevêtrés : c'était Melissa en personne qui devait tirer Nessim hors de son refuge dans le monde des phantasmes et le déterminer à une action dont il savait que nous la regretterions tous amèrement : notre mort. C'est elle qui, vaincue par la violence de son malheur, s'approcha une nuit de la table où il était assis, devant une bouteille de champagne vide, regardant la piste de danse d'un air pensif ; et, rougissant et tremblant sous ses faux cils, elle lâcha ces quatre mots : « *Votre femme vous trompe* », phrase qui se ficha dans son esprit en vibrant comme un couteau lancé de loin. Certes ses dossiers étaient déjà depuis longtemps bourrés de cette effroyable évidence, mais ces rapports étaient comme des comptes rendus de journaux relatant une catastrophe dans un pays lointain et que l'on n'a jamais visité. Maintenant il se trouvait face à face avec un témoin oculaire, une victime, un survivant... La résonance de cette seule phrase reféconda sa blessure. Toute la morte paperasserie de ses espions se dressa soudain et lui jeta son cri perçant au visage.

La loge de Melissa était un réduit fétide traversé par les tuyaux coudés par où s'écoulaient les eaux des toilettes. Elle n'avait qu'un gros éclat de miroir aux arêtes dangereuses pour se maquiller, et un petit rayon bordé de dentelle en papier. C'est là qu'elle déposait pêle-mêle ses boîtes de poudre et ses crayons dont elle faisait un usage si maladroit, si affligeant.

L'image de Selim enfla et vacilla dans ce miroir à la lueur dansante du manchon à gaz, comme un spectre de l'autre monde. Il parla d'une voix nette et tranchante qui était une copie de celle de son maître ; dans cette voix copiée elle sentait passer un peu de l'anxiété qu'éprouvait le secrétaire pour le seul être humain qu'il vénérait vraiment et aux angoisses duquel il réagissait comme un oui-ja.

Melissa avait peur maintenant : elle savait que l'outrage à un puissant pouvait, selon les clauses de la ville, être rapidement et horriblement puni. Elle réalisait maintenant avec terreur ce qu'elle avait fait, et elle lutta contre son envie de crier tandis qu'elle ôtait ses faux cils, les doigts tremblants. Elle ne pouvait pas refuser l'invitation. Elle mit ce que sa pauvre garde-robe contenait de mieux et, traînant sa fatigue comme une lourde valise, suivit Selim jusqu'à la grande voiture qui stationnait tous feux éteints dans l'ombre épaisse. On l'aida à monter et à prendre place à côté de Nessim. Ils roulèrent doucement dans le lourd crépuscule d'une Alexandrie que, dans sa panique, elle ne reconnaissait plus. Dédaignant une mer qui avait pris les teintes d'un saphir ils traversèrent les bas quartiers en direction de Mareotis et des crassiers bitumineux de Mex, où le couteau des phares épluchait maintenant l'obscurité, mettant à nu de très brèves scènes intimes de la vie égyptienne — un ivrogne qui chante, une silhouette biblique sur sa mule avec deux enfants réchappés d'Hérode [1], un concierge triant des sacs rapidement, comme on distribue des cartes. Elle surprenait ces scènes familières avec émotion, car derrière s'étendait le désert, son vide bourdonnant comme un coquillage mort. Pendant tout ce temps son compagnon n'avait pas desserré les dents, et elle n'avait pas osé risquer un coup d'œil de son côté.

Lorsque la ligne pure des dunes se mit à luire sous l'argent d'une lune tardive, Nessim fit arrêter la voiture. Tirant maladroitement de sa poche un carnet de chèques il dit d'une voix qui tremblait, les yeux pleins de larmes :

— Quel est le prix de votre silence ?

Elle se tourna vers lui et, voyant pour la première fois la douceur et le chagrin de ce sombre visage, sa peur fit place à un sentiment accablant de honte.

—————

1. Allusion au meurtre des garçons de moins de deux ans par Hérode, qui cherchait à tuer Jésus (voir Matth., 2, 1-18).

Elle reconnut dans son expression une bonté naturelle qui lui donnait la certitude qu'il ne nourrissait aucune hostilité à son égard. Elle posa une main timide sur son bras et dit :

— Si vous saviez comme j'ai honte. Pardonnez-moi, je vous en prie. Je ne savais pas ce que je disais.

Elle se sentait si accablée de fatigue que son émotion qui était sur le point de fondre en larmes se transforma en un bâillement. Ils se regardèrent et ils se sentirent unis soudain par le même sentiment de leur innocence. Un immense soulagement les envahit au même moment, et pendant une minute ce fut comme s'ils étaient tombés amoureux l'un de l'autre.

La voiture reprit de la vitesse, bientôt ils filaient à travers le désert vers le scintillement métallique des étoiles, vers un horizon assombri par le grondement des vagues. Nessim, avec cette étrange créature ensommeillée à côté de lui, se répétait inlassablement cette phrase : « Dieu merci, je ne suis pas un génie, car un génie n'a personne à qui se confier. »

Les regards qu'il glissait de temps en temps vers elle lui permettaient de l'étudier, et de m'étudier à travers elle. Sa beauté et sa grâce durent le désarmer et le troubler comme elles m'avaient troublé et désarmé, car lorsqu'il en parla plus tard il dit que sa beauté était de celles qui vous font terriblement pressentir qu'elle est vouée à servir de cible aux forces de destruction. Et tout à coup il sursauta au souvenir d'une anecdote de Pursewarden dans laquelle elle figurait, car ce dernier l'avait rencontrée, comme Nessim, dans ce même cabaret crasseux; ce soir-là elle faisait partie du groupe d'entraîneuses qui vendaient des tickets de danse. Pursewarden, qui était solennellement ivre, l'aborda sur la piste et, après un moment de silence, lui demanda de cette voix triste et autoritaire dont il avait le secret : « *Comment vous défendez-vous contre la solitude* ?* » Melissa tourna vers lui ses yeux limpides et répondit d'une voix douce : « *Monsieur, je suis devenue la solitude même*.* » Pursewarden fut assez frappé par cette réponse pour ne pas l'oublier et rapporter plus tard cette anecdote à ses amis, en ajoutant : « Alors je me dis tout à coup que c'était là une femme qui valait peut-être la peine d'être aimée. » Toutefois il ne prit pas le risque d'aller la revoir car son livre avançait bien, et il reconnut dans cette flambée de sympathie un tour que lui jouait le côté le plus désœuvré et le plus fragilement superficiel de sa nature. Il écrivait sur l'amour à cette époque, et il ne voulait pour rien au monde modifier les idées qu'il s'était faites sur ce sujet. (« Je ne peux pas tomber amoureux, faisait-il s'écrier à un de ses personnages, car j'appartiens à cette antique société secrète : les Farceurs ! » ; ailleurs, parlant de son mariage, il écrit : « Je compris que tout en étant désagréable à une autre, j'étais aussi désagréable à moi-même ; maintenant que je suis seul, je ne cause plus de désagrément qu'à moi seul. À la bonne vôtre ! »)

Justine était toujours penchée sur mon visage alors que je recréais en esprit ces scènes brûlantes. « Tu trouveras bien une excuse, répétait-elle de sa voix rauque. Tu n'iras pas. » Je ne voyais pas comment sortir de cette impasse. « Je ne *peux* pas refuser, dis-je. Comment veux-tu que je fasse ? »

Ils avaient roulé dans la nuit tiède et figée du désert, Nessim et Melissa, pris d'une soudaine mais muette sympathie l'un pour l'autre. À la dernière côte avant Bourg El Arab il coupa le contact et laissa la voiture quitter la route. « Venez, dit-il, je veux vous montrer le Palais d'Été de Justine. »

Main dans la main, ils prirent le chemin de la petite maison. Le concierge était endormi, mais il avait la clef. Les pièces sentaient l'humidité et l'abandon, la lumière que reflétaient les dunes entrait à flots. Il ne lui fallut pas longtemps pour allumer un feu d'épines dans la grande cheminée et, prenant sa vieille *abba* dans le placard, il s'en vêtit et s'assit avant de dire :

— Dites-moi maintenant, Melissa, qui vous a envoyé me persécuter ?

Il voulait dire cela en manière de plaisanterie, mais il oublia de sourire, et Melissa devint rouge de confusion et se mordit les lèvres. Ils restèrent un long moment assis devant le feu, goûtant la bienfaisante chaleur et la sensation de partager quelque chose — leur commun désespoir.

Justine écrasa la cigarette et sortit lentement du lit. Elle se mit à faire les cent pas sur le tapis. La peur l'avait envahie, et je voyais que ce n'était qu'au prix d'un grand effort qu'elle parvenait à contenir l'envie de faire un éclat.

— J'ai fait tant de choses dans ma vie, dit-elle au miroir. De vilaines choses, peut-être. Mais jamais par distraction, jamais en pure perte. J'ai toujours considéré les actes comme des messages, des désirs du passé vers le futur qui permettaient de se découvrir soi-même. Avais-je tort ? Avais-je tort ?

Ce n'était pas à moi qu'elle posait cette question alors, mais à Nessim. Il est tellement plus facile de poser à son amant les questions destinées à son mari.

— Quant aux morts, reprit-elle au bout d'un moment, j'ai toujours pensé que les morts nous considèrent comme morts. Ils ont rejoint les vivants après cette insignifiante excursion dans la pseudo-vie.

Hamid commençait à se mettre en branle derrière la porte, et elle saisit ses vêtements dans un mouvement de panique.

— Eh bien, vas-y, dit-elle tristement, moi aussi j'irai. Tu as raison. Nous devons y aller.

Puis, se retournant vers le miroir pour achever sa toilette, elle ajouta :

— Encore un cheveu blanc, en étudiant le désordre de ce beau visage.

En la regardant ainsi, prise dans un des rares rayons de soleil qui traversaient la vitre sale, je ne pouvais m'empêcher de penser une fois de plus qu'il n'y avait rien en elle qui fût capable de contrôler ou de modifier l'intuition qu'elle avait fait naître d'une nature repue d'introspection : nulle éducation, nulle ressource de l'intellection pour lutter contre les impératifs d'un cœur violent. Ses dons étaient ceux que l'on rencontre parfois chez les diseuses de bonne aventure ignares. Tout ce qui pouvait passer pour de la pensée chez elle était emprunté — même la remarque sur les morts que l'on trouve textuellement dans *Mœurs*; elle avait pris l'essentiel de certains livres, non pas en les lisant mais en écoutant les inestimables commentaires qu'en donnaient Balthazar, Arnauti, Pursewarden. Elle était un résumé ambulant des écrivains et des penseurs qu'elle avait aimés ou admirés — mais quelle femme, fût-elle la plus douée, pourrait prétendre à plus ?

Nessim prit alors les mains de Melissa dans les siennes (elle les lui abandonnait, dociles, froides, des mains de cire) et il se mit à lui poser des questions sur moi avec une avidité qui aurait pu laisser supposer que ce n'était pas pour Justine mais pour moi qu'il éprouvait une telle passion. On se prend toujours de passion pour l'être qu'a choisi d'aimer la personne qu'on aime. Que n'aurais-je pas donné pour savoir tout ce qu'elle lui dit, avec tant de sincérité, tant de délicatesse naturelle qu'il en fut profondément ému ! Tout ce que je sais, c'est qu'elle conclut stupidement :

— Même maintenant ils ne sont pas heureux ; ils ont de terribles disputes ; c'est Hamid qui me l'a dit la dernière fois que je l'ai vu.

Elle avait pourtant assez d'expérience pour comprendre que le véritable objet de ces querelles qu'on lui avait rapportées était précisément le fait de notre amour. Je pense qu'elle n'y voyait que l'égoïsme de Justine — cette assourdissante absence d'intérêt pour les autres qui caractérisait mon tyran. Elle manquait totalement de cette charité d'esprit qui était l'essentiel de la personnalité de Melissa. Elle n'était pas réellement humaine — nul être totalement voué à son ego ne peut l'être. Que trouvais-je donc en elle? Je me posais cette question pour la millième fois. Nessim cependant, en se mettant à explorer et à aimer Melissa comme un prolongement de Justine, circonscrivait parfaitement la situation humaine. Et Melissa cherchait en lui les qualités qu'elle imaginait que je devais avoir trouvées chez sa femme. Nous étions tous les quatre, à notre insu, complémentaires les uns des autres, inextricablement liés les uns aux autres. (« Nous qui avons beaucoup voyagé et beaucoup aimé; nous qui avons — je ne dirai pas souffert car nous avons toujours reconnu à travers la souffrance notre propre vanité — nous seuls pouvons être sensibles aux complexités de la tendresse et comprendre à quel point l'amour et l'amitié sont étroitement liés. » *Mœurs*.)

Ils parlaient maintenant comme l'auraient fait un frère et une sœur qui se retrouvent, en se communiquant mutuellement ce sentiment de soulagement qui vient à ceux qui partagent le poids de leurs soucis jamais confessés. Et du fond de toute cette sympathie l'ombre inattendue du désir se leva en eux, un fantôme de désir, l'enfant bâtard de la confession et de la délivrance. C'était là, en un sens, comme une prémonition de l'amour qu'ils allaient éprouver l'un pour l'autre, plus tard, et qui allait être tellement moins laid que le nôtre — moi et Justine. L'amour est tellement plus vrai lorsqu'il naît, non du désir, mais de la sympathie; car il ne laisse pas de mauvaises traces, pas de blessures. Il faisait déjà presque jour lorsqu'ils cessèrent de parler et se levèrent, courbatus et frissonnants — le feu s'était éteint depuis longtemps —, traversèrent les dunes craquantes de rosée, dans la pâle lumière de lavande de l'aube, et regagnèrent la voiture. Melissa avait trouvé un ami et un protecteur; quant à Nessim, il était transfiguré. La sensation d'éprouver une nouvelle sympathie lui avait permis, comme par magie, de redevenir lui-même — c'est-à-dire un homme capable d'agir (capable de tuer l'amant de sa femme s'il en avait envie!).

Longeant cette côte pure et qui venait à peine de naître, ils regardaient les premières vrilles du soleil se dérouler d'un horizon à l'autre de la sombre et altière Méditerranée, dont les bords touchaient au même moment Carthage la sainte, l'engloutie, Salamine et Chypre.

Puis, lorsqu'ils atteignirent l'endroit où la route, s'enfonçant à travers les dunes, touche presque le rivage, Nessim ralentit et s'entendit proposer à Melissa, d'aller se baigner. Il avait tellement changé depuis quelques heures qu'il éprouva soudain le désir que Melissa le vît nu, approuvât la beauté qui, pendant si longtemps, était restée inerte, comme un vêtement de bonne coupe oublié dans le placard d'un grenier.

Nus et riant, ils pataugèrent dans l'eau glacée en se donnant la main, sentant déjà la caresse du soleil glisser dans leur dos. C'était comme le premier matin depuis la création du monde. Melissa elle aussi avait quitté, avec ses vêtements, les derniers résidus encombrants de la chair, elle était devenue la danseuse qu'elle était vraiment; la nudité lui donnait toujours la plénitude et l'équilibre, le talent qui lui faisait défaut au cabaret.

Ils demeurèrent étendus un long moment en silence, cherchant à travers les ténèbres de leurs sentiments la route à prendre. Il comprenait qu'il avait gagné son assentiment instantané, qu'elle était maintenant sa maîtresse en toutes choses.

Ils reprirent ensemble le chemin de la ville, se sentant à la fois heureux et mal à l'aise ; ils éprouvaient tous deux une sorte de vide au cœur de leur bonheur. Comme ils hésitaient à s'abandonner à la vie qui les attendait, ils s'attardaient encore, la voiture ne se pressait pas, leur silence se faisait de plus en plus lent entre les caresses.

À la fin Nessim se rappela un petit café vétuste, à Mex, où l'on pouvait trouver des œufs durs et du café. Bien qu'il fût encore très tôt, le propriétaire, un Grec tout ensommeillé, était levé et disposa pour eux deux chaises sous un figuier stérile dans une cour remplie de poules et de leurs maigres fientes. Autour d'eux ce n'étaient que les toitures de tôle ondulée des usines et des entrepôts. La mer n'était présente que par une odeur humide et sonore de métal chauffé et de goudron.

Il la déposa enfin au coin de la rue qu'elle lui indiqua, et lui dit au revoir d'une manière « inexpressive et conventionnelle » — craignant peut-être d'être surpris par un de ses employés. (Ceci est pure conjecture de ma part car les mots « inexpressive » et « conventionnelle » qui apparaissent dans son journal semblent quelque peu déplacés.) Le tumulte inhumain de la ville vint s'interposer une fois de plus, les obligeant à reléguer leurs sentiments et leurs préoccupations. Quant à elle, bâillante, somnolente et entièrement naturelle, elle entra dans la petite église grecque dès qu'elle l'eut quitté, et alluma un cierge devant l'image du saint. Elle se signa de droite à gauche selon la coutume orthodoxe et rejeta une mèche de cheveux de la main tandis qu'elle s'agenouillait devant l'icône, retrouvant dans son baiser d'argent toute la consolation d'une habitude enfantine oubliée. Puis elle se retourna lentement, fatiguée, pour se retrouver face à face avec Nessim. Il était d'une pâleur de mort et la contemplait avec une curiosité brûlante mêlée d'une immense tendresse. Aussitôt elle comprit tout. Ils s'enlacèrent avec une fougue déchirante, sans se baiser les lèvres, leurs corps simplement serrés l'un contre l'autre, et tout à coup il se mit à trembler de fatigue et à claquer des dents. Elle le mena dans le chœur où elle le fit asseoir; pendant un moment il sombra dans une sorte de vertige, essayant en vain de parler et se passant les mains sur le front comme un homme qui a failli se noyer. Non qu'il eût rien de particulier à lui dire en cet instant, mais son impuissance à parler lui faisait craindre une attaque. Il gémit et réussit à articuler :

— Il est terriblement tard, presque six heures et demie.

Il lui prit les mains et les tint pressées dans les siennes contre ses joues rugueuses, puis il se leva et, d'un pas de vieillard, se dirigea péniblement vers le porche où il émergea à la lumière blonde du soleil, la laissant là, assise, le regardant s'éloigner.

Jamais la jeune clarté de l'aube ne lui avait paru aussi bonne. La ville brillait comme une pierre précieuse. Les téléphones aigrelets dont les voix emplissaient les grands buildings de pierre où les financiers vivaient réellement, lui faisaient l'effet de voix de grands oiseaux mécaniques et productifs. Ils rayonnaient d'une jeunesse et d'une santé pharaoniques. Les arbres du parc avaient été lavés et rincés par une pluie matinale inaccoutumée. Ils avaient le poil luisant et ressemblaient à de gros chats satisfaits occupés à leur toilette.

Prenant l'ascenseur pour gagner le cinquième étage, essayant timidement de se donner un air présentable (caressant sa joue déjà noire et rugueuse de barbe, resserrant sa cravate), Nessim interrogea son petit miroir de poche et s'étonna de toute la nouvelle gamme de sentiments et de croyances que ces brèves scènes avaient fait lever en lui. Par-dessous tout cela, douloureux comme une dent gâtée ou un doigt enflé, subsistait la fiévreuse signification de ces quatre mots que Melissa lui avait enfoncés dans la chair. Il reconnaissait avec une sorte de stupeur que Justine était morte pour lui ; d'image intérieure, elle s'était changée en un objet, un médaillon gravé que l'on pouvait porter suspendu à une chaîne autour du cou, pour toujours. Ce n'est jamais sans amertume que l'on abandonne une ancienne existence pour une nouvelle, et chaque femme est une nouvelle vie, concise, circonspecte, *sui generis*. En tant que personne elle s'était brusquement évanouie. Il ne souhaitait plus la posséder, mais se libérer d'elle. De femme, elle était devenue situation.

Il sonna Selim, et quand le secrétaire parut, il lui dicta quelques-unes des lettres les plus mornes qu'il eût jamais dictées, avec un calme si surprenant que les mains du garçon en tremblaient tandis qu'il les prenait en sténo de son écriture précise et minuscule. Nessim n'avait peut-être jamais eu l'air plus terrifiant aux yeux de Selim que ce matin-là, assis derrière son grand bureau poli avec sa rangée de téléphones luisants devant lui.

Nessim fut quelque temps avant de revoir Melissa après cet épisode, mais il lui écrivit de longues lettres, que toutes il déchira et jeta dans les lavabos. Il lui paraissait nécessaire, pour quelque fantastique raison, de lui expliquer Justine et de la justifier à ses yeux, et toutes ces lettres débutaient par une longue et pénible exégèse du passé de Justine et du sien. Sans ce préambule, pensait-il, il lui serait impossible de lui dire par quelles voies Melissa l'avait ému et conquis. Il défendait sa femme, bien entendu, non pas contre Melissa qui n'avait prononcé aucune critique envers elle (à part cette unique phrase), mais contre tous les nouveaux soupçons qui se levaient précisément à partir de son expérience avec Melissa. De la même façon que mon expérience de Justine m'avait montré Melissa sous un jour plus radieux et plus profond,

258

Nessim plongeait son regard dans les yeux gris de Melissa et y voyait naître une Justine toute nouvelle et insoupçonnée. Voyez-vous, il s'effrayait à la pensée qu'il pourrait en arriver à la haïr. Il comprenait maintenant que la haine n'est que de l'amour inaccompli. Il enviait presque la rude franchise de Pursewarden qui, sur la page de garde de son dernier livre, avait griffonné en l'offrant à Balthazar ces mots de dérision :

Pursewarden sur la vie

N.B. — La nourriture est pour manger,
L'art est pour arter,
Les femmes pour...

Fin.

Requiescat in pace.

Lorsqu'ils se revirent, dans des circonstances très différentes... Mais je n'ai pas le courage de continuer. J'ai exploré Melissa assez profondément dans mon esprit et dans mon cœur, et il m'est intolérable de me rappeler ce que Nessim découvrit en elle — des pages couvertes de ratures et de corrections. Pages que j'ai arrachées de son journal et que j'ai détruites. La jalousie sexuelle est le plus curieux des animaux et peut se loger n'importe où, même dans la mémoire. Je me détourne de l'image des timides baisers de Nessim, des baisers de Melissa qui ne choisissait en Nessim que la bouche la plus proche de la mienne...

D'un paquet tout sec et jauni je tire un carton sur lequel, après d'humiliantes palabres, j'avais fini par convaincre un petit imprimeur d'inscrire mon nom et mon adresse. Prenant ma plume j'écrivis :

M. .... accepte avec plaisir
l'aimable invitation de M. .... à

une partie de chasse au canard sur le lac Mareotis.

Il me semble qu'il est temps maintenant d'apprendre d'importantes vérités sur le comportement humain.

*

L'automne était enfin venu, limpide et frais. Les hautes vagues attaquaient les épis de pierre le long de la Corniche. Les oiseaux migrateurs pullulaient sur les eaux peu profondes de Mareotis. Les eaux perdaient leurs scintillements d'or et tournaient au gris, la pigmentation de l'hiver.

Les invités se réunissent chez Nessim à l'heure du crépuscule, prodigieux rassemblement de coupés et de canadiennes. Là commence l'interminable déballage et remballage des paniers d'osier et des étuis de carabines, le tout accompagné de cocktails et de sandwiches. Les costumes bourgeonnent. Comparaison des fusils et des cartouches, conversation inséparable de la vie d'un chasseur, propos décousus, anecdotes, conseils. Le crépuscule jaunâtre et sans lune descend lentement. Les rayons du soleil, quittant le sol, effleurent encore la base mauve des nuages. L'air est vif, pur comme un verre d'eau.

Justine et moi nous nous agitons dans la toile d'araignée de nos préoccupations comme des êtres déjà séparés. Elle porte le costume traditionnel de veloutine : veste longue et ample à poches en biais, chapeau de velours rabattu presque jusqu'aux sourcils — un chapeau d'écolière —, bottes de cuir. Nous ne nous regardons plus en face, et si nous nous adressons la parole c'est d'un ton tout à fait impersonnel. J'ai un atroce mal de tête. Elle a insisté pour que je prenne son fusil de rechange, une belle arme très légère, une Purdey calibre douze, l'idéal pour une main et un œil aussi inexpérimentés que les miens.

Rires et applaudissements quand on tire au sort la composition des diverses équipes. Nous devrons nous déployer largement sur le pourtour du lac, et ceux qui tirent les emplacements situés à l'ouest devront faire un long détour par la route de Mex et la lisière du désert. Les chefs de chaque équipe prennent à tour de rôle dans un chapeau des petits papiers pliés sur lesquels sont inscrits les noms de chaque invité. Nessim a déjà tiré Capodistria qui est vêtu d'un élégant justaucorps de cuir à revers de velours, de culottes bouffantes en gabardine kaki et de chaussettes à carreaux. Il porte un vieux chapeau de tweed avec une plume de faisan piquée dans le ruban, et porte en bandoulière une impressionnante rangée de cartouches. Vient ensuite Ralli, le vieux général grec, avec des poches grises sous les yeux et une culotte de cheval rapiécée; Pallis, le chargé d'affaires français, dans une canadienne en peau de mouton; enfin moi-même.

Justine et Pombal font partie de l'équipe de Lord Errol. Il est clair maintenant que nous allons être séparés. Brusquement, pour la première fois, je prends vraiment peur à voir la lueur inexpressive qui brille dans les yeux de Nessim. Nous prenons place dans les canadiennes. Selim boucle les courroies d'un lourd étui à fusil en peau de porc. Ses mains tremblent. Quand tout est prêt les voitures s'ébranlent dans un grondement de moteurs. À ce signal une volée de domestiques surgissent de la grande maison avec des coupes de champagne pour nous offrir le coup de l'étrier. Cette diversion permet à Justine de s'approcher de notre voiture et, sous le prétexte de me tendre un paquet de cartouches sans fumée, de me serrer le bras, une fois, avec chaleur, et de me fixer pendant une demi-seconde de ses yeux noirs et brillants avec une expression que je pourrais presque prendre pour du soulagement. J'essaie de former un sourire sur mes lèvres.

Nessim est au volant et nous partons résolument, quittant la ville et les dernières colorations du jour pour pénétrer dans un paysage ondulé et sablonneux en direction d'Aboukir. Tout le monde est de bonne humeur, Ralli nous parle de ses exploits guerriers tandis que Capodistria nous fait rire en nous contant les aventures fabuleuses de son fol de père. (« Son premier geste lorsque la folie terrassa son esprit fut d'intenter un procès à ses deux fils en les accusant d'illégitimité préméditée et obstinée. ») De temps en temps il levait un doigt pour toucher la compresse de coton maintenue en place sur son œil gauche par un bandeau noir. Pallis a sorti un vieux chapeau de chasse à larges oreillettes qui le fait ressembler à un grave lapin en méditation. De temps en temps je surprenais le regard de Nessim dans le rétroviseur ; il me souriait.

Quand nous atteignons le bord du lac il fait déjà presque nuit. Le vieil hydroplane ronfle et crachote en nous attendant. Des filets et des appeaux s'entassent à l'arrière. Nessim assemble une paire de grandes canardières et assujettit les trépieds avant de nous rejoindre dans le bachot à fond plat, et nous nous enfonçons à travers les joncs jusqu'à la hutte isolée où nous allons passer la nuit. Notre horizon se borne maintenant aux parois mouvantes et gémissantes du chenal que creuse notre bruyante embarcation ; les oiseaux du lac s'enfuient devant le ronflement de notre moteur ; les roseaux nous frôlent et se referment sur notre passage. À une ou deux reprises nous débouchons dans une perspective libre, soulevant une bourrasque d'ailes — ventres d'argent s'arrachant lourdement à la surface paisible des eaux — paquets d'écume, frissonnements, claquements, longues rides... Des cormorans nous regardent passer, le bec béant, pansu, plein d'herbes et de filaments boueux. Tout autour de nous maintenant, invisibles, les colonies foisonnantes s'installent pour la nuit. Lorsque enfin le moteur de l'hydroplane est stoppé, le silence se peuple de petits bruits inquiétants et familiers : clapotis, barbotements, grattements, soupirs des canards qui s'endorment tout doucement.

Une légère brise se lève de nulle part et chiffonne l'eau autour de la petite hutte de bois où les chargeurs nous attendent, assis sur la plateforme. L'obscurité est totale maintenant, et les voix des bateliers sonnent claires et joyeuses. Les chargeurs ont quelque chose d'inquiétant et de sauvage ; ils courent d'une île à l'autre en poussant des cris aigus, leur *galabeah* serrée à la taille, imperméable au froid. Grands et noirs, ils ont l'air taillés en pleines ténèbres. Ils nous hissent sur la plate-forme l'un après l'autre, puis descendent dans les bachots déposer leurs filets et leurs appeaux tandis que nous entrons dans la hutte où brûlent déjà des petites lampes à paraffine. De la petite cuisine nous parviennent d'appétissants fumets que nous humons avec satisfaction en nous débarrassant de nos fusils, de nos cartouchières et en retirant nos bottes. Puis nos chasseurs entament une partie de trictrac ou se lancent dans d'interminables histoires de chasse, la conversation masculine la plus passionnante qui soit au monde. Ralli enduit de graisse l'intérieur de ses vieilles bottes maintes fois ressemelées. Le ragoût est délicieux et le vin rouge a mis tout le monde d'excellente humeur.

Vers neuf heures tout le monde est prêt à passer à l'action ; Nessim sort donner ses dernières instructions aux chargeurs, puis rentre dans la hutte, remonte le vieux réveil rouillé pour le faire sonner à trois heures. Seul Capodistria ne se sent aucune disposition pour le sommeil. Il reste assis, comme s'il était plongé dans de profondes réflexions, boit son vin à petites gorgées et tire sur son cigare.

Nous échangeons de menus propos pendant quelques minutes ; puis, tout à coup, il se lance dans une critique du troisième volume de Pursewarden qui vient de sortir en librairie.

— Ce qu'il y a d'étonnant, dit-il, c'est qu'il présente une série de problèmes spirituels comme s'il s'agissait de lieux communs, et il traite ses personnages comme de simples illustrations de ces problèmes. J'ai réfléchi au personnage de Parr, le sensualiste. Il me ressemble beaucoup. Son apologie de la volupté est bizarre mais très bonne, par exemple dans le passage où il dit que les gens ne voient en nous que la méprisable course aux jupons qui domine nos actes et ignorent totalement l'appétit de beauté qui nous anime. Être frappé par un visage que l'on voudrait dévorer trait par trait. Même faire l'amour au corps qui est sous ce visage ne procure aucun soulagement, aucun repos. Que peut-on faire pour des gens comme nous ?

Il soupire et sans transition se met à parler de l'Alexandrie d'autrefois. Il parle maintenant avec une résignation et une douceur nouvelles de ces jours anciens où il voit aller sereinement et sans contrainte l'adolescent et le jeune homme qu'il était.

— Je ne suis jamais allé au fond de mon père. Il avait un esprit des plus mordants, mais il se pourrait que cette ironie ait caché une profonde blessure de l'âme. On n'est pas un homme ordinaire quand on dit des choses si cinglantes qu'elles forcent l'attention et le souvenir des autres. Un jour, parlant du mariage, il dit : « Par le mariage on légitime le désespoir », et : « Chaque baiser est une victoire sur la répulsion. » J'ai toujours été frappé par le système cohérent de ses vues sur la vie, mais la folie est venue s'interposer entre lui et la vie, et tout ce qui me reste de lui c'est le souvenir de quelques anecdotes et de quelques propos. C'est déjà beaucoup, et je voudrais pouvoir en laisser autant derrière moi.

Je reste éveillé un moment sur l'étroite couchette de bois en réfléchissant à ce qu'il vient de dire ; tout est ténèbres et silence maintenant, à part la voix basse et rapide de Nessim qui parle aux chargeurs. Je ne parviens pas à saisir ses paroles. Capodistria reste encore assis un moment dans l'ombre pour finir son cigare avant de monter lourdement dans la couchette sous la fenêtre. Les autres dorment déjà à en juger par le ronflement sonore de Ralli. Une fois de plus ma peur a fait place à de la résignation ; maintenant, à la lisière du sommeil, j'évoque encore un instant l'image de Justine, avant de laisser son souvenir glisser dans le monde des limbes peuplé de voix lointaines et engourdies et du bruissement lent des eaux du grand lac.

Il fait nuit noire quand je m'éveille sous la douce pression de la main de Nessim sur mon épaule. Le réveil a oublié de sonner. Mais déjà la pièce est pleine de silhouettes qui s'étirent et bâillent en descendant de leurs couchettes. Les chargeurs sur la plate-forme s'étaient endormis en rond comme des chiens de berger. Ils s'affairent maintenant à rallumer les lampes de paraffine dont les lueurs spectrales éclairent notre petit déjeuner hâtif composé de café et de sandwiches. Je sors, vais me laver le visage dans l'eau glacée du lac. Noir absolu sur terre et dans le ciel. Tout le monde parle à voix basse, comme si l'on subissait le poids des ténèbres. De brusques coups de vent font trembler la cabane, bâtie sur de fragiles pilotis.

On nous attribue à chacun un bachot et un porteur.

— Prenez Faraj, me dit Nessim. C'est le plus compétent de tous et on peut compter sur lui.

Je le remercie. Un visage noir, taillé à coups de hache, inexpressif, sous un turban sale. Il prend mon équipement et retourne en silence au bachot. Je murmure un au revoir et je suis mon guide dans la petite embarcation noire. Je m'assieds sur le banc tandis que Faraj prend la perche et nous pousse dans l'étroit chenal, et nous pénétrons tout à coup au cœur d'un diamant noir. L'eau se peuple d'étoiles, nous glissons sur Orion, la Chèvre nous éclabousse de ses étincelles brillantes. Pendant un long moment nous rampons sur ce tapis d'étoiles dans un silence ponctué par le monotone bruit de succion de la perche dans la vase clapotante. Puis nous débouchons brusquement dans un chenal plus large, et des vaguelettes en rangs pressés viennent tambouriner contre notre proue, tandis que de larges bouffées de vent venues du large invisible nous plaquent un goût de sel sur les lèvres.

Les prémices de l'aube sont déjà suspendues dans les airs tandis que nous traversons les ténèbres de ce monde perdu. Le paysage s'espace maintenant à l'approche des eaux libres, et la texture des îles, des roseaux et des hautes herbes se fait plus lâche. De tous les côtés maintenant nous parviennent une foule dense et riche de petits gloussements multipliés des canards et les cris aigus et affamés des mouettes du littoral. Faraj pousse un grognement et pointe le bachot sur une île proche. Tâtonnant dans l'obscurité, mes mains finissent par rencontrer le bord d'un tonneau dans lequel je m'introduis péniblement. Les affûts sont simplement constitués par deux tonneaux de bois accolés, camouflés par une bordure de hautes herbes et de roseaux. Le chargeur amarre solidement le bachot pendant que je me débarrasse de mon équipement. Il n'y a rien d'autre à faire que de s'asseoir et attendre que l'aube, qui s'éveille lentement quelque part, émerge enfin de ce vague néant.

L'air est glacial maintenant, et ma grosse capote ne m'offre plus qu'une protection insuffisante. J'ai dit à Faraj que je chargerais moi-même ma carabine, car je ne tiens pas à ce qu'il me tende mon arme chargée du tonneau voisin. J'avoue que j'avais un peu honte de moi, mais j'avais les nerfs à fleur de peau, et je me sentais plus tranquille en prenant cette précaution. Il acquiesça en silence d'un mouvement de sa face inexpressive et alla s'installer avec le bachot dans un bouquet de roseaux voisins, immobile comme un épouvantail. Puis nous attendons, le visage tourné vers les lointaines étendues du lac, pendant des siècles, semble-t-il.

Soudain, au bout du grand couloir, ma vision est excitée par un pâle frémissement disjonctif, tandis qu'une ligne jaune bouton-d'or s'élargissant progressivement fait irruption dans la masse sombre des nuages à l'est. L'émoi des colonies invisibles d'oiseaux se précise autour de nous. Lentement, péniblement, comme une porte entrebâillée, l'aube repousse les ténèbres et grandit au-dessus de nous. Une minute encore et un escalier de soucis d'un blond très tendre se déploie du ciel et aborde notre horizon, donnant à l'œil et à l'esprit une orientation qu'ils avaient perdue. Faraj bâille lourdement et se gratte. Puis rose garance et flambée d'or. Les nuages tournent au vert et au jaune. Le lac s'ébroue et chasse les dernières traces de sommeil. La silhouette noire d'une sarcelle traverse mon champ de vision vers l'est. « C'est le moment », murmure Faraj ; mais la grande aiguille de ma montre-bracelet m'indique que nous avons encore cinq minutes. J'ai l'impression que la nuit m'a pénétré jusqu'aux os. Je sens que l'incertitude et l'inertie luttent pour la possession de mon esprit engourdi. Il a été décidé qu'on ne tirerait pas avant quatre heures et demie. J'arme lentement ma carabine et je dépose ma cartouchière sur le bord du second tonneau, à portée de ma main. « C'est le moment », dit Faraj avec insistance. Non loin de moi j'entends un plouf suivi de la fuite de quelques oiseaux que je ne vois pas. Au milieu du lac un couple de foulques est accroupi et médite. Je m'apprête à dire quelque chose quand le premier tir se déclenche vers le sud, comme le claquement sec et lointain de balles de cricket.

Quelques solitaires commencent à passer, un, deux, trois. La lumière augmente, passant maintenant du rouge au vert. Les nuages eux-mêmes se mettent en branle pour révéler les gouffres énormes du ciel. Quatre triangles séparés de canards se lèvent et se forment à deux cents mètres de là. Ils traversent mon horizon sous un angle propice et j'ouvre le feu du canon droit pour le tir à longue distance. Naturellement ils sont plus rapides et plus hauts qu'ils n'en ont l'air. Les minutes s'égrènent, le cœur bat. Les carabines crépitent, plus près maintenant, et le lac tout entier se trouve en état d'alerte. Les canards volent fréquemment en groupes, trois, cinq, neuf : très bas et très rapides. Le cou tendu, leurs ailes ronronnent, vrombissent. Plus haut, en plein ciel, naviguent de belles formations groupées comme des bombardiers, en un vol lent et sûr. Les fusils déchirent l'air et les harcèlent au passage, tandis que leur vol s'infléchit en direction de la haute mer. Plus haut encore et absolument hors d'atteinte paraissent des chaînes d'oies sauvages ; leurs cris plaintifs se propagent sur les eaux maintenant ensoleillées de Mareotis.

Je n'ai presque plus le temps de penser : sarcelles et marécas passent en flèche au-dessus de ma tête, et je commence à tirer lentement, méthodiquement. Les cibles sont si nombreuses qu'il est souvent difficile d'en choisir une pendant la brève seconde durant laquelle elles se présentent toutes à la fois devant le canon. Une ou deux fois je me prends à tirer au hasard dans une formation. S'il est touché carrément l'oiseau titube, se met en vrille, s'immobilise un instant, puis tombe gracieusement, comme un mouchoir de la main d'une dame. Les roseaux se referment sur les corps bruns, mais l'infatigable Faraj gaffe comme un beau diable pour rapporter les oiseaux. Parfois il plonge dans l'eau avec sa *galabeah* nouée au-dessus du nombril. Son visage s'est animé, tous ses traits proclament l'excitation de la chasse. De temps en temps il pousse un cri strident en gesticulant.

Ils arrivent de toutes les directions à la fois maintenant, sous tous les angles imaginables, les uns lentement, d'autres filant comme des flèches. Les fusils aboient et crépitent inlassablement et les oiseaux parcourent le lac en tous sens, ne sachant plus où donner de la tête. Certaines escadrilles, quoique prestes, semblent manifestement avoir subi de lourdes pertes ; des solitaires ont l'air absolument pris de panique et tournent en tous sens. Un jeune se pose tout bêtement à côté du bachot, presque à portée de la main de Faraj, puis tout à coup réalise le danger et s'envole, affolé, dans un claquement d'écume. Sans me vanter je ne me comporte pas trop mal, quoique dans toute cette excitation il soit difficile de garder son sang-froid et de viser soigneusement. Le soleil est déjà haut et les vapeurs glacées de la nuit sont maintenant tout à fait dissipées. Dans moins d'une heure nous transpirerons sous nos lourds vêtements. Le soleil brille sur les eaux ébouriffées de Mareotis et les oiseaux volent toujours. Les bachots commencent à se remplir des corps humides des victimes, le sang rouge coulant des becs fracassés sur les planches brunes, les merveilleuses plumes se ternissant déjà sous l'étreinte de la mort.

J'utilise mes dernières cartouches du mieux que je peux, mais à huit heures et quart j'ai tiré mon dernier coup ; Faraj est toujours sur les dents, patauge dans les roseaux à la recherche des derniers cadavres avec la loyauté d'un chien d'apporte. J'allume une cigarette et, pour la première fois, je me sens débarrassé de l'ombre des mauvais présages et des pressentiments, libre de respirer, de reprendre mes esprits. C'est extraordinaire comme la perspective de la mort paralyse la libre activité de l'esprit, lui ferme l'accès de l'avenir qui seul se nourrit d'espoirs et de désirs. Je sens la barbe qui a poussé sur mes joues et mon menton, je commence à rêver d'un bain chaud et d'un petit déjeuner copieux. Faraj continue d'explorer les roseaux et les îlots de laîches. La fusillade a nettement baissé d'intensité, et dans certains secteurs le silence est déjà revenu. Je pense à Justine, quelque part de l'autre côté du lac. Je n'ai pas de trop grandes inquiétudes pour sa sécurité : elle a pris pour servant Hamid, mon fidèle serviteur.

Tout à coup je me sens le cœur joyeux et je crie à Faraj d'arrêter ses recherches, de ramener le bachot. Il revient à contrecœur et nous nous mettons en route à travers un dédale de chenaux et de corridors de roseaux pour regagner la hutte.

— Huit paires pas bon! dit Faraj, en pensant probablement aux impressionnantes gibecières que nous aurons à affronter quand Ralli et Capodistria reviendront.

— Pour moi c'est déjà très bien, dis-je. Je suis un piètre tireur. Jamais fait un aussi bon carton.

Nous pénétrons dans cette zone de plus en plus dense qui ceint le lac et je me demande comment mon guide peut s'y reconnaître dans tout ce réseau de petits canaux.

À la fin, à contre-jour, j'aperçois un autre bachot qui se dirige vers nous, et bientôt je reconnais la silhouette familière de Nessim. Il porte son vieux chapeau de moleskine aux larges oreillettes attachées au sommet. Je lui fais signe mais il ne répond pas. Il est assis à l'avant de l'embarcation, l'air absent, les mains croisées autour des genoux. Je lui crie :

— Nessim, combien en avez-vous fait? J'en ai huit paires, plus une qu'on n'a pas retrouvée.

Nous débouchons dans le même chenal et nous ne sommes pas loin de la hutte maintenant. Nessim attend que nos bachots ne soient plus qu'à quelques mètres l'un de l'autre, puis il dit, avec une curieuse sérénité :

— Vous ne savez pas ? Il y a eu un accident. Capodistria...

Et tout à coup mon cœur se contracte dans ma poitrine. Je bégaie :

— Capodistria ?

Nessim ne se départit pas de son calme curieusement malicieux, comme un homme qui se repose après une grande dépense d'énergie.

— Il est mort, dit-il, et tout à coup j'entends le grondement du moteur de l'hydroplane que l'on met en marche derrière le rideau de roseaux.

Il fait un geste dans la direction d'où vient le bruit et dit, de la même voix égale :

— Ils le ramènent à Alexandrie.

Un millier de banalités, un millier de questions conventionnelles se pressent dans mon esprit, mais pendant un long moment je suis incapable de prononcer une parole.

Sur la plate-forme les autres sont déjà là, gênés, comme intimidés ; on dirait une bande d'écoliers étourdis dont une farce monumentale s'est terminée par la mort d'un de leurs camarades. L'hydroplane s'éloigne lentement, traînant après lui son cône ronronnant dans l'air de plus en plus chaud maintenant. Non loin de là on entend des appels, et des voitures qui démarrent. Les monceaux de canards, qui normalement auraient fait l'objet de mille commentaires joyeux, sont là, devant la cabane, absurdes, anachroniques. Il apparaît clairement que la mort est une question toute relative. Nous n'étions prêts à en accepter qu'un aspect bien particulier quand nous étions entrés dans les ténèbres du lac avec nos armes. La mort de Capodistria est là, suspendue dans l'air immobile comme une mauvaise odeur, comme une méchante plaisanterie.

C'est Ralli qui avait été chargé d'aller le chercher ; il avait trouvé le corps baignant dans l'eau peu profonde, le visage presque enfoui dans la vase, son bandeau noir flottant près de lui. C'était manifestement un accident. Le chargeur de Capodistria, un vieil homme maigre comme un cormoran, est présentement en train de manger du ragoût de haricots sur la plate-forme, la tête rentrée dans les épaules. On n'arrive pas à tirer de lui un récit cohérent de l'événement. Il est de la Haute-Égypte et il a cette expression accablée et hagarde d'un père du désert.

Ralli est extrêmement nerveux ; il avale de copieuses rasades de cognac. Il raconte son histoire pour la septième fois, simplement parce qu'il a besoin de parler pour se calmer les nerfs. Le corps ne pouvait pas avoir séjourné longtemps dans l'eau, pourtant sa peau était pareille à celle des mains des lavandières. Quand ils l'avaient hissé dans l'hydroplane son dentier avait glissé de sa bouche et s'était brisé sur le pont ; ils avaient tous eu peur, et cet incident semblait l'avoir énormément impressionné. Je me sens tout à coup pris d'une grande fatigue et mes genoux se mettent à trembler. Je prends un gobelet de café et, arrachant mes bottes, je grimpe dans la première couchette et me mets à boire le liquide brûlant à petites gorgées. Ralli continue à parler avec une obstination assourdissante, sa main libre dessinant dans l'air des formes suggestives. Les autres le regardent d'un air vaguement ennuyé et l'écoutent avec une morne curiosité, chacun plongé dans ses propres réflexions. Le chargeur de Capodistria mange toujours, bruyamment, comme un animal affamé, clignant des yeux sous le soleil. Puis nous voyons arriver un bachot avec trois policiers, debout, en équilibre instable. Nessim regarde s'approcher ces silhouettes grotesques d'un air impassible, avec un rien de satisfaction ; on dirait qu'il s'adresse à lui-même un sourire de connivence. Claquement de bottes et de mousquets sur les marches de bois ; ils viennent recueillir nos dépositions dans leurs blocs-notes. Ils nous regardent tous avec un air de lourde suspicion. L'un d'eux passe soigneusement les menottes au chargeur de Capodistria et l'aide à monter dans le bachot. Le vieil homme tient ses deux mains devant lui et les regarde d'un air ironiquement incrédule, de cet air que prennent les vieux singes quand on leur demande d'accomplir des gestes humains qu'on leur a appris mais dont ils ne comprennent pas la signification.

Il est près d'une heure quand la police a fini son travail. Toutes les équipes ont dû maintenant regagner la ville où la nouvelle de la mort de Capodistria les a précédées. Mais ce ne sera pas tout.

Les uns après les autres nous gagnons la côte avec nos équipements. Les voitures nous attendent, et alors commence une longue séance de marchandage avec les chargeurs et les bateliers qu'il faut payer et congédier ; on décharge les fusils et on distribue les sacs ; dans tout ce tumulte j'aperçois Hamid qui s'avance timidement à travers la foule, plissant les yeux contre le soleil. Je crois qu'il me cherche, mais non : il se dirige vers Nessim et lui tend une enveloppe bleue. Je voudrais décrire cette scène exactement. Nessim la prend distraitement de la main gauche, tandis que sa main droite s'avance à l'intérieur de la voiture pour déposer un paquet de cartouches dans la boîte à gants. Il examine la suscription une fois sans y attacher d'importance, puis une seconde fois avec une attention plus soutenue. Levant alors les yeux sur Hamid, il prend une profonde inspiration et ouvre l'enveloppe pour lire ce qu'il y a d'écrit sur le petit bout de papier qui se trouve à l'intérieur. Il l'étudie pendant une minute puis replace le billet dans l'enveloppe. Il jette alors un regard autour de lui avec un soudain changement dans l'expression, comme s'il se sentait tout à coup pris d'une envie de vomir et qu'il cherchât un endroit où il pourrait le faire. Il traverse la foule et, appuyant sa tête contre l'angle d'un mur de brique, pousse un bref sanglot haletant, comme un coureur hors d'haleine. Puis il revient à la voiture, ayant complètement recouvré son sang-froid, et termine ses préparatifs de départ. Ce bref incident a passé complètement inaperçu de ses autres invités.

Des nuages de poussière s'élèvent maintenant tandis que les voitures reprennent le chemin de la ville ; les bateliers saluent notre départ de cris et de gesticulations et nous adressent de grands sourires taillés dans des melons d'eau plantés d'ivoire et d'or. Hamid ouvre la portière de la voiture et y grimpe comme un singe.

— Que se passe-t-il ? lui demandai-je.

Et, tendant vers moi ses deux petites mains blanches en une attitude suppliante qui signifie : « Ne blâmez pas celui qui apporte des mauvaises nouvelles », il dit, d'une voix faible et conciliante :

— Maître, la dame est partie. Il y a une lettre pour vous à la maison.

J'ai l'impression que toute la ville vient de s'écrouler autour de moi : je me dirige à pas lents vers l'appartement, sans but, comme doivent le faire, je suppose, les survivants d'un tremblement de terre qui ne reconnaissent plus leur ville, n'arrivent pas à comprendre que les choses aient pu changer à ce point. Rue Piroua, rue de France, la mosquée Terbana (placards sentant la pomme), rue Sidi-Abou-El-Abbas (glaces à l'eau et café), Anfouchi, Ras El Tin (Cap des Figuiers), Ikingi Mariut (cueilli ensemble des fleurs sauvages, persuadé qu'elle ne pouvait pas m'aimer), statue équestre de Mohammed Ali dans le square... petit buste comique du général Earle, tué au Soudan en 1885... Des milliers d'hirondelles tournoyant dans le soir... les tombes de Kom El Shugaffa, obscurité, trottoirs humides, tous les deux peur de l'obscurité... Rue Fouad, autrefois rue de la Porte-Rosette... Hutchinson a bouleversé toute la distribution des eaux de la ville en coupant les digues... La scène de *Mœurs* où il essaie de lui lire le livre qu'il est en train d'écrire sur elle. « Elle est assise dans le fauteuil en rotin, les mains croisées sur ses genoux comme si elle posait pour un portrait, mais avec une expression d'horreur grandissante sur son visage. À la fin je n'y tiens plus, et je jette le manuscrit dans la cheminée en m'écriant : "À quoi bon toutes ces pages d'un cœur déchiré, si tu n'y comprends rien ?" » J'imagine Nessim montant quatre à quatre le grand escalier de sa chambre pour trouver un Selim égaré contemplant les placards vides et la coiffeuse nette, comme balayée par le coup de patte d'une panthère.

Dans le port d'Alexandrie les sirènes mugissent et gémissent. Les hélices des navires brassent les eaux verdâtres des bassins. Les yachts se balancent nonchalamment, leurs mâts pointés vers le ciel, respirant sans effort comme au rythme de systole et de diastole de la terre. Quelque part, au cœur de l'expérience, il y a un ordre et une cohérence qui nous surprendraient si nous étions assez attentifs, assez aimants ou assez patients. Aurons-nous le temps ?

QUATRIÈME PARTIE

La disparition de Justine était une épreuve totalement nouvelle. Cela changeait toute la structure de nos relations. C'était comme si elle avait retiré la clef de voûte d'une arche : Nessim et moi, abandonnés au milieu des ruines, avions maintenant pour tâche de réparer des liens qu'elle avait créés de toutes pièces et que son absence rendait dérisoires, nous laissant avec un sentiment de culpabilité qui, j'en étais sûr, jetterait désormais son ombre sur tous nos attachements, toutes nos amitiés et nos affections.

Il ne cherchait pas à cacher sa douleur. Ce visage si expressif était devenu d'une pâleur maladive — le teint cireux des martyrs de l'Église. En le voyant ainsi je ne pus m'empêcher de me rappeler ce que j'avais éprouvé le jour où Melissa était partie pour la clinique à Jérusalem. La sincérité et la douceur avec lesquelles elle me dit :

— Tout ça est fini... Cela ne pourra jamais recommencer... Au moins cette séparation...

Sa voix devenait moite et étouffée et donnait aux mots des contours flous. À cette époque elle était très mal. Les lésions s'étaient rouvertes.

— Il est temps de repartir d'un autre pied... Si seulement j'étais Justine... je sais que c'est à elle que tu pensais quand tu faisais l'amour avec moi...

Ne dis rien... je le sais, mon chéri... je suis jalouse même de ton imagination... C'est horrible d'avoir des remords en plus de toutes les autres misères... Cela ne fait rien.

Elle se moucha d'une main tremblante et s'efforça de sourire.

— J'ai tellement besoin de repos... Et maintenant Nessim est amoureux de moi.

Je posai ma main sur sa bouche. Le taxi palpitait et piaffait sans pitié, comme quelqu'un qui vit sur ses nerfs. Tout autour de nous déambulaient les femmes des Alexandrins, jolies comme des fantômes bien huilés. Le chauffeur nous épiait dans le rétroviseur. Les émotions des Blancs, se disait-il peut-être, sont étranges et excitantes. Il regardait comme on regarde des chats faire l'amour.

— Je ne t'oublierai jamais.

— Moi non plus. Écris-moi.

— Je reviendrai toujours si tu as besoin de moi.

— Je sais. Guéris vite, Melissa, il faut guérir. Je t'attendrai. C'est un nouveau cycle qui commencera. Il est déjà là au fond de moi. Je le sens.

Les mots qu'emploient parfois les amoureux sont chargés d'émotions fausses. Seuls leurs silences ont cette cruelle précision qui leur confère la vérité. Nous nous taisions, la main dans la main. Elle me serra dans ses bras et fit signe au chauffeur de partir.

« Avec son départ la ville prit un air étranger et insupportable pour lui, écrit Arnauti. Partout où son souvenir tournait le coin d'une rue familière, elle se recomposait tout entière, vivante, et se superposait aux yeux et aux mains de ces fantômes qui passaient dans les rues et sur les places. D'anciennes conversations lui revenaient dans les moindres détails si, par hasard, il passait devant la terrasse d'un café où ils s'étaient arrêtés, les yeux dans les yeux comme des ivrognes. Parfois elle marchait à quelques pas devant lui dans une rue sombre. Elle s'arrêtait pour rajuster la bride de sa sandale et il l'abordait, le cœur battant... pour s'apercevoir que c'était une autre. Des portes cochères semblaient sur le point de s'ouvrir devant elle. Il s'asseyait et les guettait avec obstination. D'autres fois il était brusquement saisi par l'irrésistible conviction qu'elle allait arriver par tel train précis, et il se précipitait à la gare en fendant la foule des voyageurs comme un homme qui traverse une rivière à gué. Ou bien il allait s'asseoir après minuit dans la salle d'attente moite et enfumée de l'aéroport, en surveillant les départs et les arrivées, pour le cas où elle reviendrait le surprendre. Elle avait ainsi la haute main sur son imagination et elle lui enseignait combien la raison est faible; il avait partout la sensation de sa présence autour de lui, comme un enfant mort dont on ne peut se résoudre à se séparer. »

La nuit qui suivit le départ de Justine un orage éclata, d'une violence extraordinaire. J'avais erré sous la pluie pendant des heures, en proie non seulement à des sentiments que je ne pouvais pas contrôler mais aussi au remords en pensant à ce que Nessim devait ressentir. J'avoue en toute franchise que je n'osais pas rentrer dans le petit appartement vide, de peur d'être tenté de suivre le chemin que Pursewarden avait pris si facilement, avec si peu de préméditation. Passant dans la rue Fouad pour la septième fois, sans manteau ni chapeau sous ce déluge, j'aperçus par hasard de la lumière à la fenêtre du pigeonnier de Clea; obéissant à une soudaine impulsion je sonnai. La porte sur la rue s'ouvrit en grinçant et je pénétrai dans le couloir de l'immeuble, étourdissant de silence après le fracas de la rue, les cascades des gouttières, le tambourinement de la pluie dans les flaques et les bouches d'égouts engorgées.

Elle m'ouvrit la porte et vit dans quel état j'étais. Elle me fit entrer, ôter mes habits trempés et mettre la robe de chambre bleue. Par bonheur le petit réchaud électrique fonctionnait. Clea s'empressa de me faire un café bien chaud.

Elle était déjà en pyjama, ses cheveux blonds peignés pour la nuit. Un exemplaire d'*À Rebours*[1] gisait à terre près du cendrier où fumait encore une cigarette. Les éclairs crépitaient à la fenêtre, illuminant, spasmodiquement, les traits de son grave visage. Le tonnerre roulait et se tordait dans le ciel noir derrière la fenêtre. Dans le calme de cette chambre il m'était possible d'exorciser une partie de mes terreurs en parlant de Justine. Je vis qu'elle savait déjà tout — rien ne pouvait rester caché à la curiosité des Alexandrins. Je veux dire qu'elle savait tout quant à Justine.

— Vous aurez deviné, dit Clea au milieu de tout ceci, que Justine était la femme dont je vous ai parlé un jour et que j'ai tant aimée.

Il lui en coûtait beaucoup de dire cela. Elle se tenait près de la porte, dans son pyjama à raies bleues, une tasse de café à la main. Elle fermait les yeux en parlant, comme si elle s'attendait à recevoir un coup sur le sommet du crâne. De ces yeux fermés deux larmes sortirent, qui coulèrent lentement de chaque côté de son nez. Elle ressemblait à un jeune cerf qui s'est cassé la patte.

— Ah! ne parlons plus d'elle, dit-elle enfin dans un souffle. Elle ne reviendra pas.

Un peu plus tard je dis que j'allais partir, mais l'orage ne diminuait toujours pas de violence et mes vêtements étaient aussi trempés que lorsque j'étais arrivé.

— Vous pouvez rester avec moi, dit Clea.

Puis elle ajouta avec une gentillesse qui me serra la gorge :

— Mais je vous en prie, je ne sais comment dire cela, je vous en prie, ne me touchez pas...

1. Roman de J.-K. Huysmans, 1884.

Nous nous couchâmes dans son lit étroit en parlant de Justine et en écoutant l'orage s'éloigner tandis que la pluie et le vent du nord cinglaient les vitres de la chambre. Elle était plus calme maintenant, avec une sorte de résignation dont j'étais ému. Elle me raconta beaucoup de choses du passé de Justine qu'elle était seule à connaître ; elle parlait d'elle avec un mélange d'admiration et de tendresse, comme on parle d'une reine bien-aimée mais cruelle. Parlant des incursions d'Arnauti dans le domaine de la psychanalyse, elle dit avec un sourire amusé : « Elle n'était pas vraiment intelligente, vous savez, mais elle avait les réflexes de l'animal aux abois. Je ne suis pas sûre qu'elle ait réellement compris l'objet de ces investigations. Mais si elle faisait des réponses évasives aux médecins, elle était d'une franchise totale avec ses amis. Toute cette correspondance à propos des mots "Washington D.C." par exemple — vous vous souvenez ? Une nuit que nous étions couchées ici toutes les deux je lui demandai de me donner ses associations libres à partir de là. Naturellement elle me demanda la discrétion la plus absolue là-dessus. Elle me répondit alors avec une sûreté qui prouvait qu'elle avait déjà résolu le problème bien qu'elle n'ait jamais voulu en parler à Arnauti : "Il y a une ville près de Washington appelée Alexandrie. Mon père parlait toujours d'aller rendre visite à des amis qu'il avait là-bas. Ils avaient une fille qui s'appelait Justine et qui avait exactement le même âge que moi. Elle est devenue folle et on l'a enfermée. Elle avait été violée par un homme." Je lui demandai alors ce que signifiait D.C., et elle me dit : "Da Capo. Capodistria."»

Je ne sais plus combien de temps dura cette conversation et à quel moment nous nous endormîmes, mais lorsque nous nous éveillâmes le lendemain dans les bras l'un de l'autre nous vîmes que l'orage avait cessé. La ville avait été nettoyée à fond. Nous avalâmes un rapide petit déjeuner et je me rendis chez Mnemjian pour me faire raser; les rues avaient retrouvé leurs couleurs originelles et resplendissaient de beauté dans la douceur de l'air. J'avais toujours la lettre de Justine dans ma poche; je n'osais pas la relire de peur de détruire la paix de l'esprit que Clea m'avait donnée. Pourtant la première phrase me poursuivait avec une insistance palpitante : « Si jamais tu reviens vivant du lac tu trouveras cette lettre qui t'attend. »

Sur la cheminée du salon il y a une autre lettre qui m'offre un contrat de deux ans comme professeur dans une école catholique en Haute-Égypte. Je m'assieds à la table et sans m'accorder un instant de réflexion je rédige ma lettre d'acceptation. Cela va tout changer une fois de plus et me délivrera des rues de cette ville qui commençait à me hanter au point que, dernièrement, je rêvai que je marchais sans fin, parcourant en tous sens les ruelles rougeoyantes du quartier arabe à la recherche de Melissa.

Avec l'envoi de cette lettre débutera une nouvelle période; elle me détache de la ville où tant de choses me sont arrivées, tant d'événements capitaux qui m'ont considérablement vieilli. Pendant quelque temps encore la vie suit son cours, les heures poussent les jours. Les mêmes rues et les mêmes places resplendissent dans mon imagination comme le Pharos resplendit dans l'histoire. Telles chambres où j'ai fait l'amour, telles tables de cafés où la pression de mes doigts sur un poignet me tenait sous son charme, et je sentais monter des trottoirs brûlants les rythmes d'Alexandrie qui ne pouvaient se traduire que par des baisers affamés et des mots tendres proférés par des voix rauques et émerveillées. Pour l'étudiant en amour ces séparations sont une école amère mais nécessaire à sa science. Elles vous permettent de vous libérer en esprit de tout, sauf d'un plus grand appétit de vivre.

Maintenant aussi, une subtile transformation se produit dans l'édifice des choses : de nouvelles séparations vont encore se produire. Nessim va prendre des vacances au Kenya. Pombal a fini par obtenir sa croix ainsi qu'un poste à la Chancellerie de Rome où je suis sûr qu'il sera plus heureux qu'ici. Ces départs sont le prétexte de toute une série d'adieux ; mais l'absence de la seule personne dont nul ne parle plus, Justine, pèse lourdement sur eux. Il est clair qu'une guerre mondiale rampe sourdement vers nous à travers les couloirs de l'histoire, ce qui ne fait qu'augmenter notre désir de vivre. L'odeur douceâtre et poisseuse du sang, suspendue dans les ténèbres au-dessus de nos têtes, contribue à donner au moindre événement un air de surexcitation, un besoin de tendresse et de frivolité. Cette note avait été absente jusqu'à présent.

Les chandeliers dans la grande maison dont je commence à détester la laideur répandent leurs feux sur les invités qui ont été conviés pour dire adieu à mon ami. Ils sont tous là, ces visages et ces histoires que je connais si bien maintenant, Sveva en noir, Clea et ses cheveux d'or, Gaston, Claire, Gaby. Je remarque que les cheveux de Nessim s'ornent de quelques fils d'argent supplémentaires depuis ces dernières semaines. Ptolemeo et Fuad se querellent avec la vivacité de vieux amoureux. Autour de moi l'animation typiquement alexandrine mousse et déborde en conversation brillantes et futiles comme des coupes de champagne. Les femmes d'Alexandrie, coquettes, élégantes et perverses, sont là pour dire au revoir à quelqu'un qui a gagné leur cœur en leur permettant de le plaindre. Quant à Pombal, il a engraissé et pris de l'assurance depuis qu'il a gravi un échelon. Son profil a maintenant quelque chose de néronien. Il me glisse à l'oreille qu'il se fait du souci pour moi ; nous ne nous sommes pas revus depuis plusieurs semaines, et il vient d'apprendre ce soir seulement mes nouveaux projets.

— Vous devriez partir, me répète-t-il, vous devriez retourner en Europe. Cette ville vous mine. Et qu'allez-vous trouver en Haute-Égypte ? Une chaleur aveuglante, de la poussière, des mouches, une occupation servile... Après tout, vous n'êtes pas Rimbaud.

Les visages qui s'approchent de nous, les mains qui nous tendent des verres m'empêchent de lui répondre, je m'en réjouis ; que pourrais-je lui répondre ? Je le regarde d'un air vide et lugubre, en hochant la tête. Clea me prend par le poignet, m'entraîne à l'écart et murmure :

— Reçu une carte de Justine. Elle travaille dans un *kibboutz* juif en Palestine [1]. Dois-je le dire à Nessim ?

— Oui. Non. Je ne sais pas.

— Elle me prie de ne pas lui en parler.

— Alors ne dites rien.

J'ai trop de fierté pour demander s'il y a un message pour moi. Les invités se mettent à chanter *For He's a Jolly Good Fellow* [2] sur des tons et avec des accents différents. Pombal est devenu rouge de plaisir. Je presse discrètement la main de Clea pour qu'elle se joigne au chœur. Le petit Consul général fait des grâces à Pombal ; il est si soulagé du départ de mon ami qu'il se prodigue en démonstrations d'amitié et de regret. Le groupe consulaire anglais

---

1. Enlevée à la Turquie en 1918, la province de Palestine avait été placée sous l'autorité de la Grande-Bretagne (sous forme de mandat confié par la S.D.N. à partir de 1923). L'immigration juive en Palestine (l'Alya, le retour), qui avait commencé avec les premiers pogroms en Russie (dès 1880), s'était intensifiée après la transformation de l'organisation sioniste en agence juive (1921), et surtout après la mise en œuvre de la politique antisémite d'Hitler (1933). Entre 1935 et 1939 les troubles furent fréquents, les Arabes se révoltant contre l'arrivée en masse des Juifs, et contre la tutelle anglaise.

2. « Oui c'est vraiment un très chic type » ; chanson qui sert à fêter un membre d'une communauté (scolaire ou universitaire) ou d'un club.

a l'air pitoyable d'une famille de dindons à l'époque de la mue. Mme de Venuta bat la mesure d'une main distinguée et gantée. Les domestiques noirs avec leurs longs gants blancs vont prestement d'un groupe à l'autre comme des éclipses de lune. Partir, en Italie, ou peut-être pour la France... refaire une vie nouvelle; pas dans une ville cette fois, peut-être une île dans la baie de Naples... Je me rends compte que le problème qui reste en suspens dans ma vie n'est pas Justine mais Melissa. C'est sur elle que l'avenir a toujours reposé, si avenir il y a. Et pourtant je me sens incapable de prendre une décision, je ne sais même pas ce que je dois espérer. Je sens que je dois attendre patiemment, jusqu'à ce que les suites de notre histoire se recoupent à nouveau, jusqu'à ce que nous retrouvions une nouvelle cadence. Cela prendra peut-être des années — peut-être aurons-nous les cheveux tout blancs l'un et l'autre lorsque la marée brusquement se renversera. Ou peut-être l'espoir mourra-t-il dans l'œuf, ou fera naufrage sur les vagues de la vie. J'ai si peu de foi en moi. L'argent que Pursewarden a laissé est toujours à la banque, je n'y ai pas touché. Sans faire de folies nous pourrions peut-être vivre deux ans dans un petit coin au soleil avec cette somme.

Melissa écrit toujours ses lettres nonchalantes et enjouées auxquelles j'ai tant de peine à répondre autrement que par des jérémiades sur ma situation ou mes imprévoyances. Une fois que j'aurai quitté la ville ce sera plus facile. Une nouvelle voie s'ouvrira. Je lui écrirai en toute franchise, je lui dirai tout ce que je pense, tout ce que je ressens, même ces choses dont je crois que je ne serai jamais en mesure de les comprendre vraiment. « Je serai de retour au printemps, dit Nessim au baron Thibault, et je prendrai mes quartiers d'été à Abou El Suir. Je suis résolu à me retirer des affaires pendant environ deux ans. Je me suis tué à la tâche et cela n'en vaut pas la peine. » Malgré la pâleur de mort de son visage on ne peut manquer de constater une expression nouvelle, une détente de la volonté ; le cœur est toujours tourmenté, du moins les nerfs paraissent apaisés. Il est faible, comme un convalescent peut être faible ; mais il n'est plus malade. Nous parlons et plaisantons pendant un moment ; il est clair que notre amitié se rétablira tôt ou tard — car nous avons maintenant un compte commun de détresse où nous pouvons puiser.

— Justine, dis-je, et je le vois retenir son souffle comme si je lui avais enfoncé une épine sous l'ongle, écrit de Palestine.

Il fait un bref signe de tête.

— Je sais. Nous avons retrouvé sa trace. Il est inutile de... Je lui écris. Elle peut rester là-bas le temps qu'elle voudra. Elle reviendra quand il lui plaira.

Ce serait folie que de lui ôter l'espoir et la consolation que cette idée lui donne, mais je sais maintenant qu'elle ne reviendra jamais pour reprendre la vie d'autrefois. Chaque phrase de la lettre qu'elle m'a laissée m'en donne la certitude. Ce n'est pas tant nous qu'elle a quittés qu'une certaine manière de vivre qui menaçait sa raison, la ville, l'amour, la somme de tout ce que nous avions partagé. Que lui a-t-elle écrit, je me le demande, en me rappelant le spasme de sanglot qu'il avait eu quand il s'était appuyé sur l'angle du mur de brique ?

*

Par ces matins de printemps où l'île s'éveille lentement de la mer et s'étire dans la lumière d'un soleil tout neuf, je vais, sur les plages désertes, essayant de retrouver les souvenirs des deux années passées en Haute-Égypte. Je suis surpris de voir à quel point tout ce qui touche à Alexandrie est resté si vivant dans ma mémoire, tandis que ces deux années perdues n'ont laissé que de très vagues empreintes. Ce n'est pas tellement surprenant : à côté de ce que j'ai vécu dans la ville, cette nouvelle existence fut morne et dépourvue d'événements. Je me rappelle le travail éreintant de l'école, la fournaise des salles de classe, les marches solitaires dans la plaine grasse où les riches récoltes se nourrissent d'ossements humains ; le Nil charriant ses boues noires à travers le Delta jusqu'à la mer ; les paysans, infestés de bilharzies, dont la patience et la noblesse perçaient sous leurs haillons comme les témoignages d'une royauté dépossédée ; psalmodie des patriarches de village ; bétail aveugle tournant sa roue, les yeux bandés contre la monotonie — jusqu'où un monde peut-il rapetisser ? Pendant toute cette période je ne lus rien, ne pensai rien, ne fus rien. À l'école, les pères se montraient bienveillants et me laissaient seul durant mes heures de loisir, sentant peut-être instinctivement mon aversion pour la soutane, pour l'attirail du Saint-Office. Les enfants naturellement étaient un supplice, mais quel professeur un peu sensible ne se répète-t-il pas au fond du cœur les mots terribles de Tolstoï : « Toutes les fois que je pénètre dans une école et que je me trouve en présence d'une multitude d'enfants sales, maigres et dépenaillés, mais avec leurs yeux clairs et leurs visages angéliques, je me sens pris d'angoisse et de terreur, comme si je voyais des êtres en train de se noyer. »

Toute correspondance me semblait irréelle, et je gardai un contact très lâche avec Melissa, dont les lettres continuaient cependant à m'arriver ponctuellement. Clea m'écrivit une fois ou deux, et même le vieux Scobie qui ne se consolait pas de mon départ. Ses lettres étaient pleines d'invectives extravagantes contre les Juifs (qu'il appelait « songe-néant ») et, ce qui était assez surprenant, contre les pédérastes passifs (qu'il désignait du terme de « Herms » pour Hermaphrodites). Je ne fus pas surpris d'apprendre que le Service Secret l'avait suspendu de ses fonctions; maintenant il pouvait passer toutes ses journées au lit avec ce qu'il appelait une « bouteille de bière » à son chevet. Il s'ennuyait, ce qui explique sa correspondance.

Ces lettres m'étaient utiles. Je perdais le sens de la réalité au point que je mettais en doute mes propres souvenirs; j'avais peine à croire que j'avais pu vivre dans une ville comme Alexandrie. Ces lettres étaient la seule amarre qui me rattachait encore à une existence où la plus grande partie de mon être n'était plus engagée.

Dès que mon travail était fini je m'enfermais dans ma chambre et me mettais au lit; à côté de lui se trouvait une boîte de jade pleine de cigarettes de haschisch. Si ma façon de vivre prêtait le flanc à la critique, du moins ne pouvait-on rien redire à mon travail. Tout ce qu'on aurait pu me reprocher était un goût immodéré pour la solitude. Le père Racine, il est vrai, fit quelques tentatives pour me faire sortir de ma coquille. C'était le plus sensible et le plus intelligent de tous, peut-être espérait-il trouver dans mon amitié quelque compensation à sa solitude intellectuelle. Je regrettais sincèrement pour lui de ne pas pouvoir répondre à ses avances. Une torpeur envahissante me gagnait de jour en jour, une apathie mentale qui me faisait me rétracter au moindre contact. Une ou deux fois je l'accompagnai dans une promenade au bord du fleuve (il était botaniste) et l'écoutai parler brillamment de son sujet. Le paysage, désespérément plat et peu sensible aux saisons, n'éveillait plus rien en moi. On aurait dit que le soleil avait desséché en moi tout appétit : nourriture, compagnie, et jusqu'à la parole. Je préférais rester étendu sur mon lit, les yeux au plafond, à écouter les bruits provenant des chambres des professeurs : le père Gaudier qui éternue, qui ouvre et ferme ses tiroirs; le père Racine qui joue et rejoue inlassablement quelques phrases sur sa flûte; l'harmonium dont les derniers accords s'effritent en poussière dans l'ombre tiède de la chapelle. Les lourdes cigarettes apaisaient l'esprit, le vidaient de toute préoccupation.

Un jour, comme je traversais la cour, Gaudier m'appela et me dit que quelqu'un voulait me parler au téléphone. Je n'arrivais pas à comprendre, je n'en croyais pas mes oreilles. Après un si long silence qui pouvait bien me téléphoner? Nessim peut-être?

Le téléphone se trouvait dans le bureau du directeur, une pièce sinistre encombrée de meubles éléphantesques et de belles reliures. Le récepteur, qui grésillait faiblement, était posé sur le buvard devant lui. Il plissa légèrement les yeux et dit avec répugnance :

— C'est une femme, l'appel vient d'Alexandrie.

Je pensai que ce devait être Melissa, mais, à ma grande surprise, la voix de Clea surgit du fond de mes souvenirs incohérents :

— Je suis à l'hôpital grec. Melissa est ici, elle est très mal. Elle va peut-être mourir.

Surprise, confusion, colère, un flot désordonné de sentiments faisait irruption en moi.

— Elle n'a pas voulu que je vous appelle plus tôt. Elle ne voulait pas que vous la voyiez dans l'état où elle est — si maigre. Maintenant elle veut vous voir. Pouvez-vous venir, vite?

Dans l'espace d'un éclair je vis une interminable nuit de train avec ses arrêts et ses départs dans des villes et des villages accablés de poussière, de chaleur et de saleté. Cela prendrait toute la nuit. Je me tournai vers Gaudier et lui demandai la permission de m'absenter tout le week-end.

— Dans les cas exceptionnels nous accordons une permission, dit-il d'un air pensif. Si vous deviez vous marier, par exemple, ou si quelqu'un était sérieusement malade.

Je jure que l'idée d'épouser Melissa ne m'était pas venue à l'esprit avant qu'il n'ait prononcé ces mots.

Il y eut aussi un autre souvenir qui me revint tandis que je faisais mon modeste bagage. Les bagues, les bagues de Cohen, étaient toujours dans mon coffret, enveloppées de papier brun. Je restai un moment à les contempler, me demandant si les objets inanimés avaient aussi une destinée comme les êtres humains. Ces pauvres bagues... on aurait dit qu'elles avaient attendu là, comme des personnes, attendu de finir, banalement, au doigt de quelqu'un pris au piège d'un *mariage de convenance* *. Je mis les pauvres objets dans ma poche.

Les faits passés, lointains, transformés par la mémoire, acquièrent un éclat particulier parce qu'on les voit isolés de leur contexte, des détails qui les ont précédés et suivis, détachés des fibres et sortis des enveloppes du temps. Les acteurs, eux aussi, subissent une transformation ; ils s'enfoncent lentement, de plus en plus profondément dans l'océan de la mémoire comme des corps alourdis, découvrant à chaque palier une nouvelle évaluation dans le cœur humain.

Ce n'était pas tant de l'inquiétude que je ressentais devant la défaillance de Melissa qu'une sorte de fureur, de rage impuissante née, j'imagine, de mon chagrin. L'immense perspective de l'avenir que, dans tout le vague où flottait mon esprit, j'avais néanmoins peuplé d'images d'elle, se dissolvait maintenant dans le brouillard ; et ce n'était que maintenant que je me rendais compte à quel point je m'étais nourri d'elles. C'était comme un immense trésor en puissance où je croyais pouvoir puiser le jour où je le désirerais. Et là, tout à coup, je me trouvais ruiné.

Balthazar m'attendait à la gare dans sa petite voiture. Il me serra la main avec chaleur, puis me dit d'une voix prosaïque :

— Elle est morte hier soir, la pauvre petite. Je lui ai donné de la morphine pour lui faciliter le voyage. Oui...

Il soupira et me jeta un regard de côté.

— Quel dommage que vous n'ayez pas l'habitude de verser des larmes! *Ç'aurait été un soulagement.*

— *Soulagement grotesque.*

— *Approfondir les émotions... les purger.*

— *Tais-toi, Balthazar, tais-toi!*

— *Elle vous aimait, je suppose.*

— *Je le sais.*

— *Elle parlait de vous sans cesse. Clea a été avec elle toute la semaine.*

— *Assez*.*

Jamais la ville n'avait été aussi belle dans l'air doux de cette matinée. Je pris la légère brise du port sur mes joues rêches comme le baiser d'une vieille amie. Mareotis étincelait par endroits entre les cimes des palmiers, entre les cabanes de brique et les toits des fabriques. Les magasins de la rue Fouad avaient tout l'éclat et la nouveauté de Paris. Je me rendais compte que j'étais devenu un parfait provincial en Haute-Égypte. Alexandrie me paraissait maintenant une capitale. Dans les jardins bien nets, des nurses promenaient des enfants dans leurs landaus et leurs poussettes. Les trams cahotaient, grinçaient et sonnaient.

— Il y a autre chose, dit Balthazar tout en roulant. L'enfant de Melissa, l'enfant de Nessim. Mais je suppose que vous êtes au courant. Une petite fille. Elle est là-bas, à la villa d'été.

J'étais si absorbé dans la contemplation de la ville dont j'avais presque oublié toutes les beautés que je ne saisis pas tout de suite. Tout le long de la municipalité, les scribes étaient assis derrière leurs pupitres, leurs encriers, leurs plumes et leurs feuilles de papier timbré posés à terre à côté d'eux. Ils se grattaient et devisaient aimablement entre eux. Nous gravîmes la colline où était situé l'hôpital après avoir longé la longue épine dorsale de la Voie canopique. Balthazar parlait toujours comme nous quittions l'ascenseur et cherchions notre chemin dans le dédale de corridors blancs du deuxième étage.

— Nous sommes en froid, Nessim et moi. Quand Melissa est revenue il a refusé de la voir par une sorte de dégoût que je trouvai inhumain, incompréhensible. Je ne sais pas... Quant à l'enfant, il fait des démarches pour l'adopter. Mais je crois qu'il en est presque venu à la haïr. Il croit que Justine ne reviendra pas tant qu'il aura l'enfant de Melissa. Pour ma part, ajouta-t-il plus lentement, voici comment je vois les choses : par un de ces transferts effrayants dont seul l'amour semble capable, l'enfant que Justine a perdue, Nessim l'a rendue, non pas à Justine mais à Melissa. Vous voyez ce que je veux dire ?

Le sentiment d'horrible familiarité qui montait en moi était dû maintenant au fait que nous approchions de la petite chambre où j'étais venu rendre visite à Cohen moribond. Évidemment, Melissa serait couchée dans le même petit lit de fer dans un coin près du mur. C'est bien dans les manières de la réalité d'imiter l'art à ce point.

Dans la chambre quelques infirmières s'affairaient et chuchotaient autour du lit; sur un mot de Balthazar elles s'éparpillèrent et disparurent. Nous restâmes un moment à regarder le lit avant de refermer la porte. Melissa était pâle et déjà un peu desséchée. On lui avait entouré la mâchoire d'une bande et fermé les yeux; elle avait ainsi l'air de s'être endormie pendant un traitement de beauté. Heureusement qu'elle avait les yeux fermés; je n'aurais pas pu soutenir leur regard.

Je restai seul un moment dans le pesant silence de cette chambre aux murs immaculés, et je me sentis tout à coup horriblement gêné. On ne sait jamais comment se tenir devant les morts; leur surdité, leur rigidité a quelque chose de tellement forcé. Je toussotai et me mis à arpenter la chambre en lançant de temps en temps un coup d'œil de côté sur sa forme étendue, en me rappelant la confusion qui s'était emparée de moi quand elle était venue me voir avec un bouquet de fleurs à la main. J'aurais voulu passer à son doigt les bagues de Cohen, mais on l'avait déjà emmaillotée et ses bras étaient attachés le long de son corps. Dans ce climat les corps se décomposent si vite qu'on est presque obligé de les précipiter dans la tombe. Je murmurai « Melissa » à deux reprises, tout près de son oreille. Puis j'allumai une cigarette et m'assis près d'elle sur une chaise, pour observer de plus près son visage, pour le comparer à tous les autres visages de Melissa qui se pressaient dans ma mémoire. Elle ne ressemblait à aucun de ces visages, et pourtant elle les résumait tous, elle en était la conclusion. Ce petit visage blême était le dernier terme d'une longue série. Au-delà de ce point, il y avait une porte fermée.

Dans de tels moments on cherche le geste qui pourrait convenir en face du terrible repos de la volonté qu'on lit sur le visage du mort. Mais il n'y a rien dans le pauvre sac aux émotions humaines. « Terribles sont les quatre visages de l'amour », écrivait Arnauti dans un autre contexte. Je fis en moi-même promesse à la forme immobile de Melissa que je prendrais l'enfant si Nessim consentait à s'en séparer, puis, une fois conclu ce pacte muet, je déposai un baiser sur le grand front pâle et glacé et je l'abandonnai aux soins de celles qui allaient la préparer pour la tombe. Je fus heureux de quitter la chambre, de laisser un silence aussi étudié et sinistre. Je suppose que nous avons le cœur de pierre, nous autres écrivains. Les morts ne comptent pas. Ce sont les vivants qui trouvent grâce devant nous si nous pouvons leur arracher le message qui est enfermé au cœur de toute expérience humaine.

(« Autrefois les vaisseaux qui avaient besoin de lest ramassaient des tortues qu'ils entassaient dans de grands tonneaux, vivantes. Celles qui survivaient au terrible voyage étaient vendues pour l'amusement des enfants. Les corps putréfiés des autres étaient déchargés dans le port. Il y en avait encore bien d'autres dans le pays d'où elles venaient. »)

Je redécouvrais la ville, libre, léger comme un prisonnier évadé. Mnemjian eut des larmes violettes dans ses yeux violets quand il m'embrassa affectueusement. Il me rasa lui-même, tous ses gestes exprimant une sympathie et une chaleur bienfaisantes. Dehors, dans la rue ivre de soleil, les citoyens d'Alexandrie déambulaient, enfermés dans leur univers de passions et de craintes personnelles, et pourtant ils me faisaient l'effet d'être à mille lieues de celles qui occupaient mes pensées et mes sentiments. La ville souriait avec une déchirante indifférence, une *cocotte* fraîche et dispose après les ténèbres de la nuit.

Il ne restait plus qu'une chose à faire : voir Nessim. Je fus soulagé d'apprendre qu'il devait descendre en ville dans l'après-midi. Là encore le temps tenait une surprise en réserve pour moi car le Nessim que conservait ma mémoire depuis deux ans n'était plus le même.

Il avait vieilli comme une femme : ses hanches et son visage s'étaient épaissis. Il marchait maintenant en faisant confortablement porter le poids de son corps sur toute la surface de ses pieds comme s'il avait déjà subi une douzaine de grossesses. La légèreté de sa démarche avait complètement disparu. En outre il dégageait maintenant un charme mou mêlé d'anxiété qui le rendait au premier abord presque méconnaissable. Un air d'absurde autorité avait remplacé sa délicieuse timidité d'autrefois.

J'avais à peine eu le temps de saisir et d'examiner ces nouvelles impressions qu'il me suggéra d'aller ensemble faire une visite à l'Étoile, le cabaret où dansait Melissa. Il avait changé de propriétaire, ajouta-t-il, comme si ce fait pouvait excuser d'une certaine façon notre visite le soir même où les funérailles devaient avoir lieu. Surpris et choqué tout à la fois, j'acceptai sans hésiter, poussé tant par la curiosité que m'inspiraient ses propres sentiments que par le désir de discuter la transaction concernant l'enfant. Cet enfant mythique.

Comme nous descendions le petit escalier étroit et sans air et pénétrions dans la zone de lumière blafarde de la salle, quelqu'un lança un cri et les filles se précipitèrent vers nous de tous les coins de l'établissement, comme des cafards sortis d'un mur. Je compris que Nessim était devenu un habitué. Il éclata de rire et leur ouvrit ses bras d'un geste grotesquement paternel, puis il tourna la tête de mon côté comme pour quêter mon approbation. Leur prenant alors la main l'une après l'autre, il les pressa voluptueusement contre sa poitrine pour leur faire tâter les contours de l'énorme portefeuille qu'il portait toujours sur lui maintenant, bourré de billets de banque. Ce geste me rappela aussitôt cette femme enceinte qui m'avait accosté un soir, dans une des ruelles sombres de la ville et qui, comme je tentais de passer outre, m'avait pris la main et l'avait pressée sur son ventre énorme, comme pour me donner une idée du plaisir qu'elle offrait (ou peut-être pour me montrer à quel point elle avait besoin d'argent). Et là, en regardant Nessim, je me rappelai tout à coup le battement craintif d'un cœur de fœtus à son huitième mois.

Il est difficile de décrire l'étonnement que j'éprouvais à être assis à côté de ce double vulgaire du Nessim que j'avais connu autrefois. Je l'étudiais attentivement, mais il fuyait mon regard et limitait sa conversation à une série de lieux communs ponctués de bâillements que ne dissimulait guère le tapotement nonchalant de ses doigts couverts de bagues. Par moments toutefois, derrière cette nouvelle façade, perçait une touche de son ancienne timidité, mais lointaine, enfouie comme un beau physique peut être enfoui sous une montagne de graisse. Au lavabo, Zoltan, le garçon, me confia :

— Il est vraiment devenu lui-même depuis que sa femme est partie. Tout Alexandrie le dit.

Oui, à la vérité, il était devenu semblable à tout Alexandrie.

Plus tard, cette nuit-là, la fantaisie le prit de me conduire à Montaza; la lune était haute, et nous roulâmes en silence en regardant les vagues argentées mourir sur le sable du littoral. Nous fumions, et c'est au cours de ce silence que je compris la vérité sur Nessim. Il n'avait pas vraiment changé à l'intérieur. Il avait seulement adopté un autre masque.

*

Au début de l'été je reçus une longue lettre de Clea sur laquelle pourra se clore ce bref monument d'introduction à la mémoire d'Alexandrie.

« Le récit d'une brève entrevue que j'ai eue avec Justine il y a quelques semaines vous intéressera peut-être. Vous savez que nous échangions une carte postale de temps en temps de nos pays respectifs, et, apprenant que je devais traverser la Palestine pour me rendre en Syrie, elle suggéra elle-même une brève entrevue. Elle viendrait, disait-elle, à la gare-frontière où le train d'Haïfa stationne une demi-heure. La colonie où elle travaille se trouve à proximité et elle pourrait s'absenter. Nous pourrions causer un moment. J'acceptai bien volontiers.

« J'eus d'abord quelque peine à la reconnaître. Son visage s'était considérablement empâté, et elle avait dû se couper elle-même les cheveux car ils lui pendaient dans le cou comme des queues de rat. Je pense que la plupart du temps elle se coiffe d'un fichu. Il ne reste plus aucune trace de son élégance, de son *chic* d'autrefois. Ses traits semblent s'être accusés, avoir pris le type juif classique, le nez tombant davantage sur une bouche légèrement affaissée. Je fus d'abord bouleversée par ses yeux qui semblaient luisants de fièvre, par sa respiration courte et oppressée, par sa façon de parler, incisive, presque brutale. Comme vous pouvez l'imaginer, nous avions un peu peur l'une de l'autre.

« Nous sortîmes de la gare et allâmes nous asseoir au bord d'un ravin à sec, un wadi, avec des fleurs de printemps à l'air effarouché à nos pieds. On aurait dit qu'elle avait choisi à l'avance cet endroit pour notre rencontre ; peut-être s'était-elle dit que ce lieu austère convenait exactement à la circonstance. Je ne sais pas. Elle ne fit d'abord aucune allusion à Nessim ou à vous, ne parla que de la vie qu'elle menait. Elle avait trouvé, affirmait-elle, le bonheur parfait dans le "service communautaire" ; la façon dont elle disait cela suggérait une sorte de conversion religieuse. Ne souriez pas. Il est difficile, je sais, d'avoir de la patience avec les faibles. Dans le travail épuisant de la colonie communiste elle prétendait avoir réalisé une "nouvelle humilité". "Humilité !" Le dernier piège qui guette l'ego dans sa quête de la vérité absolue. (Je trouvais cela dégoûtant, mais je ne dis rien.) Elle me décrivit les activités de la colonie d'une manière grossière, sans imagination, comme l'aurait fait une paysanne. Je remarquai que ses mains qu'elle avait si belles étaient devenues sèches et calleuses. Je me disais que les gens ont le droit de disposer de leur corps à leur guise, et je me sentais un peu honteuse du mien, resplendissant de propreté et de loisir, de bonne chère et de bains. À propos, elle n'est pas encore marxiste — simplement une mystique, comme Panayotis à Abou El Suir. Et plus je la regardais, plus je me rappelais le merveilleux démon qu'elle avait été pour nous tous, et moins je comprenais comment elle avait pu se transformer en cette petite paysanne boulotte aux mains sèches et calleuses.

« Je suppose que les événements ne sont qu'une sorte de commentaire de nos sentiments — on peut déduire ceux-ci de ceux-là. Le temps nous emporte (si l'on imagine hardiment que nous sommes des egos discrets modelant nos propres avenirs personnels) — le temps nous pousse en avant par l'élan de ces sentiments profonds dont nous, au moins, avons conscience. Trop abstraits pour vous ? Alors c'est que je me suis mal exprimée. Je veux dire que, dans le cas de Justine, s'étant guérie des aberrations mentales provoquées par ses rêves, ses terreurs, elle s'est dégonflée comme une outre. Les chimères ont si longtemps occupé tout l'arrière-plan de sa vie qu'elle ne dispose plus maintenant d'aucune réserve. Ce n'est pas seulement la mort de Capodistria qui a supprimé le principal acteur de son théâtre d'ombres, son geôlier. La maladie avait déjà commencé son œuvre, et quand il est mort elle s'est trouvée dans un état d'épuisement total. Elle a pour ainsi dire éteint avec sa sexualité son désir même de vivre, et presque sa raison. Ceux qui se trouvent ainsi poussés aux limites du libre arbitre sont obligés de se tourner quelque part pour trouver de l'aide, pour prendre des décisions absolues. Si elle n'avait pas été alexandrine (c'est-à-dire sceptique) cela aurait pris la forme d'une conversion religieuse. Comment peut-on dire ces choses ? Ce n'est pas une affaire de bonheur ou de malheur. Tout un pan de votre vie s'effondre brusquement, comme ce qui vous est arrivé peut-être avec Melissa. Mais (c'est ainsi que cela se produit dans la vie, la loi de rétribution qui octroie le bien pour le mal et le mal pour le bien) sa délivrance a également délivré Nessim des inhibitions qui gouvernaient sa vie passionnelle. Je pense qu'il a toujours senti que tant que Justine vivrait il ne serait pas capable de supporter la moindre intimité avec quiconque. Melissa lui a prouvé qu'il se trompait, du moins le crut-il; mais avec le départ de Justine l'ancien découragement revint et il se sentit tout à coup rempli de dégoût pour ce qu'il lui avait fait, pour ce qu'il avait fait à Melissa.

« Les amants ne sont jamais également assortis, vous ne croyez pas? L'un des deux fait toujours de l'ombre sur l'autre et l'empêche de grandir, de sorte que celui qui se sent étouffé cherche désespérément un moyen de s'évader, pour être libre de poursuivre sa croissance. N'est-ce pas là le drame essentiel de l'amour?

« De sorte que si d'un autre point de vue Nessim a comploté la mort de Capodistria (comme on n'a pas manqué de le soupçonner et de le répandre par toute la ville) il n'aurait pu choisir une voie plus désastreuse. Il aurait été en effet plus sage de vous tuer. Peut-être espérait-il, en délivrant Justine de son succube [1] (comme Arnauti avant lui), qu'elle pourrait lui revenir. (Il l'a dit un jour, c'est vous qui me l'avez rapporté.) C'est tout le contraire qui s'est produit. Il lui a accordé une sorte d'absolution, ou c'est le pauvre Capodistria qui l'a fait sans le vouloir — en sorte qu'elle ne pense plus à lui comme à un amant mais comme à une sorte d'archiprêtre. Elle parle de lui avec une *vénération* qui l'horrifierait s'il l'entendait. Elle ne reviendra jamais; comment le pourrait-elle? Et si elle le faisait, il comprendrait tout de suite qu'elle est perdue pour toujours — car on ne peut pas aimer, aimer vraiment, son père spirituel, son confesseur.

« De vous, Justine a simplement dit, en haussant légèrement les épaules : "Il faut que je l'oublie."

« Voilà quelques-unes des idées qui me sont pas-

---

1. Démon femelle venant s'unir la nuit à un homme. Quelle que soit la marge de l'indétermination sexuelle dans *Le Quatuor*, il semble ici y avoir confusion entre succube et incube, son correspondant masculin.

sées par la tête tandis que le train m'emportait à travers les plantations d'orangers vers le littoral. Et elles prenaient d'autant plus de relief que j'avais pris, pour lire pendant le trajet, le dernier volume de *Dieu est un humoriste*. Comme Pursewarden a grandi depuis qu'il est mort ! Avant, c'était comme s'il se tenait entre ses livres et l'idée que nous en avions. Je vois maintenant que ce que nous trouvions énigmatique chez l'homme venait d'une imperfection de nous-mêmes. Un artiste ne vit pas sa vie personnelle comme nous le faisons, il la cache, nous forçant à entrer dans ses livres si nous voulons toucher la véritable source de ses sentiments. Par-dessous toutes ses préoccupations sexuelles, sociales, religieuses, etc. (toutes les abstractions de première nécessité qui permettent à la cervelle de bavarder) il y a, très simplement, *un homme torturé, au-delà de ce qu'il est humainement possible de supporter, par le manque de tendresse dans le monde.*

« Et tout cela me ramène à moi-même, car moi aussi j'ai changé d'une façon assez curieuse. Cette vie indépendante et hautaine que j'ai menée s'est transformée en quelque chose d'assez creux, d'un peu vide. Elle ne répond plus à mes besoins les plus profonds. Quelque part, tout au fond de ma nature, il semble que la marée se soit renversée. Je ne sais pas pourquoi, mais c'est vers vous, mon cher ami, que mes pensées se sont tournées de plus en plus fréquemment ces temps derniers. Puis-je être franche ? Une amitié serait-elle possible sur ce versant de l'amour ? Une amitié que nous pourrions chercher et découvrir ? Je ne parle plus d'amour — le mot et toutes les conventions qu'il évoque me sont devenus odieux. Mais n'est-il pas possible d'atteindre à une amitié qui soit encore plus profonde, infiniment plus profonde, au-delà des mots, au-delà des idées ? Il semble qu'on ne puisse s'empêcher de chercher un être humain à qui l'on serait fidèle, non pas dans le corps (je laisse cela aux prêtres) mais dans l'esprit coupable ? Ce n'est peut-être pas là le genre de problème qui vous intéresse en ce moment. Une ou deux fois j'ai été prise du désir absurde de venir vous offrir mes services, pour m'occuper de l'enfant peut-être. Mais je crois bien que vous n'avez plus besoin de personne maintenant et que vous tenez à votre solitude par-dessus toutes choses... » Il y a encore quelques lignes, puis la formule finale, affectueuse.

*

Les cigales palpitent dans les grands platanes ; la Méditerranée s'étend devant moi dans toute sa splendeur estivale d'un bleu magnétique. Quelque part là-bas, derrière la ligne mauve et vibrante de l'horizon, il y a l'Afrique, il y a Alexandrie, maintenant son emprise ténue sur les affections au moyen de souvenirs qui se fondent déjà lentement en un immense oubli ; souvenir d'amis, souvenir d'événements passés depuis longtemps. La lente chimère du temps commence à les saisir, estompant les contours... au point que parfois je me demande si ces pages relatent les actions d'êtres humains réels, à moins que ce ne soit l'histoire de quelques objets inanimés qui précipitèrent le drame autour d'eux : un bandeau noir, un doigtier vert, une clef de montre et une paire d'anneaux de mariage sans propriétaires ?...

Bientôt le soir tombera et la nuit claire fourmillera d'une poussière d'étoiles. Je serai là, comme toujours, fumant au bord de l'eau. J'ai décidé de laisser la dernière lettre de Clea sans réponse. Je ne veux plus imposer de contrainte à personne, je ne veux plus faire de promesses, penser à la vie en termes de pactes, de résolutions, de contrats. Ce sera à Clea d'interpréter mon silence selon ses propres nécessités et ses propres désirs, de venir me rejoindre si elle en éprouve le besoin ou non, selon le cas... Tout ne dépend-il pas de l'interprétation que nous donnons du silence qui nous entoure?

Si bien que...

APPENDICE

Tonalités du paysage : lignes verticales sur le ciel, nuage bas, sol de perle avec des ombres de nacre violette. Accidie. Sur le lac bronze et citron. Été : ciel de sable et lilas. Automne : gris, bleus, œdèmes et marbrures. Hiver : gelée blanche sur le sable, grands ciels purs, magnifiques champs d'étoiles.

PROFILS

Sveva Magnani : effronterie, mécontente.
Gaston Pombal : kinkajou, opiats charnels.
Teresa di Petromonti : Bérénice fardée.
Ptolemeo Dandolo : astronome, astrologue, Zen.
Fuad El Said : pierre-de-lune noire.
Josh Scobie : piraterie.
Justine Hosnani : flèche dans la nuit.
Clea Montis : eau morte du chagrin.
Gaston Phipps : nez en forme de chaussette, cha-
     peau noir.
Ahmed Zananiri : étoile polaire du crime.
Nessim Hosnani : gants de peau, miroir gelé.
Melissa Artemis : Notre-Dame des douleurs.
S. Balthazar : fables, travail, inconnaissance.

Pombal endormi tout habillé dans son frac. À côté de lui sur le lit un pot de chambre plein de billets de banque qu'il a gagnés au Casino.

Da Capo : « Rôtir dans la sensualité comme une pomme au four. »

Impromptu par Gaston Phipps :
« L'amoureux comme le chat avec le poisson.
Voudrait bien s'en aller mais ne veut pas partager son plat. »

Accident ou tentative de meurtre? Justine roulant dans la Rolls sur la route du désert qui mène au Caire; tout à coup les phares s'éteignent. La voiture quitte la route et en sifflant comme une flèche s'enlise dans une dune de sable. On dirait que les fils ont été sabotés. Nessim la rejoint au bout d'une demi-heure. Ils s'embrassent en versant des larmes. (D'après le journal de Justine.)

Balthazar à propos de Justine : « Vous vous apercevrez que ses airs redoutables reposent sur un édifice branlant de timidités enfantines. »

Clea fait toujours établir son horoscope du jour avant de prendre une décision.

Récit que fit Clea de l'horrible soirée. Elles roulaient en voiture, Justine et elle, quand elles aperçurent sur le bord de la route une boîte en carton. Elles étaient en retard et elles posèrent la boîte sur le siège arrière. Arrivées au garage elles l'ouvrirent : elle contenait un bébé mort enveloppé dans un journal. Que faire de cet homoncule desséché? Organes parfaitement formés. Les invités allaient arriver, elles devaient se dépêcher. Justine glissa la boîte dans le tiroir du bureau du salon. Soirée particulièrement réussie.

Pursewarden parlant de sa trilogie et du « roman à *n* dimensions » : « L'élan de la narration est freiné par des références à des faits antérieurs, ce qui donne l'impression d'un livre qui ne se déroule pas à partir de la tombe mais qui plane au-dessus du temps et qui tourne lentement sur son axe pour saisir le dessin d'ensemble. Les choses ne mènent pas toutes à d'autres choses : certaines ramènent à des choses qui sont déjà passées. Un mariage du passé et du présent, avec la multiplicité du futur qui se précipite vers nous. Du moins, c'était là mon idée... »

— Alors, combien de temps va durer cet amour ? (sur le ton railleur).

— Je ne sais pas.

— Trois semaines, trois ans, trois décennies ?...

— Vous êtes bien comme les autres... vous essayez de *raccourcir l'éternité* avec des chiffres ! (d'une voix calme, mais en y mettant toute son âme).

Énigme : un œil de paon. Baisers si inexperts qu'ils ressemblaient à une mauvaise épreuve des premiers âges de l'imprimerie.

Des poèmes : « J'aime le bruit feutré des Alexandrins. » (Nessim.)

Clea et son vieux père qu'elle adore. Cheveux blancs, très droit, avec dans le regard une sorte de pitié hagarde pour cette jeune déesse célibataire qu'il a engendrée. Une fois par an, à la Saint-Sylvestre, ils vont danser au *Cecil*, dignes, élégants. Il danse avec une précision d'horloger.

L'amour de Pombal pour Sveva : fondé sur un joyeux message qui a enflammé son imagination. Quand il s'éveilla elle n'était plus là, mais avant de partir elle lui avait soigneusement noué son nœud papillon autour du membre, un nœud parfait. Ce message le séduisit tant par son sens de l'humour qu'il s'habilla sur-le-champ et partit à sa recherche pour lui proposer le mariage.

Pombal était touchant avec sa petite voiture qu'il aimait avec dévotion. Je le revois en train de la bichonner tendrement au clair de lune.

Justine : « Toujours étonnée par la violence de mes émotions : rompait le cœur d'un livre avec mes doigts comme une miche de pain frais »

Lieux : rue à arcades ; portiques ; argenterie et colombes à vendre. Pursewarden trébuche sur un panier et provoque une avalanche de pommes sur le trottoir.

Message sur le coin d'un journal. Ensuite le taxi fermé, corps tièdes, nuit, volume de jasmin.

Un panier de cailles tombe et s'ouvre en plein marché. Elles n'essaient pas de s'échapper mais se répandent lentement comme du miel qui coule. Facilement rattrapées.

Carte postale de Balthazar : « La mort de Scobie fut une belle bouffonnerie. Comme il a dû rire ! Ses poches étaient pleines de lettres d'amour à l'adresse de son assistant Hossan, et la brigade des mœurs au grand complet se mit à sangloter sur sa tombe. Tous ces gorilles noirs pleuraient comme des fillettes. Une démonstration d'affection très alexandrine. Naturellement la tombe était trop petite pour le cercueil. Les fossoyeurs étaient partis déjeuner, et il fallut recruter au pied levé une équipe de policiers pour élargir le trou. La pagaille habituelle. Le cercueil verse sur le côté et c'est tout juste si le vieux ne sort pas de sa caisse. Cris. Le padre furieux. Le Consul britannique au bord de la crise de nerfs. Tout Alexandrie était là et tout le monde s'est bien amusé. »

Pombal descendant la rue Fouad d'un air martial, fin soûl à dix heures du matin, pantalon rayé, jaquette, manteau et tube noir — mais portant sur son plastron ces mots écrits avec du rouge à lèvres : « Torche-cul des républicains. »

(Muséum.)
Alexandre portant les cornes d'Ammon (folie de Nessim). Il s'identifie à A. à cause des cornes ?

Justine méditant tristement devant la statue de Bérénice pleurant sa petite fille que les prêtres ont déifiée : « Cela apaise-t-il son chagrin ? J'en doute. Cela lui donnerait plutôt une sorte de permanence. »

Tombeau d'Apollodore ; il donne un jouet à son enfant. « À vous en faire venir les larmes aux yeux. » (Pursewarden.) « Ils sont tous morts. Cela n'en vaut pas la peine. »

Aurelia implorant Petesouchos, le dieu crocodile...

Lionne tenant une fleur d'or...

Ushabti... petites figurines d'esclaves qui sont censées travailler pour les momies dans l'autre monde.

Même la mort n'a pas altéré le portrait que nous avions gardé de Scobie. Il y avait longtemps déjà que je l'avais vu au Paradis — les ignames tendres comme des gigots de bébés de lait ; la nuit tombant sur Tobago avec son frisson bleu profond comme un soupir, nuit plus douce qu'un plumage de perroquet. Flamants roses avec des touches d'or, s'élevant dans le ciel et retombant dans l'obscur et cruel fouillis des bambous. Sa petite hutte de roseaux avec son lit de rotin à côté de la vénérable volette de sa vie terrestre. Une fois Clea lui demanda : « La mer ne vous manque-t-elle pas, Scobie ? » et le vieillard répondit simplement, sans hésiter : « Toutes les nuits je fais venir la mer dans mes rêves. »

*

J'ai recopié et je lui ai donné les deux traductions de Cavafy qui lui avaient plu bien qu'elles ne soient pas du tout littérales. Aujourd'hui l'audience de

Cavafy s'est élargie grâce aux belles et profondes traductions de Mavrogordato, et maintenant les autres poètes peuvent s'essayer à l'interpréter plus librement; j'ai essayé de le transplanter plutôt que le traduire, je ne puis dire avec quel succès,

LA VILLE

J'irai, dis-tu, sur une autre terre, j'irai sur une autre
[mer.
Il se trouvera bien une ville meilleure.
Ici, tous mes efforts sont condamnés.
Mon cœur est comme un mort, — enseveli.
Mon esprit sortira-t-il un jour de ce marasme ?
Où que je tourne les yeux, où que je regarde,
Je ne vois que les noirs débris de ma vie,
Toutes les années que j'ai passées à la gâcher, à la
[ruiner.
Tu ne trouveras pas d'autres terres, tu ne trouveras
[pas d'autres mers.
La ville te suivra. Tu hanteras les mêmes
Rues. Dans les mêmes quartiers tu vieilliras
Et dans les mêmes maisons tu te faneras.
Tu arriveras toujours dans cette ville. N'espère pas
[d'autres lieux.
Pas de navire pour toi, pas de chemin.
Ta vie, de même qu'ici, dans cet endroit perdu,
Tu l'as gâchée, ainsi tu l'as ruinée sur toute la terre.

(Avant 1911)

LE DIEU ABANDONNE ANTOINE

Quand soudain, sur les minuit, tu entendras
Le cortège invisible,
Ses musiques singulières et ses voix,
À quoi bon pleurer ton destin qui s'effondre, ton
[œuvre
Qui a échoué, tes projets
Qui n'étaient que chimères ?
En homme averti de longtemps, en homme
[courageux,
Fais tes adieux à cette Alexandrie qui s'en va.
Surtout ne t'abuse pas, ne dis pas que c'était
Un rêve, que ton oreille t'a trompé,
Écarte ces faux espoirs.
En homme averti de longtemps, en homme
[courageux,
Digne d'une telle ville,
Approche-toi de la fenêtre sans trembler ;
Écoute avec ton cœur, mais sans
Les prières ni les plaintes des lâches,
Comme un dernier plaisir, les échos,
Les instruments singuliers du cortège mystique
Et fais tes adieux à cette Alexandrie que tu perds.

Table